SOLAS
EN EL
SILENCIO

SILVIA INTXAURRONDO

SOLAS EN EL SILENCIO

HarperCollins

Editado por HarperCollins Ibérica, S. A.
Avenida de Burgos, 8B - Planta 18
28036 Madrid
www.harpercollinsiberica.com

Solas en el silencio
© 2025, Silvia Intxaurrondo Alcaine
© 2025, para esta edición HarperCollins Ibérica, S. A.

Arte de cubierta: CalderónSTUDIO®
Imagen de cubierta: Shutterstock
Maquetación: J. A. Diseño Editorial, S. A.
Fotografía de solapa: Facilitada por la autora

ISBN: 978-84-1064-214-0
Depósito legal: M-2786-2025
Impreso en España: Black Print

Para Farouk

En Sopuerta, un manto de silencio cómplice permite que los vecinos sobrevivan al infierno. Cada casa esconde su desgracia y mira de reojo a la ajena sin pronunciar palabra. Es un pacto antiguo que se transmite con el ejemplo de generación en generación.

Quien se asome a un infierno que no es el suyo arderá entre sus llamas.

Quien se atreva a buscar justicia pagará con la vida.

Quien lea esta historia tendrá que comportarse como un vecino más.

Callad. Que nada cambie.

PARTE 1

LA VILLANA

En el número tres de la calle Benito Luis Hurtado convivían frente a frente la dicha y la desgracia. Subiendo desde el portal siete escalones de granito grisáceo se llegaba a un descansillo húmedo flanqueado por dos puertas. A mano izquierda, la casa de Miren Huarte. A mano derecha, la casa de María Soledad Urralburu, la madre del tonto del pueblo.

Como era domingo, Sole se despertó a las ocho y tomó un baño largo. Llenó la tina de agua hirviendo y se sumergió dentro con la avidez de quien tiene la humedad metida hasta los tuétanos. Estrenó la pastilla de Heno de Pravia y enjabonó y restregó con fuerza su cuerpo grande y huesudo hasta que la suciedad quedó flotando en el agua tibia.

Justo cuando iba a poner un pie fuera de la bañera, sintió los gritos alegres de su hijo por el pasillo.

—¡Leche friii, leche friiiiii! —reclamaba el chaval mientras baloteaba.

—¡Voy, *maitia*, cariño! —respondió ella.

Sole se secó como pudo, se puso la bata y salió del baño. Joxean la esperaba en mitad del pasillo, con su sonrisa bobalicona, como un pasmarote. Ella tomó su cabeza entre las manos y depositó en su rostro mil besos suaves, diminutos como mariposas.

—¡Has olvi... vi... vidado la leche fri... fri... frita, *ama*! —le recriminó el chico con aire tristón.

Joxean tenía veintitrés años, pero estaba encerrado en la mente de un niño de cinco. Era un gigantón alegre vestido con ropa de viejo: pantalón de tergal gris y camisa de franela a cuadros. Sole le echó el brazo sobre los hombros y le llevó hasta la cocina. Intuía que su hijo tenía hambre.

Mientras preparaba un café de puchero, Joxean esperaba sentado con impaciencia. Cogió un chusco de pan y lo fue repartiendo en dos tazones.

—Pan para el nene, pan para *ama* —comenzó la cantinela—. Uno para mí, uno para ti...

El chico no dejó de contar en voz alta hasta que deshizo el panecillo. Cuando el café hirvió y reposó un par de minutos, Sole lo vertió en los cuencos. Mientras fregaba el cazo y el colador, Joxean metió la cuchara sopera hasta el fondo del azucarero y la sacó torpemente cargada con una montaña de azúcar. Los nervios le traicionaron y derramó prácticamente la mitad sobre la mesa de formica blanca. Para cuando Sole giró la cabeza, el chaval ya había mezclado el pan, el café y el azúcar y trataba de ocultar con la servilleta de tela blanca los granos que se le habían caído.

Madre e hijo desayunaron con voracidad porque no solían cenar gran cosa, aparte de sopas de ajo o algún huevo frito. Despertaban con las tripas rugiendo y así pasaban buena parte del día. Sole intentaba distraer el apetito con cafés aguados y pan reseco, pero al chico eso no le servía. Era un hombretón huesudo y encorvado, sin grasa alguna y con una piel fina vistiéndole los huesos. Muchas noches escondía la cabeza entre las mantas y sollozaba. Estaba muerto de hambre.

* * *

Las nubes se cerraron sobre el barrio de Mercadillo cuando Sole y Joxean enfilaron de bajada la calle Lehendakari Aguirre. La carretera de doble sentido empezaba a soportar el tráfico de los feligreses acomodados que la transitaban los domingos. Madre e hijo se abrocharon los abrigos de paño grueso y raído y apretaron el paso camino de la iglesia.

—Date prisa, no quiero volver a llegar tarde, hijo —le susurró al oído.

Faltaban quince minutos para el mediodía cuando los lugareños empezaron a dirigirse como una riada a la parroquia de Santa María. Acababa de sonar el segundo repique de campanas llamando a misa de doce. Sole y Joxean se refugiaron en el pórtico de la iglesia justo cuando comenzó a arreciar el sirimiri, una densa lluvia del tamaño de motitas de polvo.

Ambos entraron al templo enganchados del brazo. Sole dio un respingo al sentir la humedad del interior. Era una parroquia oscura, lúgubre, más pensada para funerales que para bodas.

—¿Estoy gu… gu… guapo, *ama*? —preguntó el chico con la boca muy abierta.

Sonreía con sus dientes grandes y desiguales, amarillos hasta las encías. Se había empapado el pelo en colonia barata y se lo había peinado con raya al medio. Sole sacó el pañuelo, le limpió un hilillo de baba y enfilaron el camino hacia el altar.

—No he visto niño más guapo que mi Joxean —mintió.

Los feligreses empezaban a murmurar en cuanto madre e hijo asomaban por la puerta de la iglesia. «Vaya pareja de muertos de hambre», susurraba una. «El chaval da miedo, cada día parece más atontado», comentaba la otra.

Joxean se desenganchó del brazo de su madre, cogió el cancionero y, pisando ruidosamente el reclinatorio de madera, se sentó sonriendo. Quería cantar.

—¡Qué valor! —se indignó Miren Huarte—. Hay que hablar con don Eusebio, ésa no puede seguir trayendo al retrasado a la casa de Dios.

Sole escuchaba todo y hacía como que no oía nada. Abrió el bolso y le dio al chico una cuartilla blanca y arrugada, como cada domingo.

—Haz un avioncito, *maitia*, lo echaremos a volar cuando salgamos.

Sonó el tercer repique de campanas para recordar que la eucaristía estaba a punto de empezar. Se hizo el silencio entre los fieles. Al oír el frufrú de la sotana de don Eusebio acercándose desde la sacristía, los feligreses se pusieron en pie y entonaron el *Pescador de hombres*.

Joxean se levantó y balanceó su cuerpo hacia delante y hacia atrás con movimientos bruscos. Su canto, torpe y desacompasado, sobresalía por encima de las voces del resto.

—¡Tú has venido a mi orillaaa…! —cantaba a voz en cuello—. ¡Ni a pobres ni a ricooosss…! ¡Señoooor…!

Don Eusebio entró en la iglesia con las manos pegadas al pecho en posición de rezo y la mirada hacia el frente, un palmo por encima de la de los feligreses. Todos los devotos se sentaron, salvo Joxean, que le sonreía y le saludaba agitando discretamente la mano derecha. Conocía el secreto del cura.

María Consuelo Guezuraga, la viuda del tabernero, levantó la vista desde la barra y, a través de la cristalera, comprobó que la misa había terminado. Dejó de fregotear, se secó las manos con un paño y apuró el paso hasta la cocina. Allí encontró a su suegra sudando la gota gorda entre sartenes y pucheros.

—¡Prepara las rabas, que ya salen, *amama*! —espetó con urgencia a la abuela.

Rosarito no alcanzaba el metro y medio y era prácticamente tan alta como ancha. Se encaramó a un taburete pequeño de madera y se asomó a la cazuela de acero inoxidable llena de aceite a rebosar. Giró la rueda del mando de la cocina hacia la derecha, echó un vistazo al quemador para comprobar que la llama estuviera al máximo y esperó hasta escuchar el borboteo del aceite.

—¡Hasta que no llegue la parroquia no empiezo a freír, querida! —advirtió—. Mejor que soplen las rabas para enfriarlas a que nos pongan la cabeza como un bombo con la cantinela de que están frías —refunfuñó.

La suegra de Consu tenía una mirada a caballo entre la sorpresa y el espanto. Los globos oculares se le salían de los párpados y terminaban en dos pupilas verdes, camaleónicas, que rara vez fijaban la mirada en el mismo punto.

Rosarito tenía la piel del rostro tersa por la gordura y cubierta por una rosácea permanente sobre la nariz y las mejillas. Era una mujer huraña. Se sentía a salvo en la intimidad de su cocina, sobrellevando la vida entre sorbos de orujo.

—¿Ya vienen esos? —preguntó.

—Aún les falta —respondió Consu mientras pasaba un paño por la barra.

La *amama* hacía bailar sus redondeces entre los fogones. Lavaba las patas de calamar en la pila, las escurría y las colocaba en hileras sobre la tabla de madera. Allí las troceaba con precisión de cirujano y después las arrebujaba en el cuenco de la harina.

La marea de fieles abandonó acompasadamente el pórtico de la iglesia, en dirección a la tasca, desplegando los paraguas de forma intermitente. Paf, paf, paf.

—¡Rosarito, ya vienen, que no se te eche el tiempo encima! —avisó con su voz aguda.

Dos minutos después, con la tabernera de espaldas a la entrada, la bisagra gimió, la puerta de madera se abrió como un abanico y la humedad del sirimiri inundó el bar. Cuando Consu giró la cabeza para dar los buenos días, sintió que se le congelaba el alma. Había vuelto a entrar el diablo.

El alcalde de Sopuerta avanzó con paso firme hacia el interior del bar Kolitza. En apenas dos zancadas, su vientre rozó la barra y se encontró con la mirada aterrorizada de la tabernera. Estaba al borde de las lágrimas. Con la boca temblorosa. No podía pronunciar palabra.

—¡*Egun on*, Consuelo! —le sonrió con fanfarronería—. Mucha alegría tienes para esconder tanta deuda.

Ángel Larruskain alargó el brazo y su mano atrapó el generoso pecho de Consu. Ella enmudeció. El alcalde apretó con más fuerza. Entonces, la mujer más combativa de Sopuerta contrapeó las piernas hasta que le dolieron las rodillas y se orinó encima.

Ajenos a los desmanes del alcalde, que ya se había acomodado en la mesa del fondo, un goteo de parroquianos fue entrando en la taberna. Limpiaban los zapatos en el felpudo de fuera y sacudían sin mucho miramiento el paraguas. Se formó tal charco en la entrada, que Consu aprovechó para pasar el mocho a ambos lados de la barra, esparcir serrín y ocultar sus orines.

Ángel se puso en pie y recibió con un abrazo y varias palmadas en la espalda a don Eusebio, el cura, y a Iñaki Loizaga, el médico del pueblo. Como cada domingo a mediodía, los invitó a acompañarle durante el aperitivo. En la cocina, Rosarito se alisaba el delantal y se atusaba el pelo antes de salir a atender esa mesa.

—*Egun on*, señores. ¡Vaya chaparrada! —saludó mientras sacaba brillo a la madera—. Aquí tienen las rabitas y ahora mismo les traigo los *txikitos*.

Consu, pendiente de la conversación desde lejos, ya había dejado sobre la barra tres vasos chatos y anchos de vino tinto. Rosarito se acercó arrastrando sus colgajos en brazos y muslos.

—*Maitia*, el vino es para el alcalde y sus amigos. Sé más generosa.

La tabernera rellenó los vasos hasta la mitad y los empujó para acercárselos a Rosarito, que se fue canturreando. Aprovechando que su suegra había salido de la cocina, se refugió entre los fogones y se lavó la cara. Inmediatamente, una voz femenina reclamó su presencia.

—¡Consu, querida! ¿Dónde estás? —Basilia Mendieta, la mujer del alcalde, irrumpió en el local haciendo valer su poder de consorte.

Cuanta más vanidad demostraba el cliente, más secretos del pasado quería enterrar. Basilia era un ejemplo claro.

* * *

De padre desconocido y madre sirvienta en una casa noble de Balmaseda, Basilia llegó a Sopuerta con diez años, sola y con las tripas vacías. Su madre tuvo que deshacerse de ella por orden de la señora de la casa, que la veía como una boca más que alimentar.

—Entérese de si alguna familia de los alrededores o alguna parroquia necesita una chica y llévesela —le ordenó—, que entre a servir y que deje de vivir a la sopa boba.

El padre Ramón, mentor de don Eusebio, se la encontró descalza en el pórtico de la iglesia de Mercadillo y se apiadó de ella. Le encomendó limpiar el templo a cambio de un sueldo justo, a su parecer: sobras del cocido, algún mendrugo y un rincón donde guarecerse. Basilia tenía la indicación de no relacionarse con los vecinos. De ser una sombra que no provocase molestias. Si se cruzaba con alguno, agachaba la cabeza, saludaba en voz baja y seguía su camino. Estaba acercándose a la pubertad y el cura no quería que los mozos del pueblo se fijasen en ella.

Siempre que se quedaba a solas, la joven Basilia recorría la iglesia, limpiando y arreglando los centros de flores, recolocando el vestido de la virgen y arreglando la corona de espinas del Cristo. En cuanto un alma accedía al templo, ella cumplía religiosamente el pacto con don Ramón y se ocultaba en el coro alto. Desde allí presenció la eucaristía cada domingo durante su adolescencia.

Basilia nunca intuyó desde las alturas la vida de violencia e indiferencia que le esperaba a ras de suelo. Una mañana de invierno, el padre Ramón la obligó a bajar del coro después de una misa en la que la joven no paró de toser. La chica tenía veinte años, hervía en fiebre y luchaba contra una bronquitis que se agravaba.

Muchos aldeanos, cuando la vieron descender por la escalera, creyeron que era un fantasma. Tenía la piel marmórea y vestía las ropas de las fallecidas que las familias regalaban a la iglesia. Solo el matrimonio Larruskain sonrió y se miró con sorpresa. La chica debía ser la única joven virgen que no había podido mancillar su hijo. Probablemente aún no había descubierto que Ángel era un monstruo.

* * *

La mujer del alcalde, envuelta en su abrigo de pieles, se había sentado a dos mesas de la de su marido. Cruzó el bar haciendo sonar sus tacones de aguja, moviendo al compás sus piernas huesudas enfundadas en medias negras. Había pasado tanta hambre de niña que su cuerpo era incapaz de engordar. El apetito le provocaba ansiedad y, cuando divisó a Consu saliendo de la cocina, insistió a gritos:

—¡Consu, *egun on*! ¡Hay que despertarse, querida, aunque una no vaya a misa! —le recriminó.

La tabernera se saltaba la eucaristía explicando que una viuda como ella, con cuatro hijos y la suegra a su cargo, no podía jugarse el pan de la familia en el día de más caja. Mentía. Los domingos daba el día libre a los chicos, que solían ayudarla en el bar, se hacía cargo del local ella sola y así tenía excusa para no acercarse a la iglesia. Hacía tiempo que había dejado de creer en Dios. Hacía tiempo que no quería cruzarse con ciertos vecinos en misa.

Consu se acercó deprisa a la mesa de la mujer del alcalde y le tomó nota.

—Un Bitter Kas y una ración de rabitas, Consu —le ordenó—. Mira, ahí llegan las chicas.

Basilia hablaba de sus amigas como si la hubieran acompañado toda la vida. Ellas estaban agradecidas, porque la mujer del alcalde les proporcionaba la posición social que sus familias habían perdido con el paso del tiempo.

Miren Huarte y Angelita Sota se hicieron hueco en el bar a codazos. Los aldeanos, conscientes de quién mandaba en el pueblo, abrieron paso a las señoras mientras comían rabas a dos carrillos y se limpiaban con servilletas satinadas, incapaces de absorber el aceite.

Encontraron a Basilia apurando la ración de rabas, moviendo el alambrado bigote negro mientras degustaba con ansia los calamares. El rebozado se le acumulaba en las comisuras de los labios. Las cejas, pintadas a trazo grueso con lápiz de color caoba, se elevaban y adquirían vida propia con cada bocado.

La mujer del alcalde entrecerraba los ojos mientras el aceite mezclado con el calamar se expandía por el interior de su boca. La única ración de rabas a la que invitaba el alcalde estaba a punto de acabarse.

—Vaya, he intentado esperaros, pero las rabas ya están frías —mintió Basilia—. Si queréis, pedimos otra ración.

Miren rechazó la oferta, tenía el monedero vacío y el tiempo justo para tomarse un mosto. Su marido, Fernando Garayo, llevaba veintitrés años impedido, mudo y con la cabeza perdida. No salía de casa. Ella lo alimentaba con paciencia, a base de sopas de ajo y puré enriquecido con pollo o ternera triturada.

El único respiro que tenía era el aperitivo de los domingos. Veinticinco minutos escasos después de misa, mientras esperaba a que don Eusebio tomara el *txikito* y subiera con ella para darle la comunión a Fernando.

—Rabitaaaaaas, itas, itaaaaas. —Joxean irrumpió en el bar a gritos.

A Miren se le congeló la sonrisa. Se terminó el vaso de un trago. Ya llegaban los muertos de hambre a arramblar con la caridad de Consu. La tabernera siempre apartaba alguna raba para Joxean y se la cobraba a otro cliente. El mosto corría de su cuenta. Sole entraba con la cabeza gacha, pedía un vaso de agua y masticaba su penuria a palo seco.

Miren no podía soportar la idea de compartir espacio con el chico. En él veía la sonrisa tontorrona de su marido, su mirada cálida, su cuerpo fortachón terminado en unas extremidades largas y torpes. El retrasado era su castigo. El bastardo de su Fernando, fruto de un amor fugaz con la bella Soledad. El secreto mejor guardado de Miren. Su vecino de enfrente.

Basilia, animada y pizpireta, se colgó del brazo de su marido en cuanto salieron del bar camino de su viejo Ford. Había dejado de llover y la clientela que disfrutaba de la terraza aprovechó para arremolinarse en torno al alcalde. Ángel, medio complacido y medio molesto, se impacientaba a cada paso que intentaba dar.

—Alcalde, mi caserío sigue sin luz ni asfaltado —le recordó Susín, ganadero del alto de Las Muñecas—. Habría que pensar cómo solucionamos el asunto.

—Susín, querido —intervino Basilia—. Ya encontraremos un apaño.

Ángel sintió la ira trepándole por la garganta. Escapó en silencio del enjambre de pedigüeños y paletos, y se metió en el coche. Como si fuera una música de fondo, Basilia seguía parloteando. Cotorreaba sobre el placer del aperitivo, el guiso de ternera que había preparado y su cita con la prima Loli, que la esperaba a las cinco para arreglarle un par de blusas.

El alcalde de Sopuerta cruzó el pueblo sin mediar palabra mientras la voz cantarina de su esposa narraba todos los chismes habidos y por haber del barrio de Mercadillo. Subió por la calle Lehendakari Aguirre y saludó con tres toques de claxon a Miren y a don Eusebio, que iba a darle la comunión a su marido. En la rotonda, giró hacia el barrio de La Baluga y, pasada la antigua herrería, giró a la derecha y aparcó frente a su finca.

La casona estaba formada por un bloque sólido, un único cubo de piedra de cantería sobre doscientos metros cuadrados de planta, con tejado a cuatro vertientes y amplio terreno en la trasera para huerta.

Basilia se adelantó al salir del coche y alcanzó el portón antes que su marido. Introdujo la llave, la giró y arrastró hacia dentro la puerta de madera maciza. Pasó al interior y dejó el bolso sobre una mesita. Ángel sacó la llave y deslizó el pasador de metal por dentro. Con la puerta cerrada a cal y canto, empezó el último infierno de la última de los Mendieta.

Su marido estiró el brazo y la enganchó por detrás, cogiéndola del pelo de la nuca. Con un ademán decidido, la descabalgó de los zapatos negros de tacón fino y, en la caída, Basilia se rompió el tobillo derecho. Quedó tumbada a merced de su torturador. Se encogió sobre sí misma en posición fetal y recibió una lluvia de patadas en los riñones y en la parte baja de las costillas.

Ángel pisoteó el cuerpo de su mujer hasta que ella se ahogó en un sollozo lastimero. No golpeó ni una sola parte de carne que pudiera quedar herida a la vista de los vecinos. Evitó las piernas, los brazos y el rostro. Le escupió sobre la cara y la dejó tirada, dolorida, con el pie fracturado y colgando.

—Esto por habladora, por metomentodo y por puta —le espetó.

En ese momento, Basilia notó un dolor asfixiante en el costado derecho, como si un objeto punzante se le hubiera clavado bajo el pulmón. Se sentía mareada, con la cabeza perdida. El salivazo de su marido se deslizaba por su mejilla. Entonces se sintió aliviada. Él solía escupirle en la cara cuando daba por terminada la paliza.

Basilia aún notaba el recuerdo de las rabas en el paladar y el aroma de la ternera con patatas que había dejado preparada en la cocina. Recordó su cita de las cinco con la prima Loli, que ajustaba la ropa a su cuerpo estrecho mientras merendaban pastas y café con un chorrito de anís. Se preguntó si la echaría de menos.

Sonrió justo cuando su marido giraba la cabeza e interceptaba su mirada. Al detectar en su boca una mueca cercana a la felicidad, entró en cólera. Se acercó a la puerta de entrada, cogió una correa de cuero y, mientras abandonaba el caserón, amenazó a su mujer.

—Esto no ha acabado —le advirtió a gritos.

Y, entonces, el terror entró por los tímpanos de Basilia. Comenzó a gimotear. Sabía que Ángel iba a regresar con la villana.

Miren subió la cuesta de Lehendakari Aguirre con don Eusebio, decidida a contarle al cura lo que pasaba en su casa. Alcanzaron el portal, ella miró hacia una de las ventanas del primer piso y comprobó desde la calle que Sole ya había llegado.

Guio al sacerdote a través de los siete escalones de granito y alcanzó la puerta de la izquierda. En cuanto giró la llave y abrió, sin poner un pie en su casa, ya notó el olor. Ese olor. Un aroma a narcisos que había aparecido hacía unas semanas. Impregnaba la entrada del piso y llevaba a la habitación de su marido. Miren siguió el rastro de la fragancia. Dejó a la derecha el saloncito de las visitas y después la cocina, y desembocó en la estancia donde Fernando llevaba más de veinte años retando a la muerte.

—Padre, pase por aquí. ¿Lo nota? —preguntó Miren olisqueando el ambiente.

—¿Notar el qué? ¿Que huele bien? —respondió el cura.

—El aroma a narcisos, padre. No hay narcisos en esta casa —explicó Miren.

—Algún ambientador habrás echado. —Don Eusebio le quitó importancia, le parecía una minucia.

Miren tenía la sensación de que el alma de su marido había quedado atrapada en la casa para atormentarla por lo que hizo.

Le miró y volvió a desearle la muerte. No podía contarle a don Eusebio su pecado y no sabía cómo pedirle que expulsara al espíritu que le estaba amargando la existencia.

El cura avanzó hacia la cama donde reposaba Fernando, impoluto, vestido con el pijama azul de algodón y ensartado en sábanas blancas de franela. Cada domingo, antes de misa, Miren le aseaba concienzudamente, le repeinaba con raya al lado y le ponía unas gotitas de Brummel.

Don Eusebio sacó la hostia de una pequeña caja nacarada que guardaba en el bolsillo y la elevó con las dos manos sobre su cabeza.

—El cuerpo de Cristo —proclamó entornando los ojos.

Miren, con la cabeza baja y las manos entrelazadas, susurró «amén». El cura posó la lámina de pan ácimo sobre los labios de Fernando. Como seguía sin dar muestras de movimiento, terminó tomándosela él. Le trazó la señal de la cruz sobre la frente y dio por terminada la comunión.

Ella aprovechó para hablarle de la *presencia*. Un espíritu, le explicó, que vagaba por su casa impregnando el camino de la puerta de entrada a la habitación de Fernando de un exquisito olor a narcisos.

—¿Qué dices, hija? —respondió incrédulo el cura—. Ya sabes que la santa madre Iglesia prohíbe creer en la existencia de las ánimas.

—Le digo yo que una de ellas me busca, padre, sabe Dios para qué —insistió.

Durante las últimas semanas, Miren había notado que ciertos objetos cambiaban de sitio sin razón. Al principio, lo pasó por alto. Supuso que ella misma los había trasladado de un lugar a otro. Después, fue poniendo pequeñas trampas al espíritu para probar que no estaba loca. Dejó el jarrón con las mimosas sobre la cómoda y lo encontró en la mesilla, colocó el pijama limpio de Fernando a los pies de la cama y horas después lo descubrió bajo la almohada.

Miren invitó al cura a entrar a la cocina y a sentarse. Se puso el delantal y se acercó al puchero de caldo para servirle un tazón. Echó un buen chorro de vino blanco. El cura tomó el cuenco con las dos manos, añadió una generosa ración de picatostes, y devoró la sopa. Don Eusebio tenía tanta hambre como afición al vino, y eso le convertía en un ser manipulable a ojos de Miren.

—¡Al caseríííioooooooo, al caseríííiooooooo! —A Miren le sobresaltó el griterío de Joxean por la escalera.

Entonces aprovechó la ocasión para explicar al cura que el chaval la incomodaba, especialmente en la parroquia.

—Padre, lo del retrasado hay que arreglarlo —susurró—. Que no me oiga, ya sabe que vive enfrente, pero hay que prohibirle la entrada en la iglesia a él y a su madre.

—Miren, no podemos echar del templo a ningún hijo de Dios. —El sacerdote le hizo una señal para que rellenara el cuenco de sopa.

—Usted verá, padre, llegará el momento en que los feligreses nos hartaremos —advirtió con vehemencia—. Y ya sabe que el sacerdote de La Baluga está deseando unir las dos parroquias y quedarse con todos los devotos y con el cepillo de los domingos.

Poco le faltó a don Eusebio para atragantarse con el caldo. Nunca una mujer le había amenazado de tal manera con dejarle con una mano delante y otra detrás.

—Hija, ¿qué te ha hecho el chaval? —se atrevió a preguntar.

—Existir, padre. Su sola presencia amenaza la mía —respondió ella.

Y ahí entendió el cura que era él quien podía manipular a Miren para quitarse del medio al tonto del pueblo.

* * *

Sole empezó a freír las croquetas cuando se desató la tormenta. Había pasado un buen rato desde que vio entrar en el portal a Miren y a don Eusebio. De hecho, le extrañaba no haber visto salir al cura. No solía tardar tanto en dar la comunión a Fernando. Justo cuando el aceite comenzó a chisporrotear, el cielo plomizo se volvió negro como las fauces de una bestia y descargó los primeros rayos sobre el alto de Las Muñecas. Cinco segundos después, llegó el sonido del trueno. La tormenta aún estaba lejos, pero pronto llegaría al barrio de Mercadillo y tendrían que quedarse en casa.

—Joxean, *maitia*, hoy no podemos salir.

Al chaval se le cambió la cara. Dejó de garabatear la imagen de un caserón rodeado de flores blancas y amarillas, y se encaró a su madre.

—¡Noooooooo, *ama*, nooooooo! —Su grito era un lamento—. ¡Necesito coger flo… flo… flores!

—Otro día las cortamos, hijo.

Joxean, el hombretón con mente de niño, lloró con desconsuelo, como si le doliera el alma. Sin pensarlo, se calzó las botas verdes de agua, las de caña alta, y se puso el impermeable azul marino. Abrió la puerta y bajó al portal.

—¡Al caseríííoooooooo, al caseríííooooooo! —anunció a gritos.

Abrió la puerta de metal con violencia y quedó a la intemperie, en medio de una lluvia densa. Allí permaneció, con los ojos entrecerrados, el pelo chorreando agua y de espaldas a la ventana desde la que vigilaba su madre.

Miren, alarmada por la escandalera, observaba la estampa desde la cocina.

—¿Ve, padre? Un día tendremos un disgusto con el tonto este.

La recorrió un escalofrío al ver al retrasado mirando hacia su ventana con una sonrisa macabra. Balanceándose sobre sus talones adelante y atrás. Saludándola.

Sole, en cambio, suspiró aliviada desde su cocina. Joxean había dejado de alborotar. El chaval movía la mano izquierda en un gesto de saludo y ocultaba tras la espalda la mano derecha. Apretaba el puño, amoratado ya, asfixiando los últimos narcisos blancos y amarillos que le quedaban.

Ángel tardó cuarenta y siete minutos en ir y volver del antiguo caserío de su abuelo. Salió de casa dando un portazo, montó en su todoterreno y se sintió a rebosar de cólera. A diferencia de otras palizas, en esta no había descargado toda su rabia. El alcalde arrojó la correa de cuero al asiento del copiloto, desbloqueó con violencia el freno de mano y pisó a fondo. Apretó los dientes y, con las mandíbulas cerradas, empezó a gritar y a echar espumarajos por la boca.

Así avanzó el demonio por el barrio de La Baluga durante doscientos metros. Angelita, amiga íntima de su mujer, le regaló una sonrisa y le saludó con la mano justo antes de abrir la puerta de su casa. Le extrañó que Ángel no le devolviese el gesto, pero no le dio mayor importancia y entró deprisa al portal porque ya era hora de almorzar.

El alcalde se fue calmando, consciente de que los vecinos identificarían su vehículo. Respiró hondo a medida que ascendía por la carretera empinada y serpenteante. Las casas desaparecieron y ganaron terreno los eucaliptos y los pinares. Entre la masa de bosque, un puñado de caseríos se dispersaba al pie de la carretera.

Ángel paró en seco en el número ocho y aparcó el todoterreno junto a la cerca de madera de acacia. Descendió del coche correa en mano y rodeó la propiedad por el lateral hasta llegar a los antiguos establos, hoy vacíos. Allí estaba la villana. Comenzó a ladrar desde que le sintió llegar.

—Argi, preciosa, perrita mía, ¿cómo estás? —saludó antes de abrir la cancela.

Era un hombre alto y corpulento, una masa de músculos y grasa que aún se movía con agilidad a sus cincuenta y tres años. Comenzó a llover y Ángel maldijo al cielo. Había salido de casa con la ropa de la iglesia: pantalón de telilla negra, abrigo del mismo color y zapatos de piel lustrados a cepillo.

En ese momento, como un fogonazo, recordó para qué había ido en busca de la villana. Abrió la puerta enfurecido, conteniendo el empuje del animal, que se encabritaba para darle la bienvenida. Le sorprendió un hedor a orines y estiércol rancio y echó la cara hacia un lado mientras abrazaba a la perra y enganchaba la correa de cuero al collar.

Argi era tranquila y juguetona, una villana de las Encartaciones, una raza autóctona que se usaba para gobernar el ganado. De piel atigrada y unos 35 kilos, adoraba escapar de la finca siguiendo el rastro de los corzos.

Ángel abrió el maletero y torció el gesto. No podía meter allí a la perra. Había olvidado que estaba ocupado, lleno a rebosar de flores. Pensó en apartarlas para hacerle un hueco, pero desterró la idea enseguida. Supuso que Argi se tumbaría sobre ellas y las estropearía, así que decidió subirla al asiento trasero.

La perra se impacientó desde que entró en el todoterreno, no le gustaba salir de la finca y, además, estaba hambrienta. Empezó a lloriquear. Ángel experimentó una extraña mezcla de sentimientos. Impaciencia por llegar a casa y hacérselas pagar a Basilia, y una pasión ciega por poseer a Consu, la viuda del tabernero que hacía años que estaba en deuda con él.

* * *

Basilia, molida a palos y abandonada sobre el suelo helado del caserón, dejó de sentir dolor cuando empezó a pensar en la muerte. Lejos de percibirla como el final de su vida, la veía como un desahogo. Un alivio para su miserable existencia de hambre, golpes y apariencias. Durante los cuarenta y siete minutos que faltó su esposo, rezó para que se la llevara pronto, vestida como estaba de domingo, con los labios pintados de rojo y los zapatos de tacón.

Se le heló el alma cuando oyó llegar a su marido con la villana. Nunca le había gustado el animal, porque la miraba de forma desafiante y, cada vez que se movía o incluso realizaba un gesto suave, ladraba. Ángel giró la llave en la cerradura, abrió la puerta con suavidad y, una vez dentro, cerró de un portazo y soltó a la perra. Basilia entró en pánico, inútil como había quedado tendida en el suelo. Intentó moverse, pero la villana se abalanzó sobre ella: las patas sobre el pecho de Basilia, presionando una de las costillas rotas, y el hocico sobre el rostro, dejando caer la baba sobre la boca temblorosa de la mujer.

El alcalde entró en la cocina y regresó al salón cargando una olla de hierro fundido, de color rojo y tamaño mediano. Retiró la tapa, la dejó sobre el aparador y se acercó a Basilia con una sonrisa burlona.

—¿Qué? ¿A qué paleto vas a arreglar ahora el agua y la luz? —preguntó con fanfarronería—. No me jodas, Basilia, que eres una muerta de hambre.

Sintió cómo su marido derramaba lentamente sobre ella el caldo, las patatas y la tierna carne de babilla, al tiempo que la villana devoraba el alimento sobre su cuerpo. La rozaba con el hocico y con los dientes. Notó cómo se le tensaban los nervios, cómo se electrificaban sus extremidades y cómo su cuerpo iba perdiendo fuerza.

Comenzó a sudar. Sintió un malestar en el estómago que se transformó en náusea y empezó a marearse. Quería gritar, pero la voz se le había quedado atrapada en la garganta.

Ángel se llenó por fin de esa satisfacción que le hacía sentirse poderoso. Acarició el rostro de su mujer con el dorso de la mano, restregándole el anillo de sello que llevaba en el meñique.

—Hoy no morirás —le anunció.

En ese preciso instante, ella sintió un dolor que le estranguló el pecho y le cortó el aliento. Boqueó como un pez para llenarse de aire. Como en otras muchas ocasiones, Basilia intuyó que podría sobrevivir a la paliza, pero no al castigo de su marido. Perdió el sentido y fue meciéndose dulcemente en una plácida inconsciencia sin saber que Ángel la había dejado muda para siempre.

A Angelita se le hizo la boca agua pensando en las *babarrunak* que preparó la noche anterior y que reposaban sobre la encimera de la cocina de leña. Expectante, chasqueó la lengua contra el paladar de la dentadura postiza mientras levantaba la tapa de la puchera de hierro. Las alubias rojas, frías ya, flotaban a duras penas en un caldo denso y oscuro acompañadas de medio chorizo, media morcilla y una puntita de oreja.

La maestra siempre fue la *birrocha* del pueblo, la eterna solterona. Demasiado inconformista, demasiado inteligente, demasiado moderna. Los alumnos y sus familias la respetaban e incluso la veían con cierta admiración.

Angelita apartó en una olla pequeña dos cacitos de alubias con chorizo, y dejó el resto en la puchera para aprovecharlo durante la semana. Abrió la portezuela de la cocina de leña, colocó dentro un madero de encina y la cerró de nuevo. Con el gancho de hierro, levantó de la chapa la arandela de menor diámetro y la retiró. Arrojó dentro un papel enrollado y le prendió fuego con una cerilla. En cuanto la llama creció, colocó la olla pequeña sobre la lumbre y en cuestión de minutos las *babarrunak* empezaron a borbotear. Las retiró del fuego, las vertió con cuidado en un plato hondo de duralex de color ámbar y se sentó a la mesa.

La maestra tomó una cucharada y paladeó la mezcla perfecta de alubias y chorizo. Se sirvió un generoso vaso de vino tinto y bebió un sorbito. Cortó una buena rebanada de pan de hogaza y partió algunos trocitos que después sumergió en la salsa. El primer domingo de cada mes, la maestra se permitía este homenaje.

El timbre del teléfono sobresaltó a Angelita. Se puso en pie de un respingo, se limpió los labios con la servilleta de hilo blanco y se acercó al aparato fijo del pasillo.

—Diga —saludó aclarándose la voz.

—Angelita, querida, *arratsalde on*. —Era Loli, la prima de Basilia—. Te he arreglado la falda. ¿Te la envío esta tarde con mi prima o te vienes a Zalla y merendamos?

Miró por la ventana y vio los dos coches aparcados en la puerta de la casona de Basilia. Pensó que Ángel acercaría a su mujer a casa de su prima y no quiso molestar a la pareja.

—Que me la traiga tu prima, *maitia*, que está lloviendo y tengo pocas ganas de salir de casa —se excusó Angelita.

Loli se despidió. Colgó el teléfono y avanzó hacia la habitación de la costura. Desenganchó la falda de su amiga Angelita de la máquina de coser cortando dos hilos. La dobló con cuidado y la introdujo en una bolsa de plástico blanca. Se le iluminó la cara pensando en la merienda con Basilia. Había comprado un cuarto de pastas de mantequilla y una botella de Anís del Mono.

* * *

Sole abrió la puerta de casa a Joxean con una sonrisa llena de dulzura y una toalla de algodón color canela entre las manos. El chico se descalzó sobre el felpudo, antes de entrar en casa con el ramo de narcisos. Sole le puso las zapatillas de casa, le secó el pelo agitando las manos con determinación y, cuando terminó, lo besó.

—¡*Amaaaaaaa*! —se lamentó Joxean—. Es es... estos son los últimos —anunció levantando los siete narcisos—, ya no tengo más.

—*Maitia*, no te preocupes —le calmó Sole.

—¡Hay que tra... tra... traer más narcisooooos! —Joxean lloraba sin consuelo—. ¡Si no hay narcisos, vendrá la muerteeeee!

Lo cierto es que la muerte llevaba más de veinte años rondando el barrio de Mercadillo, intentando echar el guante a Fernando. Con treinta y ocho años, los vecinos encontraron su cuerpo inconsciente en la trasera de su edificio, semioculto por la maleza del barranco de Baldebezi. El arquitecto se había arrojado por una de las ventanas de su casa, presa del espanto. En el rostro aún se le dibujaba una mueca siniestra, como si hubiera visto el horror frente a frente.

Miren, beata como era, siempre sostuvo que su esposo quiso quitarse la vida para escapar de algún demonio. Que enloqueció sin motivo y se arrojó por la ventana sin que ella pudiera hacer nada para evitarlo porque tenía en los brazos al pequeño Joxean, de apenas unos meses. Sole había salido a la tienda de enfrente a comprar unos huesos para el caldo y le había pedido que se encargase del niño.

La señora de Fernando contaba que, como era verano y tenía las ventanas abiertas, pudo escuchar un golpe seco acompañado de un crujido. Ese fue el momento en que una piedra puntiaguda partió bruscamente en dos la columna del exitoso arquitecto y lo dejó paralítico y medio muerto.

Encontraron el cuerpo al apartar una tupida capa de arbustos y helechos. Fernando apareció sobre una cama de narcisos blancos y amarillos, con los ojos medio abiertos y la sonrisa quebrada. En el tiempo que duró la caída, cuando el viento volteó su cuerpo hasta ponerlo en horizontal, Fernando pidió un deseo: volver a ver a su hijo Joxean una vez más. Llevaba más de veinte años esperando a que el destino cumpliera para poder irse en paz.

Ángel se tomó tres minutos para disfrutar de la escena dantesca que tenía delante. Su mujer agonizaba tirada en medio de un charco viscoso de guiso, con un hilo de voz, sin fuerzas. La perra había quedado saciada y se había acostado en el sofá del fondo. Respiró hondo y echó mano del teléfono fijo del aparador. Supuso que su amigo Iñaki, el médico del pueblo, aún no habría empezado a comer.

—Iñaki, *arratsalde on* —saludó el alcalde.

—*Arratsalde on, alkate.* —Su amigo siempre se refería a él como «alcalde» en euskera.

—Es Basilia —le anunció con voz grave.

El auricular quedó pendido del cable mientras el médico se calzaba las deportivas blancas y bajaba corriendo las escaleras atropelladamente. Aún recordaba el cuerpo flaco y maltrecho de Basilia la última vez que su marido la molió a palos.

Iñaki montó en su Renault 5 rojo, sin tiempo para chequear su maletín, con el ánimo perturbado. Arrancó y recorrió quinientos metros por el camino Bezi hasta desembocar en la calle Avellaneda. Dejó a sus espaldas el barrio de La Herrera y enfiló la cuesta de Lehendakari Aguirre en dirección a La Baluga. Llegó en siete minutos al caserón de su amigo, maldiciéndole

43

para sus adentros y rogando por que la desgraciada de su esposa hubiera sobrevivido.

Angelita, sorprendida por tanto trasiego de tráfico para ser las tres de la tarde de un domingo, deslizó el visillo de la ventana del salón y descubrió al doctor bajando de su coche. Estaba sudando y parecía alterado. Llevaba el maletín medio abierto, con una parte colgando.

Iñaki golpeó dos veces la aldaba de la casona del alcalde y, cuando se disponía a llamar una tercera, la puerta maciza se abrió. El médico accedió a la penumbra. En cuanto divisó a Basilia tirada en el suelo, pensó en lo peor.

—¿Qué ha pasado, *alkate*? ¿Qué ha pasado esta vez? —le reprochó mientras tomaba el pulso a la mujer.

—Iñaki, no he podido evitarlo —mintió—. Iba ella con la olla del guiso en la mano y se ha resbalado por no quitarse los tacones —resumió con desprecio—. ¡Anda siempre igual! ¡Mira que se lo he advertido mil veces, pero nada, chico, que no hace caso!

El médico miró a su alrededor. Ni rastro del guiso, más allá de una salsa viscosa que había quedado pegada al vestido de Basilia. La mujer tenía el pulso muy débil y serias dificultades para respirar. Cuando le pasó suavemente la mano por el costado, ella se quejó. «Mmmmmm». Tenía cuatro costillas rotas y un tobillo partido que dejaba el pie colgando.

—Está muy grave —sentenció—. Es el corazón —resumió obviando cualquier otro daño.

Iñaki sintió a sus espaldas la ira del alcalde. Respiraba con ansiedad, abría y cerraba las fosas nasales como si las atravesara un vendaval. Con las mandíbulas cerradas, hinchaba el pulmón, apretando los puños y rechinando los dientes.

—Voy a inyectarte un sedante para que no sientas dolor.

Basilia ya estaba medio muerta. Notó un pinchazo y un líquido recorriéndole el brazo, trepándole por el cuello y alcanzándole la cabeza. El médico le entablilló el tobillo y su marido la cargó en brazos y la llevó a la cama.

Iñaki echó al alcalde de la habitación y la desnudó para conocer el alcance de los golpes. Tomó la jarra blanca de acero esmaltado y vertió el agua en una palangana. Con una esponja, retiró suavemente la salsa que quedaba en el pelo y en el cuerpo de Basilia, limpió como pudo el maquillaje y secó la piel usando una toalla, con ligeros toquecitos hasta dejarla limpia.

Parecía una muñeca rota. Pálida, ojerosa y con el pelo enmarañado en una coleta deshecha. Iñaki la auscultó y confirmó cuatro costillas astilladas, un tobillo hecho trizas que la dejaría coja si lograba sobrevivir, y un corazón extremadamente débil que no daba señales de aguantar más allá de unas horas. Esta vez, su amigo había ido demasiado lejos.

El médico rodeó el torso de Basilia con un vendaje y la vistió con un camisón rosa de franela gruesa cuajado de flores. Le adecentó el pelo y la arropó de forma casi quirúrgica. La colocó semiacostada, con dos almohadones sujetándole la espalda, la manta cubriéndola hasta el pecho y los brazos a ambos lados del cuerpo y por encima del embozo. En ese momento, sintió que él también era un monstruo.

* * *

La primera vez que el médico de Sopuerta atendió a Basilia fue hace casi treinta años. Acudió a la consulta con su prima Loli, su única pariente. Parecía muy apurada. Estaba pálida como la cera, hirviendo en fiebre y yéndose en sangre. Cruzó el umbral apoyándose en Dolores. Apenas podía tenerse en pie.

—Doctor, *egun on* —saludó con preocupación la prima Loli—. Es Basilia, tiene el período desde hace semana y media y no puede ni hablar de tanto dolor. No deja de sangrar en abundancia.

Iñaki se levantó y, antes de que pudiera alcanzar a la paciente, ella se desplomó sobre la camilla.

—¡Basilia, despierta! —le espetó mientras le propinaba unos cachetes en la cara—. ¡Oye, abre los ojos, háblame!

Dolores se retiró a un lado entre lágrimas, mientras una auxiliar muy joven irrumpía en la sala. Él la auscultó y, al llegar al bajo vientre, notó unos bultitos carnosos y duros en el útero. Levantó la mirada y vio el terror de Dolores, que negaba mientras se ahogaba en lágrimas.

—Sálvele la vida, doctor —susurró mientras lloraba—. Sálvesela, se lo suplico.

Al bajar la vista, el médico observó los coágulos de sangre de color negro deslizándose entre las piernas de Basilia.

—Mi prima tiene una enfermedad, doctor. ¡Su vientre solo le provoca dolor! —confesó Loli entre sollozos—. ¡No intente conservarle el vientre! —gritó con desgarro—. ¡Solo quiero que no se muera!

Años después, el día de su boda, Ángel caminó hacia el altar con su madre enganchada del brazo y engañado por su hermano de leche, sin saber que Basilia no le daría hijos. Desde ese momento, Iñaki convivió con la duda de si había actuado bien. De si debió romper el juramento médico y confesar a su mejor amigo que iba a desposarse con una mujer yerma. Una mujer a la que él mismo le extrajo el útero cuando era una adolescente para poder salvarle la vida.

Rumbo a las escaleras donde le esperaba el padre Ramón, Ángel fue posando los ojos en todas las jóvenes casadas y casaderas que había hecho suyas en secreto. Ardía en deseo cuando sus ojos se fijaban en los pechos y en las caderas que había habitado, muchas veces, con violencia extrema. Ellas bajaban la vista al encontrarse con su mirada.

El novio había perdido la cuenta de cuántos hijos bastardos había repartido por el pueblo. Asaltaba a las jóvenes con extrema violencia y, en muchas ocasiones, las preñaba. Su fama de depredador se extendió por toda la comarca. Cuando su madre, Elenita, llamó a las puertas de las familias nobles y terratenientes para casarle, todas ellas lo rechazaron. Decían que o su hija acababa de comprometerse, o aún no había terminado los estudios básicos o ya estaba indecisa entre varios pretendientes.

El alcalde y su mujer se desesperaron. Su hijo no podría gobernar el pueblo sin estar casado. No estaba bien visto y, además, tenía que asegurar su descendencia para que la alcaldía quedase en la familia. Por eso, cuando su madre, Elenita, supo que había una chica forastera, virgen y en edad de casar, no se lo pensó dos veces. La joven no parecía tener parientes cercanos ni recursos. Y, lo más importante, aún no conocía la fama de su hijo. No sería difícil engañarla.

Elenita se dio prisa y contactó con el padre Ramón. Acordó el matrimonio sin que Basilia lo supiera. A Ángel le obligaron a pasar por el altar para mantener las apariencias. Al principio, se rebeló. Después, tuvo que hacerlo contra su voluntad.

—Padre, fijemos la boda para el 16 de julio —agendó Elenita con determinación—. Es sábado, estamos a mediados de verano y Ángel podrá tomarse unas vacaciones antes de asumir la alcaldía.

—Hija, eso es dentro de mes y medio —rechazó el cura—. No hay tiempo para decorar la iglesia. ¡Y qué decir de buscar un vestido digno para Basilia!

Elenita deslizó un rollo de billetes en el bolsillo de la sotana del cura, con la habilidad de quien tiene la costumbre de comprar voluntades.

—Podríamos darle un empujón a la ceremonia —rectificó el cura—. Y estoy seguro de que Dolores se las apañará para coser un bonito vestido para su prima.

* * *

Cuando Basilia despertó, sintió una enorme presión sobre el pecho y los costados, como si un corsé se estrechara por minutos sobre ella. Empezó a respirar de forma consciente y quiso dejar de hacerlo cuando sintió las punzadas de dolor en las costillas. Intentó llamar a Ángel. Estaba segura de que ya se había calmado, pero no pudo emitir ni un solo sonido. De su garganta no salió más que una voz ronca, propia de un animal agonizante.

Trató de revolverse en la cama, pero no logró moverse ni un milímetro. Sintió una carga rígida en el tobillo derecho. Se esforzó en girarlo y en mover los dedos, pero fue incapaz. La sábana recortaba la silueta de un armatoste de madera inmovilizándole la parte baja de la pierna.

Escuchó ruidos al fondo del pasillo, y unos pasos que se acercaban con determinación. Segundos después, el cuerpo fornido de su marido asomó por el quicio de la puerta.

—Ha despertado —anunció sin miramientos. El médico, que se había quedado atrás, aceleró el paso y apartó a su amigo de un empujón.

—*Arratsalde on*, Basilia —saludó con alivio—. Soy Iñaki, el médico, ¡no me digas que no me recuerdas!

Cada vez que su marido la molía a palos, él la revivía con dulzura. Basilia pensaba que el doctor era su ángel de la guarda. Por eso, cuando le vio esbozó una sonrisa.

Consu aprovechó que los parroquianos habían abandonado el bar para limpiar el serrín que cubría sus orines. Se sintió agredida. Manchada. Humillada. Cogió la escoba y el recogedor y empezó a barrer. Se preguntó cuántas veces más sentiría ese miedo. Ese terror que la había acompañado desde que retó al diablo.

Años atrás, durante la hora y diez minutos que duró la boda de Basilia, Consu estuvo planeando su huida de Sopuerta. Mientras el cura leía el evangelio, pensó en tomar la carretera de Balmaseda, paralela al río Kolitza, y ocultarse en casa de su amiga Begoña. Después, atravesaría a pie la montaña y cruzaría a Cantabria a través del bosque.

Cuando el padre Ramón entonó con voz grave y enérgica el sermón, Consuelo tuvo claro que lo mejor era esperar al autobús de las cinco y huir rumbo a Bilbao. Sin embargo, en cuanto el cura casó al matrimonio, decidió ser valiente y asumir su destino.

La joven Consuelo había heredado la deuda impagable de un marido borracho. Antolín se jugó el bar Kolitza en una noche de cartas. Animado por una racha de buena suerte, se envalentonó y apostó el local con los compañeros de partida. Si ganaba, se quedaría con el piso de arriba, un almacén abandonado que necesitaba para ampliar el negocio. En medio de la partida, apareció Ángel.

—¡Qué hostias hacéis! ¿Estáis jugándoos el pueblo sin invitar al hijo del alcalde? —advirtió entre risotadas.

Los paletos le hicieron un hueco en la mesa, echaron a uno de los jugadores y el hijo del alcalde heredó sus cartas. El resto intuyó que era una mano mala y dejaron de jugar para beneficiarle. Antolín quedó atrapado en su órdago: si le dejaba ganar, perdería el bar. Así que decidió probar suerte.

Ángel desplegó sus cartas sobre el tapete. Muerto de miedo, Antolín agachó la cabeza y, con el ritmo del corazón alterado, reconoció que había perdido. Le rogó que no le quitara el bar, hasta caer de rodillas y arrastrarse por el suelo. Se humilló recorriendo el local suplicando, como un animal herido, hasta que Ángel se detuvo en seco y le propuso un trato.

—Hay una posibilidad de que lo conserves —le concedió sonriendo—. Déjame catar a tu mujer una sola vez.

Antolín sintió que perdía el sentido. El hijo del alcalde quería a su Consu. Una mujer esbelta, a pesar de haber parido cuatro hijos, de pechos grandes y sonrisa amable. Estaba pasando esos días con su familia, en el caserío Guezuraga, el último del alto de Las Muñecas. Cuando se acordó de ella, sonrió. Paseó su mirada por el bar Kolitza, sopesando el dinero que había invertido y el futuro que representaba ese local para sus hijos.

El hijo del alcalde se impacientaba y exigía una respuesta. Antolín sintió que le faltaba el aire. Se topó con la mirada estrábica de su madre, que le hizo un gesto para que se acercara.

—¿Qué andas pensando? —le susurró—. Bastante lío has armado. Mira a tu alrededor. —Antolín obedeció—. ¿Crees que tu padre y yo te dimos un buen dinero cuando te casaste para malgastarlo así?

—No, *ama*. —Los ojos se le llenaron de lágrimas—. Hostias, no hay salida. Era una fanfarronada, ni tan siquiera tenía tan buenas cartas.

—La has armado gorda. Y, encima, con el hijo del alcalde. Ahora da la cara —le ordenó.

Antolín, con la cabeza agachada, no entendía qué le estaba sugiriendo su madre. Escuchaba de fondo las carcajadas de Ángel, acompañado por los tres compañeros de partida. El bar estaba cerrado. La persiana, echada.

—No es para tanto, hijo —le restó importancia Rosarito—. Yo misma me ofrecería al alcalde si él quisiera —admitió coqueta.

El joven estaba desencajado, descompuesto. Su madre le tomó de la mano y le susurró:

—No lo pienses más, la propia Consu estará de acuerdo. Ya hablo yo con ella.

—¡Vamos, poco hombre! ¡Decídete de una vez! —le exigió Ángel—. ¡Es para hoy!

Antolín fue restando importancia a la idea de que otro hombre poseyera durante unos momentos a Consuelo. Había parido al último crío hacía unos meses y se había descuidado. Tampoco le hacía tanto caso como antes ni cumplía como esposa. Siempre buscaba excusas para no meterse en la cama cuando él se lo pedía.

Rosarito se dirigió a la entrada del bar y levantó la persiana con gesto enérgico.

—¡Vosotros tres, a la calle! Aquí no hay nada que ver —les ordenó.

Los tres hombres se calaron la boina, agacharon la cabeza y abandonaron el bar. Ángel se acercó a Antolín, pálido y sudoroso, y le agarró el cuello con una sola mano.

—No estoy para bromas, cabrón —le advirtió—. El bar o la mujer.

Rosarito se metió a la cocina y puso la radio. Subió el volumen hasta que los acordes del pandero y la *trikitixa* inundaron el bar Kolitza.

—Me quedo con el bar —susurró.

—Que no te oigo, Antolín, hostias, me estás cabreando. —Ángel estaba a punto de perder la paciencia.

—Me quedo con el bar —anunció Antolín en voz más alta.

—No te oigo, perro —le espetó a escasos centímetros de la cara.

Antolín notó cómo el puño de Ángel se iba cerrando sobre su garganta. Sintió que el aire que tomaba no le llegaba al pulmón. Dejó de escuchar al hijo del alcalde, que le gritaba al tiempo que la saliva se le acumulaba en las comisuras de los labios. Sintió cómo se le aceleraba el corazón. Pensó en Consu y en sus cuatro hijos, en su *ama*, que se encargaría de convencerla. Y en ese preciso instante, el miserable del tabernero cambió para siempre el destino de su mujer.

—¡¡¡¡¡Me quedo con el baaaaaar!!!!! —gritó con la voz atenazada.

Rosarito, con el oído pegado al quicio de la puerta de la cocina, oculta tras la cortina de cuadros, sonrió. Su hijo, por primera vez en su vida, había decidido bien.

Para cuando Ángel dio el sí quiero a Basilia delante del cura, era consciente de que nunca podría amarla. Sin embargo, sentía que no tenía escapatoria, así que se dedicó a diseñar su futuro pensando en su esposa como un mal menor. No sería el primero que se casaba con una mujer a la que no quería. Se centró en sus descendientes. Sabía que solo dominaría el pueblo si engendraba varios. Al menos, dos varones y una mujer. El mayor heredaría la alcaldía, el pequeño gestionaría las tierras y casaría a la chica con un hombre poderoso de un pueblo cercano.

Ángel se reunió con Basilia dos veces antes de la boda para hacer oficial el compromiso. La ropa que había elegido su madre para ella no ayudaba. Llevaba un vestido de nido de abeja hasta las rodillas, medias blancas de perlé y unos zapatos de charol que le quedaban grandes. Toda la ropa era prestada. Parecía esmirriada y pequeñaja.

La segunda vez que Ángel merendó con Basilia pensó que podría transformarla a la medida de sus necesidades. Es más, estaba seguro de que nunca se quejaría porque no tenía a nadie. Estaba completamente sola.

Elenita, impotente por no poder casar a Ángel con la hija de una buena familia, vivía amargada y sentía una imperiosa necesidad de venganza. Llamó suavemente a la puerta acristalada del salón y carraspeó para interrumpir solemnemente a la pareja.

Dejó sobre la mesita de centro una bandeja plateada con dos tazas de café con leche, un cuenco dorado con terrones de azúcar y un plato pequeño con una torre de pastas de té.

—Merendad —ordenó de forma escueta—. Dicen que los dulces traen buena fortuna.

Los dos jóvenes se miraron. No sentían nada el uno por el otro, pero les atraía la ceremonia social con la que los agasajaban.

—Vivimos en la casa de al lado de la herrería, es una residencia familiar que construyó mi abuelo cuando regresó de Cuba y compró buena parte de las tierras de Sopuerta —explicó Ángel.

—Es como un sueño —susurró Basilia.

—Mis padres nos dejarán un par de habitaciones y un aseo solo para nosotros —continuó—. Una de ellas será mi despacho, y la otra, nuestra habitación y tu vestidor.

La chica solo podía asentir. Vivía una realidad que ni tan siquiera se habría atrevido a soñar. Elenita le había explicado con todo detalle qué estancias ocuparía, las reglas de la casa y cómo dar órdenes al servicio.

—Tu *ama* ha sido muy amable —agradeció—. Me ha indicado cómo ser una buena esposa y cómo hacerte feliz.

También le contó a la chica que, en la noche de bodas, debía aparecer ante Ángel con el camisón de raso blanco y sin ropa interior. Tenía que esperarle con las piernas ligeramente abiertas, invitándole a poseerla, y aguantar el dolor si lo sentía. Solo serían un par de veces hasta desvirgarla por completo.

Basilia sentía más miedo que vergüenza. No era la primera vez que se desnudaba ante un hombre. Cuando el padre Ramón le traía los sacos de ropa donada por las fieles, le pedía que se probase las prendas delante de él, una por una.

En ocasiones, le tocaba el pecho para recolocárselo en alguna blusa y enseñarle, decía, cómo deben cubrirse las jovencitas de bien. La ayudaba a ponerse las medias, estirándolas sobre la piel de la joven y tirando de ellas levemente hacia la cintura. Alguna vez le revisó la ropa interior para asegurarse de que no estaba deshilachada ni sucia. Cristo repudiaba a las creyentes con prendas inadecuadas.

Basilia recordaba cómo acariciaba la cicatriz horizontal de su vientre. Al cura le gustaba recorrerla de lado a lado. Jugaba con el relieve encarnado que sobresalía sobre la piel blanca.

—¡Ay, endemoniada! —le reprochaba con ojos de depravado—. ¿Quién va a querer este vientre seco?

El sacerdote le explicó que ese costurón traía el vicio a los hombres. Incluso a los más píos, como él. El cuerpo de una mujer yerma solo servía para la lujuria y el desenfreno. Cada sábado, después de la siesta, el padre Ramón llamaba a Basilia a la sacristía. La obligaba a colocarse el cilicio alrededor del muslo, muy cerca de la ingle.

Él apretaba el alambre para mortificarla hasta que ella pedía que dejara de castigarla. Entonces, el cura lo estrechaba un punto más. Don Ramón se quitaba el anillo de sello y, con su dedo índice, recorría el camino del cilicio al pubis de la chica. Basilia le dejaba hacer. Se sentía una escoria afortunada. Pensaba que su existencia podría ser útil, al menos, para sacar el vicio del cuerpo de un hombre de la Iglesia.

Cuando el cura le anunció su matrimonio con Ángel, experimentó un profundo agradecimiento. Don Ramón era su salvador.

—Hija, a pesar de tu condición, has sido bendecida por el Señor.

—Padre, ¿qué quiere decir?

—Me he reunido con Elenita y quiere que seas la esposa de su hijo. Te casarás con el futuro alcalde de Sopuerta.

Basilia sintió el vértigo en el estómago, como si se le hubiera dado la vuelta el alma.

—Don Ramón, ¿qué hay de la cicatriz? —Basilia le advirtió—. Le llevaré la desgracia.

—Olvídate de eso, ni una palabra a nadie. —Le agarró con fuerza del brazo y acercó la boca a su oído—. Buscan una mujer virgen y tú lo eres.

—Padre, no podré darle hijos —sollozó.

—Entonces, no se lo digas.

Don Ramón aprovechó para revisar el vestuario de la chica. Le pidió que se desnudara y abrió el arcón de madera de la sacristía que contenía las prendas de Basilia. Fue la última vez que abusó de ella.

Le pidió que se quitara la ropa interior para que él pudiera examinarla. La chica esperó de pie, aterida de frío, mientras don Ramón examinaba las prendas y las dividía en dos montones. Uno para lavar y planchar, y el otro, para remendar.

—Padre, ¿cuándo podré vestirme? —Estaban a principios de junio, pero la sacristía era heladora.

El sacerdote se acercó a la chica y le puso las manos sobre los pechos. Le pidió que los mantuviera siempre cubiertos por un sostén, salvo en la noche de bodas y cuando su marido se lo pidiera. Deslizó una de sus manos hacia el pubis, atravesó la cicatriz y Basilia sintió un escalofrío.

—Tranquila —la calmó—. Es mi vicio. Déjale que salga.

Justo cuando el sacerdote cubrió la vulva de Basilia con los dedos, una ráfaga de viento sur abrió de par en par una ventana que había quedado entrecerrada. El cura se apartó de la chica. Era un mal augurio.

Don Ramón Otañes falleció horas después de la boda de Basilia. Fue sustituido por un sacerdote recién salido del seminario de Deusto y vecino del pueblo. Era el padre Eusebio. El joven que había abandonado Sopuerta ocho años antes cuando sus padres le impidieron casarse con la maestra del pueblo.

A Basilia la muerte le entró por los pies. Reptando suavemente, como un dulzor gélido que iba apropiándose de su cuerpo milímetro a milímetro. Postrada en la cama, mientras esa bestia implacable la recorría lentamente de abajo hacia arriba, por primera vez en su vida sintió consuelo. Una vía de escape al dolor y al sufrimiento.

Desde la cama escuchaba cómo el médico le preparaba algo de comer. Junto a él, Ángel hablaba en voz baja mientras cascaba un par de huevos y dejaba que su amigo los batiera y preparara una tortilla francesa.

—Iñaki, ¿qué hacemos? —rogó una respuesta con la mirada mansa—. Esta ha quedado mal después de la caída. Pero...
—dudó de si seguir hablando o no— ahora al hospital no la podemos llevar.

—*Alkate*, no entiendes nada —se indignó el médico—. Es muy probable que no sobreviva.

Basilia, sabiendo que había quedado muda, luchó por no morir en silencio. Intentó gritar con toda su alma a pesar de que el dolor la atravesaba cada vez que lo intentaba. Llenó los pulmones y expulsó el aire mientras lo propulsaba cerrando el abdomen. Nada, ni un ruido. Lo intentó de nuevo tantas veces como tardó en agotar sus bronquios. Y ya con la cara amoratada y la garganta enrojecida e irritada, entendió que solo podía elegir cómo quería vivir el tiempo que le quedaba.

Se acordó de la prima Loli, que la estaría esperando con la merienda ya preparada. Habría extendido sobre la mesita redonda de mármol un tapete de ganchillo. Sintió su olor a esencia de rosas y su abrazo cálido cuando la recibía.

—Basilia, querida, ¡cada día estás más mona! —le decía con voz pomposa—. ¡Qué tipo tienes! ¡Déjame que te vea! —Y le abría los brazos y la hacía girar sobre los pies para admirarla.

Dolores ponía la radio a todo volumen e inundaba la casa de boleros. Servía el café en la vajilla de porcelana blanca, le echaba un chorrito de leche, un par de cucharadas de azúcar y lo acompañaba con pastas. Basilia devoraba la merienda y esperaba a que Loli retirara la vajilla, sacara los vasos de cristal pequeños y le ofreciera anís.

—Querida —anunciaba de forma ceremoniosa—, ¿te apetece un poco? —Y ella asentía.

La música de Radio Encartaciones inundaba el saloncito con sones lejanos de la América indiana, donde Basilia imaginaba exuberantes jardines y mansiones de colores vivos. Con el segundo vaso de anís, las primas se levantaban de la butaca y se reían, se cogían de las manos y bailaban como una pareja. Basilia se abrazaba a Loli para sentir su calor, buscando en ella el rastro familiar de una madre.

En ese momento, postrada en la cama, voló con la mente a su infancia y regresó al día en que su *ama* se despidió de ella. Recordó cómo la subió a un carro de bueyes y le dio al ganadero seis monedas para que sacara a la niña de una vida esclava en Balmaseda.

—Cuando llegues, ve a la iglesia, Basilia —le susurró al oído—. ¡Y usted, siga su camino, pare a la niña en Sopuerta! —le espetó de un grito.

Mientras el carro se alejaba, la adolescente raquítica lloraba en silencio, sin entender por qué su *ama* la abandonaba. Sintió un desconsuelo que le pesaba en el pecho y le impedía respirar. Años después, padecería ese mismo desamparo cada vez que su marido la golpeaba, la arrastraba y la violaba rabioso porque su vientre nunca daría frutos.

Esa tarde en la que Basilia agonizaba, quiso despedirse de su madre. Viajó con la imaginación y la encontró en la casona blasonada de los Armentia, donde trabajaba. La vio arrodillada, fregando escaleras con el agua calándole la falda hasta la cadera. Tenía el pelo recogido, una sonrisa divertida y las mejillas sonrosadas.

La pequeña Basilia corrió y corrió con todas sus fuerzas hasta que alcanzó a su *ama* y se hundió en su pecho. Ella cerró los brazos suavemente sobre la niña y la meció hasta que quedó medio dormida. Basilia escuchó la voz aterciopelada de su madre entonando entre susurros su nana favorita:

> La niña está en la cuna
> con la sonrisa bonita
> entre sábanas blancas
> muy calentita.

A un paso de la muerte, Basilia se sintió reconfortada. Notó cómo el alma se le llenaba de música. Las manos de su *ama* le acariciaban las costillas hasta que dejó de sentir dolor. Su madre seguía cantándole al oído para que se durmiese:

> La *amama* dice:
> «Pochola mía, duérmete.
> Si no, vendrá la villana,
> y te comerá de una vez».

Basilia entendió que su vida terminaba y decidió perder el miedo a la muerte mientras la parca le iba carcomiendo el cuerpo al son de aquella nana. De alguna extraña manera, había sido recompensada. Solo por ese instante, solo por haberse encontrado de nuevo con su madre, había merecido la pena seguir viviendo.

* * *

Ring, ring, ring. El timbre del teléfono sobresaltó a Ángel. Estaba abstraído, no entendía cómo su mujer le podía poner en esa situación tan comprometida. Descolgó el auricular y respondió.

—Diga. —Su tono sonó seco.

—Ángel, querido, soy Loli —anunció—. Esperaba a Basilia a las cinco y son las seis menos diez y aún no ha llegado. —El alcalde no sabía cómo actuar—. Siempre suele ser puntual. ¿Ha salido ya de casa?

Dolores hizo de tripas corazón temiendo la respuesta, sin imaginar que a su prima ya le costaba respirar. El médico pasó al lado de su amigo, incapaz de dar una explicación, y le arrebató el teléfono.

—Dígame, soy el doctor —anunció.

La prima Loli sintió que se le helaba el alma. Pensó en la pobre Basilia, un saco de huesos en manos de su marido. Cuántas veces la consoló en silencio y cuántas veces le pidió que aguantara, pensando que las palizas serían pasajeras.

—Doctor —carraspeó mientras las lágrimas le surcaban las mejillas—, ¿qué ha pasado?

El médico no sabía por dónde empezar. Titubeó hasta que se le formó un nudo en la garganta que le impidió seguir.

—Doctor —lloró desesperada Dolóres—, ¡¿qué le ha sucedido a mi prima?! —gritó.

Iñaki levantó la vista al frente, miró a Ángel a los ojos y, sujetando como pudo el auricular, alcanzó a responder:

—Basilia se muere.

Angelita seguía en la ventana de enfrente, pendiente de cualquier movimiento en la casona de su amiga. No la había visto salir camino de Zalla, donde sabía que la esperaba Loli. Empezaba a preocuparse. Decidió llamar a Miren, por si sabía algo.

—*Arratsalde on*, Mirentxu —saludó con cariño.

—Angelita, querida, ¿cómo estás? —le devolvió el saludo con tono cantarín—. Te hacía en casa de Dolores, con Basilia.

—No he ido, *maitia*.

Miren intuyó la desgracia. Angelita parecía preocupada.

—¿Y no sabes nada de Basilia? —se atrevió a preguntar.

—Ha venido el doctor Loizaga, corriendo como un loco, con el maletín en la mano, muy apurado —explicó Angelita—. No sé quién se habrá puesto enfermo.

—Lo mejor es que te tranquilices, Angelita. —Miren intentaba que ambas se calmaran—. Seguro que no es nada, alguno se habrá sentido indispuesto.

—*Maitia*, Basilia es muy poca cosa —sollozó la maestra—. A ver si esta vez se la ha llevado por delante.

—En diez minutos estoy en tu casa —sentenció Miren.

Para entonces, el corazón de Basilia había empezado a latir de forma desacompasada. Sentía sed, notaba cómo se le agrietaban los labios, cómo los músculos perdían movilidad. Cuanto más avanzaba la muerte, más se aferraba ella a sus recuerdos, al frágil hilo que la unía con la vida.

* * *

Pensó en sus amigas, se hicieron íntimas poco después de la boda con Ángel. Su suegra se las presentó tres semanas antes de la ceremonia. Quería que fuera haciendo amistades con posición social antes de convertirse en la mujer del futuro alcalde. Elenita organizó una merienda para reunirlas y presentarlas de forma ceremoniosa.

—Esta es Angelita Sota, la maestra del pueblo, nacida en Cantabria y una de nuestras vecinas más queridas —explicó.

—Buenas tardes —alcanzó a susurrar Basilia.

Su futura suegra carraspeó y la miró con desdén. Sería un reto convertir a esa muchacha en una mujer de poder en el pueblo.

—Encantada de conocerte —sonrió la profesora.

—Esta señorita, bueno, ya señora —se corrigió Elenita—, es Miren Huarte, de los Huarte de Galdames. Una familia noble de Encartaciones y muy cercana a mi marido.

—Es un gusto conocerte, Basilia —sonrió Miren.

—Acaba de casarse con un arquitecto de Las Arenas que está rehabilitando algunas casas indianas de la zona —explicó con orgullo la señora Urrutia.

En cuanto la futura suegra abandonó el salón, las tres jóvenes se miraron a los ojos en silencio y estallaron en carcajadas. Todas intuyeron que ninguna de ellas había elegido su destino.

—¿Tienes preparado el ajuar? ¿Te has probado algún vestido de novia? —preguntó coqueta Miren.

—Mi suegra se está encargando del ajuar, y mi prima Loli, del vestido —explicó Basilia—. Es costurera y le hace mucha ilusión regalármelo. Me ha tomado las medidas y dice que no me lo enseñará hasta el día de la boda —sonrió divertida—. Será una sorpresa.

Mientras las chicas hablaban del convite en la sala, Loli llamó suavemente a la puerta de atrás, la que daba acceso a la cocina. Tenía en las manos el vestido de novia de su prima ya terminado, emperchado y cubierto por una funda de algodón. Se veía el nombre de Basilia bordado en delicada letra inglesa. Le abrió la puerta Matilde, el ama de llaves.

—¿Está la señora Urrutia? —preguntó—. Soy Dolores, la prima de Basilia.

—Pase. —Matilde sonó cortante.

La prima Loli entró a una estancia enorme, dominada en el centro por una gran mesa de madera llena a rebosar de verduras, frutas frescas y carne de novillo. Las pucheras borboteaban sobre la cocina de leña. Dos cocineras, una gruesa y otra más fina, se afanaban en seleccionar las mejores hortalizas para la crema de esa noche.

Dolores sintió el hambre punzándole el estómago. Se mojó los labios para pasar el trago. Cuando quiso pedir un vaso de agua para silenciar sus tripas, entró Elenita con paso firme y una sonrisa forzada en la cara.

—*Arratsalde on*, querida Loli. —Su voz sonó ceremoniosa—. ¡Estoy deseando ver el vestido!

A Dolores no le pareció buena idea desenfundar el traje en una cocina desbordada de caldos y grasa, pero no se atrevía a llevarle la contraria. Aun así, intentó disuadirla.

—Señora Urrutia, tengo miedo de que se estropee —advirtió con la voz temblorosa y la cabeza gacha.

—Tendremos cuidado, no te preocupes —la calmó con una sonrisa—. Tu prima está en el salón y no queremos que descubra la sorpresa.

La prima Loli comprendió la situación y bajó la cremallera con desconfianza. Elenita irrumpió a su lado de una zancada y le arrebató el vestido de las manos. Con gesto decidido, lo sacó de la funda y extendió el brazo para admirarlo.

Era una obra de arte. Un vestido largo de color marfil, con caída suave, escote en uve y manga tres cuartos. Un bordado de flores sobre encaje *chantilly* recorría los hombros y bajaba hacia la cintura, que se arremetía en una falda de raso terminada en una cola corta y redondeada.

—¿Y el velo? —preguntó decepcionada Elenita.

—Lo he dejado en casa, es muy delicado y no quería estropearlo —se disculpó Dolores—. Es un velo de tres metros, con tul diamante y acabado en un encaje muy elegante, señora.

—Lleva las manos al descubierto. Eso no se permite en una boda por la Iglesia —advirtió Elenita—. Deben quedar ocultas por el velo.

—Lo rectificaré. —Loli bajó la mirada—. Había pensado que le cubriera la cabeza tan solo hasta la frente y que cayera sobre los hombros y se alargara sobre la cola.

—Imposible —desaprobó la señora Urrutia—. Mejor empezarlo desde el principio.

—Por supuesto, doña Elena. Así lo haré.

—¿Podrás cubrirle los brazos hasta las muñecas? —dudó Elenita.

—Sí —respondió decidida Dolores—. Basta con coser un añadido de encaje que bordaré con flores, como el escote.

La suegra de Basilia, con el vestido entre las manos, se lo apretó contra el pecho y comenzó a bailar. Quería probar, dijo, el movimiento de la cola durante el vals nupcial. Dio vueltas rodeando la mesa central mientras las cocineras se apartaban con espanto.

—Señora —rogó Dolores—, podría tropezar. Es mejor que se lo traiga de nuevo cuando esté terminado.

Elenita giró y giró hasta marearse. Tuvo que parar de sopetón. Pisó la cola, tiró de la percha hacia arriba y el vestido de novia de Basilia se resquebrajó. Desnortada por el baile, se abrazó al encaje *chantilly* y se recostó como pudo sobre la mesa.

La cola quedó arrebujada entre el pecho de la señora y la carne de novillo pringada de sangre. Como no conseguía mantener el equilibrio, extendió la falda sobre los puerros y las patatas recién sacadas de la tierra. El vestido de Basilia quedó destrozado.

—¡Nooooooooooo! —Dolores gritó en un susurro.

Cuando Elenita logró recomponerse, sonrió con satisfacción.

—Querida, qué torpeza, perdóname. —Su disculpa sonó falsa y llenó de rabia a Loli.

—¡No podré arreglarlo! ¡Tendré que empezar desde el principio y no hay tiempo para eso! —lloró Dolores con el rostro entre las manos.

—Ha sido culpa mía, Loli. Permíteme que me haga cargo y que le compre el mejor vestido a Basilia.

A Dolores se le rompió el corazón. Escuchaba las carcajadas de su prima al otro lado del pasillo. Se divertía merendando con sus nuevas amigas, confiada en que ella le sorprendiera con un vestido digno de una princesa. Elenita le quitó la culpa de un plumazo.

—Querida, compraré el mejor vestido y diremos que se lo has cosido tú.

Así irrumpió la mentira en la relación de Basilia y Dolores. La costurera nunca le confesó que el vestido que llevó al altar era el modelo más barato de una tienda de novias de Zalla.

Dolores se marchó desencajada con el traje en la mano y, cuando llegó a casa, lo sumergió en un barreño. Lo lavó con detergente en polvo y la esponja más delicada que tenía hasta que se le partieron las uñas y el encaje escupió la sangre del ternero. Frotó con rabia y lágrimas en los ojos, y lo dejó secar sobre una tina, colgado de una percha y bien estirado.

* * *

Cuando Loli terminó de hablar con el doctor la tarde en que Basilia agonizaba, se dirigió al armario de la habitación de invitados. Abrió las puertas de madera y quedó sorprendida por el fuerte olor a naftalina. Corrió las perchas sobre la barra hasta llegar a una acolchada con raso blanco y rematada con un pequeño lazo rosa de la que pendía una funda. Deslizó la cremallera hacia abajo y descubrió el vestido de novia de su prima.

—Espérame, Basilia, no te vayas —rogó entre sollozos.

Y corriendo como alma en pena, con el vestido de novia entre las manos y la máscara de pestañas cayendo en forma de lagrimones negros, Loli trotó por las escaleras hasta que alcanzó el portal. Salió a la calle sabiendo que estaba a punto de llegar lo peor de la tormenta. Corrió hasta la parada de taxis sorteando el musgo de los adoquines.

—¿Está bien, señora? —preguntó el taxista sorprendido al ver su aspecto.

—Voy a Sopuerta, a la casa del alcalde.

Dolores cerró de un portazo, escondió el rostro entre las manos y lloró desconsoladamente durante todo el trayecto. No sabía si llegaría a encontrar con vida a Basilia. Quería que su prima viera el vestido de novia que diseñó para ella. Que no muriera sin saber que quiso vestirla como a una dama. Que acariciase el tul de su velo. Que volviera al día de su boda y se emocionara. Que no le cayeran los golpes que Dolores sabía que recibía.

Se abrazó al traje de novia y, rota de dolor, comenzó a rezar. La muerte, que escuchaba su llanto a lo lejos, sonrió complacida. Loli no lo sabía, pero no traía un vestido. Tenía entre las manos la mortaja de Basilia.

La tormenta descargó sobre Sopuerta cuando empezaba a atardecer. Barrió el pueblo de este a oeste con sucesivas cortinas de agua. A Consu la pilló cerrando el bar, colocando las sillas sobre las mesas y fregando el suelo. Su suegra la esperaba en la puerta, impaciente porque quería llegar a casa y echar una cabezada después de un domingo de trabajo.

La tabernera terminó la faena y escurrió con remango la fregona hasta dejarla prácticamente seca. La colocó junto a la puerta y, cogiendo del brazo a Rosarito, la sacó del local y echó el cierre. La *amama* era una mole de carne que caminaba a trompicones. Por eso, cuando un taxi las sorprendió pasando a su lado a toda velocidad, Consu dio un respingo y, con toda la fuerza depositada en su brazo, la atrajo hacia ella.

—¡Qué raro! —se extrañó Rosarito—. Me ha parecido que en ese taxi iba una novia.

Consu había visto con nitidez el rostro de Dolores atravesado por el dolor. Llevaba un tul entre las manos y su mirada parecía perdida. Tanto sufrimiento vio en ella que sintió una punzada en el estómago. Pensó en Basilia e, inmediatamente después, en la bestia de Ángel. Y ya no pudo seguir caminando. Se quedó paralizada bajo la tormenta, aferrada a un gran paraguas negro, mientras su suegra intentaba moverla para que no se calasen hasta los huesos. Surcaron el cielo tres cuervos negros. Estaba a punto de suceder una desgracia.

* * *

Consu recordó a su madre acariciándole el pelo con dulzura una tarde de junio, hacía muchos años.

—Tenemos que hablar —le susurró.

La sentó en la cocina del caserío, junto a la chapa de leña, mientras preparaba el desayuno. Su padre y sus hermanos estaban en el campo y su marido acababa de bajar al pueblo para abrir el bar. Sus tres hijos mayores correteaban por la cuadra y el más chico, el bebé, dormitaba en la habitación de al lado.

—Usted dirá, *ama*. —Consu estaba inquieta, porque al niño ya le tocaba mamar.

—Estoy preocupada, hija —anunció Maite con solemnidad.

—¿Qué ha sucedido, madre?

—Una calamidad. —La voz de su madre sonó contundente.

La joven contuvo la respiración. Había pasado la vida segando hierba, ordeñando vacas y pariendo hijos. El cuarto había nacido bajo de peso y, con cuatro meses de vida, seguía con unas fuertes diarreas que le impedían engordar. Intuyó que su madre quería hablarle del niño. Probablemente, no creía que pudiera salir adelante en condiciones.

—¿Es el crío? ¿Se va a morir? —preguntó asustada.

—¡Nooo, por Dios, hija! —Su madre abrió los ojos con espanto—. El niño estará bien, ya verás. Y tú, también.

Se tranquilizó y pensó que cualquier otra desgracia sería asumible.

—Hablando con tu suegra, resulta que la familia ha contraído una deuda por el bar y hay que saldarla —explicó.

—¿Deuda? —Consu se extrañó porque el local estaba pagado e incluso habían ahorrado con la ilusión de ampliarlo comprando el piso de arriba—. ¿Qué deuda? ¿Por qué Antolín no me ha contado nada?

—A mí me lo ha confesado Rosarito —explicó—. La buena noticia es que esto podemos solucionarlo entre mujeres, sin necesidad de que se entrometan los hombres y sin que se entere nadie en el pueblo.

A medida que escuchaba a su madre, Consu fue cayendo en un pozo oscuro y profundo. Su *ama* le sirvió café con leche. Fue generosa con el azúcar, pero la chica ni tan siquiera mojó los labios. Apartó el tazón e hizo que su mirada volase a través de la ventana. Surcó el alto de Las Muñecas, sorteando los bosques de eucaliptos, robles y encinas. Antes de regresar a esa cocina miserable, con un tufillo a estiércol de vaca, planeó sobre los campos de mimosas y las huertas. Pensó en huir muy lejos, donde una mujer valiera más que un animal de campo.

—¿Quiere que deje que el hijo del alcalde se meta conmigo en la cama para pagar una deuda? ¿Cómo puede proponerme eso, madre? —se indignó—. La Iglesia lo prohíbe.

—Esto no es cuestión de curas, María Consuelo. —Su madre desterró la dulzura de su voz—. Estas son cosas de hombres y aquí no hay Dios que valga.

Consu bajó la cabeza y comenzó a sollozar. Oyó que el bebé se había despertado y balbuceaba en la habitación de al lado, arropado en el cuco. Recordó su cara redonda, su sonrisa cantarina y su cuerpo famélico. Y sintió sobre los hombros el peso de la desgracia.

* * *

Cuando la tormenta escampó y el cielo se aclaró, Consu ya estaba a punto de llegar a casa, con su suegra enganchada del brazo. Recordó los dos únicos días de su vida que había dicho «sí, quiero». El primero, cuando su marido la llevó al altar con un pomposo vestido de novia para ocultar que estaba embarazada. El segundo, cuando accedió a que la violase Ángel.

Miren llegó sofocada a la casa de Angelita después de subir la cuesta a paso rápido. Paró en el portal para tomar aliento y, antes de que llamara al portero automático, escuchó el zumbido que indicaba que le habían abierto la puerta. Llegó al rellano del primer piso, empujó la puerta entreabierta y entró en la casa de su amiga.

—¡Angelita! —elevó la voz.

—¡Estoy en el salón, no armes escándalo! —indicó Angelita desde la habitación del fondo.

La casa olía a alubias con chorizo. Cuando Miren pasó junto a la cocina, vio que su amiga ya había almorzado. Había dejado el plato sin recoger sobre la mesa. Qué raro. Avanzó con rapidez, alcanzó la sala y encontró a Angelita espiando lo que sucedía en la casa de Basilia. Estaba de pie, pegada a la hoja de la ventana y con el visillo en la mano. Lo deslizaba unos centímetros y lo devolvía a su lugar para evitar que la descubrieran.

Se despegó de la cortina cuando vio entrar a Miren. La abrazó entre sollozos, con el desconsuelo de quien teme una desgracia y no quiere imaginársela.

—Algo está pasando en casa de Basilia —advirtió.

Miren se acercó a la ventana y no notó nada extraño, salvo que el coche del médico estaba mal aparcado frente a la casona del alcalde. El vehículo tenía la puerta del conductor abierta y estaba cruzado en diagonal, como si hubiera tenido que salir apresuradamente para atender una urgencia.

—¡La ha matado! ¡Esta vez ha acabado con ella! —rompió a llorar Angelita.

Ninguna de las dos sabía qué hacer. Intuían que Ángel había molido a palos muchas veces a Basilia, pero ella nunca lo había confesado. En alguna ocasión, se quedaba dos o tres días en casa sin dar ninguna explicación y ellas tampoco se la pedían. Reaparecía con su voz cantarina, su buen humor y su apetito y daban el asunto por zanjado.

Basilia soportaba una media de dos palizas al mes. En cuanto recibía una, comenzaba la cuenta atrás para la siguiente. Si pasaban más de nueve días sin que le pegara, empezaba a inquietarse. Sabía que la próxima golpiza podía llegar en cualquier momento y cogerla desprevenida.

* * *

La primera paliza llegó la noche de bodas, después de un día perfecto. Basilia se puso en manos de su suegra desde primera hora de la mañana. Elenita acudió temprano a la sacristía para asear y adecentar a la joven.

Mientras esperaban a que se calentara el agua para echarla a la tina, Basilia no dejaba de fantasear con el vestido de novia. Loli le había tomado medidas y le había confesado que llevaba semanas trabajando en él, pero no le había enseñado cómo había quedado. Quería que fuera una sorpresa.

—¿Y si me queda grande, Loli? —Basilia estaba preocupada por si los nervios la hacían adelgazar aún más.

Dolores agachaba la cabeza y respondía que no habría problema. En realidad, había entregado las medidas de su prima a

80

la *boutique* de novias de Zalla que le indicó Elenita. Días después, la señora Urrutia fue a esa tienda sola. Eligió el vestido más barato, sencillo hasta el extremo. Tenía dos botonaduras en paralelo para adaptar el ancho a un cuerpo más grueso o fino si venía el caso. Loli quiso morirse cuando contempló el traje. Sintió un nudo en el estómago. Era el vestido de novia que nunca habría confeccionado para su prima.

El día de su boda, a punto de darse un baño de agua caliente, Basilia sintió cómo el momento más feliz de su vida se transformaba en el comienzo de su martirio. Con el traje de novia frente a ella, aún enfundado, la joven miró a Elenita, ella aprobó con la cabeza y entonces Basilia deslizó la cremallera del protector hacia abajo.

Descubrió un vestido de color crema, ancho y sin forma aparente. Una túnica gruesa y zafia, de manga larga y corte recto, sin cola. Escudriñó la sacristía en busca de un cancán, pero no lo encontró. Tampoco dio con el velo y eso le hizo pensar que caminaría hacia el altar descubierta, con la miseria marcada en la cara.

—¿Te gusta, querida?

—Me encanta —mintió apartando la cara. De sus ojos estaban a punto de caer dos lagrimones.

—¡Debes dar las gracias a Dolores! —explicó su futura suegra revoloteando a su alrededor—. Lo diseñó ella.

Basilia no podía creer que algo tan tosco hubiese nacido de las manos de su prima Loli. Ella cosía música. Enhebraba con destreza y hacía nudos finos e inquebrantables con una sola mano. Cortaba patrones haciendo bailar las tijeras.

—¿Lo ha cosido Loli? —preguntó.

—Digamos —respondió Elenita— que todo ha sido idea suya.

La joven no insistió, pero tampoco la creyó. Dolores firmaba discretamente cada vestido de novia y cada ajuar con la intención de pasar a la posteridad. Al dar la vuelta al dobladillo, la clienta descubría una pequeña letra D mayúscula bordada en caligrafía inglesa y en hilo rosa. Era la firma de la modista. Cuando Basilia se agachó y revisó el interior del traje centímetro a centímetro, no encontró ni rastro de ella.

—¿Te gusta, *maitia*? —insistió Elenita—. Es sencillo y, a la vez, discreto para una boda por la Iglesia.

—Me gusta, señora —concluyó la chica.

Cuando Basilia salió de la tina, se envolvió en una toalla, se secó y se colocó desnuda frente al espejo junto a su futura suegra. Elenita sintió una cuchillada directa al corazón. Con los ojos puestos en el cuerpo huesudo de la joven, descubrió una cicatriz horizontal, un pequeño gusano rosáceo que surcaba el vientre de Basilia.

—¿Qué es eso? —Señaló hacia su tripa.

—Un… un… una… —tartamudeaba la joven— cica-ci-ca…

—Mala puta, ¿qué es esa cicatriz? —bramó.

—No… no… no sabría decirle, doña Elena —mintió Basilia desconsolada.

La futura suegra agarró violentamente a Basilia por el brazo y le clavó las uñas. La joven soltó un alarido animal.

—Te lo voy a repetir por última vez —advirtió—. ¿Qué es esa cicatriz?

Basilia se derrumbó. Confesó que esa era la señal que acompañaba a las mujeres marcadas por la lujuria. Detalló los abusos a los que la sometía don Ramón como si fuera parte del castigo que se merecía por ser una mujer estéril. Elenita no daba crédito. A un paso del altar, la muerta de hambre, de vientre yermo y vacío, y el putero del cura la habían engañado.

* * *

A apenas ochocientos metros, su prometido terminaba de afeitarse de mala gana. Ángel escuchó cómo su padre se acercaba cojeando por el pasillo. Aitor, el alcalde, era un hombre viejo, cansado y menguado por la diabetes. Le consumía su deseo de permanecer en la alcaldía, pero ya no tenía fuerzas. Así que había ideado esa boda a toda velocidad para que su hijo pudiera sucederle.

—¡Es el gran día! —anunció desde el quicio de la puerta.

—*Aita*, no es para tanto —rebatió el joven—. Me casa el cura, celebramos el banquete y a descansar, que mañana tienes mucha faena.

—¿No es para tanto? ¡Claro que lo es! —festejó el anciano—. Tenemos un nuevo alcalde que tomará posesión del cargo en cuestión de meses, cuando llegue septiembre. Hoy todo el pueblo verá nuestro poder. ¡Nuestra familia siempre gobernará Sopuerta!

—¡Hostias, padre, déjelo ya! —bramó el hijo—. Esta boda solo le interesa a usted.

El alcalde sintió cómo la cólera le trepaba desde las tripas hasta la garganta, las fosas nasales se inflaban y desinflaban al ritmo de su respiración, y la cara se enrojecía hasta arder. El viejo agarró a su hijo por la garganta, le dio la vuelta y le estampó la nuca contra el espejo.

—Vas a hacer lo que yo te diga, pequeño cabrón —amenazó.

Ángel tragó saliva y pensó en usar la cuchilla que tenía en la mano para cortar el cuello del viejo. Un solo gesto bastaría para matarle en silencio, sin usar la fuerza bruta. Sopesó su futuro en cinco segundos. Asesinarle supondría la cárcel. Dejarle vivir lo poco que le quedara, la libertad —se disculpó.

—Perdone, padre.

—Ya sabía yo que eres un chico responsable. —Don Aitor le propinó dos cachetes contundentes en la mejilla—. Tranquilo, todo el pueblo sabe que eres un mierda.

Ángel había engendrado un reguero de hijos ilegítimos por el pueblo. Se le atribuían, a veces injustamente, todos los niños nacidos sin padre conocido en Sopuerta. El alcalde destinaba buena parte de los fondos públicos a comprar el silencio de esas familias que, oficialmente, recibían una ayuda para tirar adelante hasta que el chaval tuviese fuerzas para trabajar.

Cuando el médico entró en la habitación de Basilia, vio que su rostro ya estaba lívido. Había dejado de luchar. Sumida en la inconsciencia, viajaba entre sus recuerdos, mezclando la dulzura de su infancia con la dureza de su madurez.

Recordó el día que enterró a su madre. Acababa de cumplir once años y apenas habían pasado unos meses desde que su *ama* la subió al carro de un desconocido con la esperanza de regalarle un futuro mejor. El padre Ramón la llevó a la sacristía, la sentó frente a él y, sin ningún miramiento, le comunicó la noticia.

—Hija, tu madre ha fallecido —anunció—. Dios la tenga en su gloria.

Basilia sintió que el suelo se partía en dos e intentaba devorarla para llevarla al infierno por haber dejado sola a su *ama*.

—Parece que se ha caído y se ha partido el espinazo —explicó el cura—. Ha sido rápido, hija, no ha sufrido.

En realidad, la madre de Basilia se había quitado del medio. Le llegaron noticias de que el aldeano había dejado a la niña en Sopuerta, y allí había desaparecido su rastro, como si se la hubiera tragado la tierra. Ningún vecino la había visto, ninguna familia la tenía acogida.

María Asunción, sin recursos para salir de su vida esclava en Balmaseda, alimentaba su incertidumbre día a día con los peores pensamientos. Mientras fregaba escaleras, enceraba el suelo y lavaba ropa hasta pelarse los nudillos, se torturaba pensando en los sufrimientos y distintas muertes que podría haber sufrido su pequeña. Hasta que un día, la madre de Basilia quiso acabar con su malvivir.

Con la determinación de quien no puede escapar de su culpa, caminó hasta las afueras de Balmaseda y paró sus pies al borde del barranco del Tuerto, donde se arrojaban las almas en pena. Pensó en la niña, famélica y hambrienta. La pequeña de la sonrisa de dientes grandes y el pelo negro recogido en dos trenzas gruesas. Y aupada por ese recuerdo, saltó al precipicio con los brazos extendidos, temblando, como un ave que intentara volar por primera vez.

La encontraron con la cabeza partida y los sesos desperdigados. La familia para la que trabajaba se apiadó de ella. Dijeron que se había caído de forma fortuita. Nadie se lo creyó, pero eso permitió que recibiera una sepultura cristiana.

Basilia llegó al entierro de la mano del padre Ramón. Debido al estado del cuerpo, cerraron la tapa del ataúd. El cura no permitió que la niña asistiera al funeral, la llevó directamente al cementerio. La última vez que Basilia vio a su *ama* estaban enterrándola metida en una caja de pino con una cruz de color negro pintada sobre la tapa.

—Hija, no te asomes a la fosa, que te caerás —le advirtió Charo, la lavandera.

Su madre fue enterrada delante de ella, el cura y cinco compañeras de servicio que acariciaban a la pequeña para darle consuelo. Ninguna se ofreció a acogerla para sacarla adelante. Siguió a merced de don Ramón.

Basilia estaba convencida de que la vida no era justa. No entendía cómo un dios misericordioso permitía que la belleza, la alegría y la fuerza de su madre quedasen enterradas en una fosa común. María Asunción, sirvienta, madre soltera de la bastarda del señor de la casa, compartiría la tierra con otros hombres y mujeres desconocidos. Sin lápida. Sin nombre. Como si su existencia fuese fruto de la imaginación de Basilia.

* * *

Cuando terminaron de darle sepultura, la niña deambuló por el cementerio aprovechando que don Ramón departía con algunos vecinos. Zigzagueó entre los troncos de los cipreses y paseó por los caminos flanqueados de panteones y tumbas. Leyó los nombres y calculó las edades de los fallecidos. Había mujeres mayores, padres de familia e incluso niños.

—No estás sola. —Una voz resonó a sus espaldas.

Basilia giró sobre sus talones y descubrió a una veinteañera sonriente, de mirada tranquila y porte coqueto.

—No te conozco —desconfió la cría—. No debería estar hablando contigo.

—Te llamas Basilia Mendieta, tienes once años y, cuando eras un bebé, has dormido entre mis brazos —explicó de carrerilla.

—¿Eres amiga de mi *ama*? —preguntó confundida.

—Le debo la vida —confesó la joven.

Así apareció Loli en la vida de Basilia. Como una esperanza entre el dolor y la muerte. Era la hija de la mejor amiga de María Asunción, sirvienta como ella en casa de los Armentia. Su *ama*, Manoli, trabajaba en las cocinas día y noche, bregando entre la lumbre y los pucheros. Solo veía la luz del sol cuando salía al huerto para recolectar verduras. Sus manos cocinaban los más exquisitos y apetitosos guisos. Perdices estofadas, alcachofas con albóndigas de buey, *kokotxas* de bacalao al pilpil, mollejas de ternera y, su especialidad, carrillera de novilla con crema de patata.

Era el talismán de la señora Armentia, el secreto de sus fiestas y recepciones a la alta sociedad de Encartaciones. Trabajó más de treinta años en esa casa. Allí se casó, se preñó, enviudó y vio el fin de sus días. Reventada de tanto trabajar, un buen día entregó su hija a María Asunción.

—Asun, quédate con la cría. —Parecía desesperada—. Por favor, te lo ruego.

—¿Qué te pasa, Manoli? —preguntó con Basilia entre los brazos.

—Tengo un dolor que crece y me devora las entrañas. Voy a acostarme junto a la lumbre.

Horas después, la madre de Loli falleció. En silencio, sola, sin querer molestar. Como una vida sin importancia que solo hubiese servido para guisotear y parir. Manoli dejó a su hija en manos de su amiga Asun. Ella la acogió unos meses. Durante ese tiempo, cuidó a su bebé, siempre hambrienta, y a la chiquilla medio criada que heredó.

En el cementerio, cuando Dolores echó un puñado de tierra sobre el féretro de Asunción, sintió que se despedía de una madre. Tuvo la sensación de que mantendría una deuda eterna con ella. Por eso, cuando descubrió que su hija estaba viva y había acudido al entierro, aprovechó para saldarla.

—Puedes llamarme «prima Loli» —anunció.

—Pero… no somos familia —respondió Basilia.

—La familia es aquella que te cuida y siempre está a tu lado —explicó—. Yo siempre lo haré.

En ese momento, Dolores aún no sabía que fallaría a Basilia en cada momento importante de su vida. La dejó a merced de un sacerdote insaciable. Le mintió en su boda. La abandonó en su muerte.

La prima Loli bajó del taxi de forma atropellada y se encaminó a la casona del alcalde de Sopuerta. Cruzó a zancadas el pequeño jardín intentando no pisar la funda del vestido. Llegó al portón y, con el corazón acelerado, sintió un mareo que la obligó a parar y a apoyarse en la pared de piedra. Intentó recuperar el aliento y, con una mano sujetando el vestido, empezó a llamar con nerviosismo.

Enfrente, Angelita se asomó a la ventana al escuchar la insistencia de los golpes. Vio cómo Dolores, apoyada en la puerta, incapaz de aguantar el peso de su cuerpo, caía sobre sus rodillas. Apoyó la cabeza en el portón de madera maciza y sollozó, hasta que la puerta se abrió y Ángel la levantó y la hizo entrar.

—¡Miren, ha llegado Dolores! —avisó Angelita—. ¡Ponte la chaqueta, vamos a bajar!

Dentro de la casona, Loli comenzó a llorar desesperadamente, tendida sobre el suelo, agarrada con todas sus fuerzas al traje de novia de su prima. Fue el último que cosió. Desde ese día, sus manos se atrofiaron, como si estuvieran medio muertas. La costurera quedó para remiendos y pequeños arreglos. Nadie sabía por qué, pero no volvió a diseñar trajes de novia. Quedó relegada a patrones de faldas y blusas, a arreglar dobladillos y a zurcir calcetines.

Ángel cerró la puerta con suavidad, ayudó a Loli a levantarse y la sentó en el sofá. Ella intentó reponerse del mareo, tragó saliva y bebió el vaso de agua que le sirvió.

—¿Dónde está, cabrón? —espetó con rabia, entre sollozos y con los ojos llenos de lágrimas.

Sin mediar palabra, el alcalde le indicó con la barbilla que se dirigiera a la habitación. Loli avanzó tambaleándose por el pasillo, agarrada a las paredes, con los dientes apretados y tragándose la furia. Durante los escasos cincuenta segundos que su prima tardó en recorrer el pasillo, la mente de Basilia regresó al día de su boda.

* * *

Ángel no estaba nervioso el día que se casó. Más bien sentía cierta expectación por descubrir qué le depararía el futuro en la alcaldía. Acompañado por su madre, ocupó su posición en el altar y esperó unos minutos a que se formara el revuelo que indicaba que había llegado la novia. Cuando vio entrar a Basilia, se giró hacia su madre, se acercó a su oído y susurró:

—¿Cómo has podido hacerle esto?

—¿Tienes algo que reprocharme? Si no fueras insaciable, te casarías con una novia como Dios manda. Esta es la que te mereces —le respondió ella.

La joven enfiló el altar de la iglesia de Mercadillo y se hizo el silencio. Avanzó con la mirada baja, escoltada por Loli y vestida como un adefesio. Su cuerpo se perdía dentro de un traje sin formas. Era una novia extravagante que reclamaba ayuda a gritos.

Basilia se detuvo en varias ocasiones camino del altar. Los cuchicheos de los vecinos se amplificaban en su cabeza. «Menuda muerta de hambre», susurraban. «¡Se casa con ella porque al resto de las vecinas ya las ha catado!», reían entre dientes. La joven sintió un mareo que le hizo girar la cabeza hacia la prima Loli. Ella se acercó, le recolocó el vestido, sonrió y la animó a avanzar.

—¿Estás bien? —preguntó.

—Mmmm —balbuceó Basilia.

—Vamos, no puedes pararte ahora —la alentó—. Tienes que llegar hasta el altar.

Encarcelada en ese vestido barato, la joven novia se sintió como un cordero que iba hacia el matadero. A cada paso que daba, escuchaba el cotilleo insano de los vecinos. Murmuraban. La llamaban fea, flaca, aprovechada.

—Estás guapa —mintió el novio.

A Basilia el comentario le bastó para no salir huyendo. Se quedó anclada al altar, como si sus piernas fueran de acero. Escuchó la homilía del padre Ramón sin entender una sola palabra. El cura habló del vicio, del pecado y de la salvación. Ella miró de reojo a las vecinas. Tan arregladas, tan perfumadas, tan perfectas. La iglesia de Mercadillo comenzó a dar vueltas en su cabeza. Sintió un sudor frío que galopaba por su espalda. Le ardía el pecho, se le helaba el vientre.

—En la pobreza y en la riqueza… —recitaba el sacerdote.

Los brazos empezaban a picarle por el roce del vestido. Basilia sintió cómo la ansiedad le trepaba por la garganta.

—En la salud y en la enfermedad… —siguió Ángel.

La madre del novio no pudo encontrar la manera de detener la boda sin hacer daño a la imagen de su hijo. Qué pensarían los vecinos. Cómo podría justificar que había sido víctima de un engaño. Ella, que manejaba la iglesia. Ella, que tenía el control del pueblo.

El cura pidió a Basilia que repitiera con él el compromiso del matrimonio. Ella le siguió. Le dejó hacer, como cada sábado en la sacristía. Guiada por sus palabras, ingresó en la prisión de Ángel de por vida.

—Hasta que la muerte nos separe —prometió Basilia.

Ángel acercó sus labios y le regaló un beso fugaz. La novia sintió cosquillas. Fue un beso adecuado, conveniente como marca la tradición, gélido. Terminada la ceremonia, el matrimonio se dejó fotografiar en el altar junto a parientes y amigos. Basilia, con la cara pálida como la cera. Ángel, sin saber cómo asirse al cuerpo sin forma de su mujer. Elenita, encomendándose a san Cristóbal para que la guiase en su venganza.

La iglesia se fue despoblando a medida que los invitados se congregaban en la escalinata. Mientras los novios avanzaban hacia la salida, Ángel sintió cómo Basilia le tiraba de la manga. Se detuvo y ella le susurró como quien recita un verso aprendido:

—Te quiero.

Ángel sonrió como si se tratase de un trámite. Ella, en su candidez, pensó erróneamente que su amor era correspondido.

Fuera, una muchedumbre se preparaba para recibir a los recién casados lanzándoles arroz. Cuando la pareja salió, cayeron sobre ellos kilos y kilos de grano para desearles una vasta descendencia. Basilia comenzó a llorar consciente de que su vientre nunca la engendraría. Ángel posó su mirada en todas las mujeres presentes a las que había desvirgado. Gelines, la hija del panadero, en los pastos de Gordexola. Amaia, la nieta del cantero, en su caserío del Camino Mendieta. Carmina, la hermana del frutero, en un refugio junto al regato Maruri. Todas ellas se resistieron. A todas ellas las domó.

La prima Loli alcanzó la puerta donde agonizaba Basilia y se desplomó sin llegar a verla. El doctor, que estaba tomando el pulso a la paciente, se sobresaltó. Se puso en pie, se dirigió al pasillo y descubrió a Dolores inconsciente.

—¡*Alkate!* —llamó a voces—. ¡Trae una palangana con agua fría!

Ángel, confuso por perder el control sobre los acontecimientos, se sentó en una silla y sollozó con el rostro entre las manos. Se sintió desamparado. Pensó en sus padres, y se dio cuenta de que la última vez que los vio juntos fue el día de su boda. Los recordó durante el convite, sentados a su derecha. Atendían a los invitados que se les acercaban palmeando sus espaldas y dándoles dos besos en señal de compadreo.

El novio no tenía por entonces la misma agilidad social que sus mayores. Despachaba con timidez y torpeza las felicitaciones y las muestras de cariño, y contemplaba con asombro cómo Basilia atendía a los invitados sin perder bocado. La novia devoraba el menú con ansiedad y eso le incomodaba. Cuando llegó el momento del baile nupcial, se sintió aliviado.

Por deseo de su madre, maestra de ceremonias, Ángel tomó de la mano a Basilia y la condujo al centro de la sala. Era un espacio diáfano que había quedado rodeado por las mesas de los invitados. Con un solo gesto, acercó a su mujer a una distancia prudencial de su pecho y rodeó su cintura. Comenzaron a bailar al son de un bolero cubano de antaño.

Amor, te quiero a mi lado
antes del atardecer,
que la noche nos encuentre
abrazados otra vez.

Era la primera vez que la pareja se tocaba. Basilia posó sus brazos en los de Ángel y se relajó. Dejó que el novio guiase su cuerpo por el salón del banquete. Estaba maravillada contemplando los rostros de emoción y envidia que los rodeaban. Bailaron una, dos canciones. La novia sintió el poder de quien roza con los dedos un sueño cercano. Su marido iba a convertirse en el alcalde de Sopuerta, ella se encargaría de acompañarle y contentarle, y su suegra tendría que asumir poco a poco su papel en la familia y en el pueblo. Ese pensamiento tranquilizó a Basilia.

Si nos quedara una noche
para vivir nuestro amor,
yo bailaría contigo
y cantaría este son.

Ángel se acercó a Basilia y la abrazó con suavidad. Ella se sintió reconfortada por primera vez en años y dejó escapar una lágrima sin detener sus pies. Los invitados pensaron que la pareja se amaba, que los guiaba una pasión que había quedado oculta a los ojos del pueblo.

Que no amanezca temprano,
quiero amarte un poco más,
que el día se vuelva noche,
sea eterno nuestro amar.

Don Ramón aprovechó el bolero para limpiar el plato. Como había acabado el postre y seguía hambriento, se acercó con sigilo a la cocina aprovechando que los invitados, los cocineros y los camareros estaban reunidos en el salón ensimismados en el baile. Abrió la puerta y encontró los platos con las sobras apilados sobre la encimera. Buscó los que aún tenían restos de chuleta de buey y los devoró.

El cura se remangó e intentó calmar su ansia royendo la carne que quedaba en los huesos. Sintió cómo las fibras se le quedaban atrapadas entre los dientes y cómo la grasa descendía hasta su estómago haciéndole sentir placer. Le resultaba imposible dar consuelo al hambre que había padecido durante años.

Cuando empezaba a calmar las tripas, sintió que se abría de repente la puerta que tenía detrás. El sacerdote enmudeció. Se lamió las comisuras de los labios y se miró las manos. No podía ocultar su gula. Escuchó el sonido de unos tacones aproximándose y, al girar el cuerpo, se tranquilizó. Era doña Elena.

—Padre —reprochó—. Lo que está haciendo no es digno de un buen cristiano.

—Hija —respondió avergonzado—. Todos tenemos nuestra debilidad —confesó—. Incluso los ministros de la madre Iglesia.

La mujer del alcalde le aproximó un vaso de vino tinto en el que había vertido a escondidas polvos de matalobos. El cura, sin saber que estaba a punto de ingerir una mezcla letal, lo bebió de un trago. Segundos después, sintió cómo un fuego creciente le devoraba el estómago y los intestinos.

—No se preocupe, padre. No volverá a sentir la necesidad del pecado —sentenció Elenita.

Tuvo dificultades para contenerse y apretó el esfínter al tiempo que comenzó a sudar en abundancia. Don Ramón escudriñaba a Elenita buscando respuestas.

—No volverá a tocar a ninguna mujer —anunció.

El cura supo entonces que había llegado su final. Probablemente, ante los interrogatorios continuos de Elenita, la desgraciada de Basilia había confesado que él la tocaba. Se la imaginaba narrando con todo detalle cómo examinó sus pezones adolescentes, cómo salivó al contemplarlos, cómo deslizaba los dedos entre sus bragas.

—¿Cuándo supo que era estéril? —bramó Elenita.

El sacerdote empezaba a tener dificultades para respirar. La primera vez que Basilia tuvo el período, él intuyó alguna anormalidad. Manchaba los paños con un líquido negro y viscoso, lleno de coágulos. La chica pasaba días encerrada en la parte de atrás de la sacristía sollozando y emanando un olor a podredumbre. Durante una de sus visitas a Sopuerta, Dolores decidió llevarla al médico.

—Fue el doctor Loizaga —confesó el cura—. Él le extirpó el vientre.

Don Ramón perdía la vida por segundos, de forma indigna, delante de la mujer del alcalde. Aún tenía restos de grasa alrededor de la boca, las manos pringosas y se retorcía como si el dolor que sentía en la barriga le provocase descargas eléctricas.

—Usted ha arruinado la vida de mi hijo —sentenció Elenita—. Ahora voy a asegurarme de que nadie olvide su muerte.

En un segundo, la vida de don Ramón se quebró. Su vientre se soltó y un hedor denso inundó la cocina. Su rostro recuperó su habitual gesto de paz al tiempo que adquiría un tono azulado. Las manos se le quedaron agarrotadas, como si fuera un águila a punto de atrapar a su presa. Elenita miró con desprecio el cadáver del cura y, llenando el pecho de aire, gritó como si le arrancasen el alma para advertir a los invitados que había sucedido una desgracia.

Después del banquete, en medio del baile, cuando escucharon el grito desesperado de Elenita, invitados y empleados del salón de bodas se acercaron rápidamente a la cocina. La estampa era dantesca. La madre del novio palmeaba la cara del cura intentando reanimarle mientras chillaba con desesperación.

—¡Padreeee, padreeee! —berreaba—. ¡No nos deje!

Iñaki se abrió camino entre los vecinos y sacó a Elenita al pasillo apresuradamente. El hedor era insoportable. Echó un vistazo al cura y le tomó las constantes. Nada, ni un latido. Tenía el rostro amoratado y los pantalones pringados en un líquido negro y viscoso.

—Doña Elena —llamó su atención—, ¿estaba junto al padre Ramón cuando se desplomó?

—Cuando llegué, estaba agarrándose el vientre —explicó—. Después, cayó al suelo. ¿Cómo ha podido pasarle esto?

Basilia se asomó a la cocina y su nariz se impregnó de un tufo denso e irrespirable. Tomó una servilleta y se cubrió la boca para combatir las náuseas. El médico estaba arrodillado junto al cura.

—El padre Ramón ha fallecido —sentenció.

Eran las cinco de la tarde y se había levantado viento sur. Mala cosa. Basilia se desplomó en el suelo mientras lloraba a lágrima viva. El hombre que la había acogido, que la usó para sus fines, que le dio una escapatoria a su vida miserable, había muerto. Elenita tomó aire, se arregló el traje y organizó a los vivos.

—El festejo queda cancelado —anunció con seriedad—. Respetemos la memoria de don Ramón y preparemos su despedida.

La madre del novio despidió a los invitados con paciencia. Los calmaba, les explicaba que ella se encargaría del funeral y que hablaría esa misma tarde con la diócesis para reclamar un nuevo sacerdote. Elenita había consumado la mitad de su venganza. Ahora solo le quedaba saldar cuentas con Basilia.

El médico cargó con el cuerpo de Loli, la llevó hasta el sofá y le colocó un cojín detrás de la espalda. Le estiró las piernas y le puso otro bajo los tobillos. Acercó su oído a la boca de Dolores y se cercioró de que respiraba. Aunque seguía inconsciente, parecía recuperar un poco de color en las mejillas. Se impacientó mientras Ángel llenaba la palangana en la cocina y empezó a palmear el rostro de la mujer en busca de alguna reacción. Cuando se disponía a auscultarla, escuchó que llamaban a la puerta.

Iñaki avanzó hacia la entrada. Apartó con la pierna el vestido, que había quedado tirado en el suelo, y giró el pestillo. Cuando abrió el portón, descubrió los rostros desencajados de Angelita y Miren. Estaban sumidas en la incertidumbre, como si intuyesen que ya había sucedido lo peor. Antes de saludar al médico, miraron por encima de su hombro y descubrieron a Loli tendida en el sofá y sin sentido. Apartaron de un manotazo a Iñaki y se dirigieron corriendo hacia ella.

—Está bien, señoras —aseguró el doctor—. Iba a auscultarla, se ha caído y ha quedado inconsciente.

Al girar la cabeza para escuchar al médico, descubrieron una funda blanca coronada por una letra D mayúscula, bordada en caligrafía inglesa. A unos metros, una mancha viscosa de grasa sobre el suelo. Parecían los restos de la salsa de un guiso.

—¿Dónde está Basilia? ¿Qué le ha hecho ese monstruo? —preguntó Angelita conteniendo la ira.

Cuando Ángel salió de la cocina con la palangana llena de agua, la villana empezó a ladrar en el jardín. La había sacado de casa antes de que llegara el médico y ahora el animal se quejaba de forma lastimera, como si sintiera una presencia extraña. Mal augurio.

Loli abrió los ojos y, al ver delante a sus amigas, no supo si estaba soñando o si había regresado a la cruda realidad. Las miró y, con un hilillo de voz, reprodujo las palabras que el médico le había dicho por teléfono: «Se muere». Basilia se estaba consumiendo de la misma forma que había vivido toda su vida: completamente sola. Sin nadie a quien confesar que su existencia valía poco o, más bien, nada. Con la pena de vivir sin dejar huella y de morir sin dejar descendencia.

En medio de su agonía, sumida en la inconsciencia, Basilia escuchó un barullo de voces familiares que venía del salón. No entendía lo que decían con claridad, pero sí había identificado la de Loli. Seguro que se había acercado pensando que su prima había olvidado su cita. Allegados y vecinos comentaban que la mujer del alcalde era despistada. En ocasiones, quedaba con ellos y no se presentaba. Es más, desaparecía durante días y regresaba como si nada hubiera pasado.

A un paso de la tumba, pensó que había fallado a todos aquellos que en algún momento confiaron en ella. Manejaba el pueblo con soberbia para ocultar su dolor. Los desprecios, los insultos, las palizas. Cuando recibía una tunda, dejaba su vida en suspenso para que nadie descubriera los moretones de los brazos, el mechón de pelo que le faltaba, o el diente que le había quedado bailando.

—Señora Basilia —le reprochó hacía años Susín—, ayer pasé a verla tal y como me indicó y no me abrió la puerta.

—A ver si crees que estoy para atender a cualquier pueblerino cuando viene a casa —mintió con desprecio.

—Señora, fue usted quien se ofreció a ayudarme —respondió confuso.

—Hala, pues he cambiado de opinión —zanjó—. Ya veré cuándo me vuelve a apetecer. Vosotros pedís, pedís, y nada dais —espetó—. La alcaldía no es la casa de la caridad.

Durante cada uno de los días de su matrimonio, Basilia sintió que se deslizaba lentamente en un pozo negro que terminaba en el infierno. Rezaba mañana, tarde y noche. Se persignaba cada vez que entraba en casa y sentía la presencia de Ángel. Se volvía a persignar cada vez que salía por la puerta con vida.

De todas las palizas que padeció, la primera fue la más cruel. Le sorprendió en la noche de bodas. Años después, cuando su suegra agonizaba víctima de un ataque al corazón, Elenita le confesó su culpa. Había sido ella quien incitó a su hijo Ángel a que la dejara medio muerta a golpes. A que la violara con más fiereza de la que había empleado con el resto de las muchachas del pueblo. Con un hilo de voz, la vieja susurró al oído de Basilia todas esas atrocidades. Quería que la perdonara para que su alma no quedara penando en el purgatorio.

—Hija —se lamentaba con un hilo de voz—, perdona a esta anciana.

Basilia, conteniendo las lágrimas, tragándose la ira, pudriéndose de dolor, disfrutó de los únicos cinco segundos de libertad que le regaló la vida. Acercó sus labios al oído de su suegra y la condenó para siempre.

—Permanecerá toda la eternidad mendigando perdón a las puertas del cielo —susurró con la voz quebrada.

Elenita abrió mucho los ojos e inhaló aire por última vez. No lograba llenar los pulmones.

—Vagará como las almas en pena —añadió Basilia—. Sentirá multiplicado por mil el dolor de cada golpe que reciba de su hijo.

Su suegra sintió que le quemaban las entrañas y después, un frío helador.

—Vivirá en la muerte como yo he muerto en vida —sentenció—. Solo podrá penar.

Besó la frente de su suegra y Elenita expiró. Basilia hipó y lloró imaginando todos los momentos buenos que le había robado. Ángel, al otro lado de la habitación, pensó que su esposa estaba conmovida. Que apreciaba a su suegra y que la despedida la había partido de dolor. Y de forma absolutamente inesperada, por primera y última vez en su vida, abrazó a su mujer para intentar darle consuelo.

* * *

La muerte del padre Ramón deslució el convite de bodas de Ángel y Basilia. Elenita gestionó el desastre en cuestión de tres horas. Llamó al sacerdote de Galdames. Le pidió que comunicara la defunción a la diócesis y que se encargara del funeral. Mientras los vecinos trasladaban el cuerpo del cura a la sacristía para velarlo, avisó a la amortajadora y a la florista.

En la Torre Vieja de Alcedo, donde se había paralizado el festejo, el servicio se empleaba a fondo. Limpiaron la cocina usando lejía y amoniaco. Las criadas abrieron las ventanas de par en par para ventilar. Se levantó una corriente apestosa durante unos minutos. Todos se cubrieron la nariz mientras el hedor cruzaba el salón de eventos buscando una salida.

Los invitados atendieron a los novios, atónitos ante la inesperada desgracia. Pidieron tila e infusiones. A Basilia, ante semejante desdicha, se le abrió el apetito. Loli rebuscó en la cocina e improvisó unos bocadillos con la carne de las chuletas sobrantes. A medida que los presentes digerían el mal trago a mandíbula batiente, el comedor se animó y hubo que preparar más viandas. Recalentaron el caldo de carne, trocearon queso y chorizo, lo acompañaron con buen pan de leña y lo regaron con jarras y jarras de vino.

Basilia escuchó cómo a su alrededor se desmenuzaba el final desdichado del cura.

—Hija, quién lo iba a decir —se sorprendía una de las invitadas de más edad.

—A ver, tampoco era un chaval —añadía otra—. Tenía sesenta y tres años.

—El tiempo no pasa en balde —apostillaba la de al lado.

La novia se preguntó si don Ramón conseguiría entrar en el cielo a pesar de su vicio. Si ella había ayudado a que alcanzase la gloria. No sentía pena por su muerte, pero sí un tremendo vacío. Dolores se acercó y la abrazó para reconfortarla.

—Prima, ¿todo bien? —La besó en la mejilla.

—¿Crees que todos los hombres entran en el cielo? —respondió Basilia.

A Loli la pregunta le pilló desprevenida. No entendía a qué se refería su prima, pero sin duda tenía que ver con la muerte del sacerdote. Le pidió que se explicara.

—Lo del vicio, ya sabes —farfulló—. El vicio que tienen —añadió.

—¿Qué vicio? —Loli no entendía nada, pero no renunció a seguir preguntando—. ¿Qué vicio tenía don Ramón?

Basilia vació sus experiencias con el cura en los oídos de Dolores. Su prima no podía dar crédito. La novia confesó que era el precio que pagaban las mujeres yermas, malditas como ella, para recibir el perdón de Dios. Y que ella lo había conseguido.

—¿Se lo has contado a alguien más? —se interesó Loli.

—Esta mañana se lo he tenido que explicar a doña Elena —dijo Basilia con la mirada baja—. Ha visto mi cicatriz al salir de la tina de agua.

En ese momento, el cielo se cerró sobre Sopuerta. No hubo rincón que quedara libre de la tormenta. Una tromba de agua de dimensiones descomunales descargó con fuerza desde el alto de Las Muñecas a los montes de Triano. Y Dolores entendió que no habría lugar seguro para su prima.

—¿Dónde está doña Elena? —preguntó con la preocupación en el rostro.

—Por aquí y por allá —respondió su prima sin más indicaciones—. Arreglando el velatorio de don Ramón.

Loli abandonó el salón de bodas a la carrera. Subió corriendo al primer piso.

—¡Doña Elena! ¡Doña Elena! —llamó a voces.

No hubo respuesta. Escudriñó la habitación nupcial y las otras estancias, destinadas a los familiares más cercanos de la pareja. Ni rastro. Sintió una punzada en el estómago. Intuyó que, en medio de la tempestad, Elenita estaba preparando su venganza.

Como no encontraban a la suegra, las mujeres mayores guiaron a Basilia en los primeros momentos de su noche de bodas. Un grupo de invitados acompañó a la pareja a las estancias de arriba. Llevaron a la novia a la habitación nupcial. Era enorme. En medio, una cama de madera de roble maciza coronada por un dosel de un blanco impoluto. Pegado a la pared, un mueble lavamanos con toallero. A Basilia le llamó la atención la palangana esmaltada, rematada con rosas y lilas. Buscó con la mirada el orinal y lo descubrió bajo la cama. Al otro lado, junto a la ventana, había un secreter con el tablero desplegado. Encima, unas velas, un juego de cerillas largas y una pluma insertada en un tintero.

Las mismas manos que guiaron a Basilia a la habitación de bodas la sacaron de allí para dejar al novio que entrase por otra puerta y diese su aprobación. A cada lado de la estancia, había un cuarto anexo que comunicaba por una puerta corredera. Los hombres condujeron al novio al de la izquierda. Era una habitación minúscula con un banco para desprenderse del calzado, un palanganero para asearse y un pequeño armario con ropa limpia. Ángel dijo que estaba a su gusto. Basilia accedió a un cuarto algo más espacioso, con el mismo mobiliario que el de su marido. El ruido del motor de un coche irrumpió en medio del ritual nupcial.

—¡¡Ha regresado doña Elena!! —anunció una voz del servicio.

La madre del novio se limpió los zapatos en el felpudo y entró en la Torre Vieja de Alcedo chorreando agua. Ante la congoja de los presentes, explicó que había preparado todo para comenzar a velar a don Ramón un día después, ese mismo domingo por la mañana. Las vecinas se santiguaron, los hombres le dieron las gracias por su disposición y la camarera le acercó un caldito para que se quitara el frío. Se sentó y se lo tomó con calma, degustando en cada sorbo la sustancia de la carne y las verduras. Hasta que un pensamiento atravesó su tranquilidad como un rayo.

—¿Dónde están los novios? —se alarmó.

—Cada uno en su cuarto, dispuestos a acceder a la habitación grande —explicó la madre de Angelita.

—Tengo que hablar con mi hijo —dejó sobre la mesa la taza de consomé—. Es muy urgente.

Dos de sus amigas la acompañaron hasta la primera planta y le indicaron la estancia donde se encontraba el joven. Golpeó la puerta suavemente con los nudillos y, sin esperar a recibir permiso, entró.

—¡*Ama*! —se asombró el novio—. ¡Estoy cambiándome de ropa! —advirtió mientras se remetía la camisa de nuevo.

—Tienes un problema —sentenció Elenita—. Y muy gordo.

Ángel repasó mentalmente las semanas previas a la boda. La apuesta con el tabernero. La deuda que no consiguió cobrarse. Consu, el asunto pendiente. Temía que su madre se hubiera enterado.

—Es Basilia —zanjó Elenita.

Ángel respiro aliviado durante unos segundos. Le pidió a su madre que se explicara.

—¿Qué pasa con Basilia ahora? —preguntó con falsa paciencia, arrastrando las sílabas.

—Es yerma —soltó ella a bocajarro.

La noticia cayó como un jarro de agua fría sobre el novio. Se sentó en el banquito, escondió la cabeza entre las manos y su respiración se aceleró. Hinchaba las fosas nasales en cada inspiración como una bestia. La furia le galopaba dentro del pecho.

—Me has traicionado —sollozó.

—No he sido yo, hijo. —Elenita se acercó e intentó tomarle de la mano. Él se zafó.

—Sí, has sido tú, joder —espetó—. Me estás castigando por todos los bastardos que he engendrado.

—Podría haberlo hecho, pero no es el caso. —Elenita cambió y miró a los ojos a su hijo con rabia—. Ha sido el cura.

Doña Elena explicó con detalle cómo había descubierto la cicatriz de Basilia. Ángel propinó un puñetazo seco a la pared. Los abusos del cura. El novio pateó el armario. Lloró como un niño. Había sido engañado. El futuro alcalde de Sopuerta. El hombre que había desvirgado, mancillado y violado a la mayoría de las vecinas. El que nunca pedía permiso. Él, Ángel Larruskain, no valía más que la boñiga de cualquier res de los aldeanos de Encartaciones.

El novio escuchó cómo Basilia accedía a la habitación nupcial. Cerró la puerta, retiró la colcha y se deslizó entre las sábanas.

—Sal, madre —ordenó Ángel. Elenita obedeció sin rechistar.

Con la pareja a punto de estrenar la noche de bodas, los invitados abandonaron la Torre Vieja de Alcedo. Se marchaban deseando lo mejor a los familiares de los novios y citándose para el velatorio del cura. «Hasta mañana», se despedían. «Para la muerte no hay puerta cerrada ni casa fuerte», resolvían algunos. «Morir es volver a vivir», sentenciaban otros.

El personal del servicio anunció que llegaría temprano a la mañana siguiente para preparar un buen desayuno. Se despidieron y la planta baja se despejó. Arriba quedó la pareja. Basilia, dentro de la habitación grande. Ángel, a punto de entrar. La estancia estaba rodeada por los cuartos de los testigos que debían dar fe de que el matrimonio se había consumado: los padres del novio, la prima de la novia y el joven médico del pueblo.

Iñaki abandonó la Torre antes de que Elenita atrancara la puerta principal con un madero.

—Tienes que quedarte —advirtió la madrina—. Eres el testigo que exige la ley.

—Voy a fumar un cigarro y vuelvo, doña Elena —respondió mientras salía por la puerta—. Ha sido un día duro —recordó la muerte del cura— y necesito estirar las piernas.

—Sin la evaluación de un médico, el matrimonio no servirá —insistió tajante.

—Estaré caminando, les daré un rato —explicó el doctor—. Es la primera vez que intiman. Seguro que llego a tiempo —concluyó con una sonrisa al recordar el historial de su amigo.

—Más te vale que vengas y cumplas. —Elenita endureció el tono—. Cuando tienes que dejar yermas a las mujeres del pueblo no te andas con tantos melindres.

El médico, que acababa de encender el pitillo, comenzó a toser y se puso rojo. Sintió un fuerte mareo. Le costó mantenerse en pie sobre el felpudo.

—No te molestes en volver esta noche, Iñaki.

Elenita cerró la puerta delante de sus narices y deslizó el enorme trozo de madera que hacía las veces de cerrojo. El médico pasó la noche fuera, sin moverse de la entrada, dejando hacer a su amigo. Escuchó los alaridos aterradores de Basilia. Y se preguntó cuándo acabaría su deuda con su hermano de leche.

* * *

Basilia se sintió reconfortada entre las sábanas blancas de algodón. Inspiró el aroma a lilas que recubría su piel y cerró los ojos. Se había embadurnado de crema a conciencia y había depositado unas gotitas de perfume en el cuello, en las muñecas y en el centro de su pecho. Notó cómo se cerraba una puerta a lo lejos. El taconeo de unos andares de mujer —su suegra, estaba segura— se perdía en la habitación que tenía al otro lado de la pared. Consumar el matrimonio en Encartaciones era una cuestión social. Debía ser escuchado a través de los tabiques por al menos tres testigos.

Unos segundos después, Ángel irrumpió en la alcoba como un vendaval. Basilia dio un respingo cuando se lo encontró frente a frente. El novio no se lo pensó dos veces y retiró con un ademán violento las sábanas y la colcha que cubrían el cuerpo de su esposa. «Algo no va bien», pensó Basilia.

Lo cierto es que Ángel no sabía comportarse de otra forma con las mujeres. Las asaltaba cuando estaban desprevenidas.

Poco importaba que gritaran, que se revolvieran y sollozaran o que quedaran mudas, paralizadas, incapaces de pedir ayuda a causa de la conmoción. En esa ocasión, además, Ángel quería vengarse de Basilia. Sentía que le había traicionado, que le había arrebatado su futuro. Un matrimonio sumido en la placidez de la indiferencia. Hijos legítimos que heredarían la alcaldía. Una vida en paz.

—¡Ven aquí, mala puta de vientre vacío! —bramó.

Agarró del cuello a Basilia como días antes había hecho con Consuelo, la mujer del tabernero. La muy cabrona se resistió. Basilia, en cambio, no pudo reaccionar. Era como un pajarillo desvalido con las alas rotas. La arrastró hasta el centro de la habitación. La enganchó del pelo y estampó su cabeza contra el secreter y contra el lavamanos. A la novia se le resquebrajó la ceja, se le partió el labio y tiñó de un rojo vivo su camisón de raso.

Loli, que estaba cepillándose el pelo y a punto de meterse en la cama, quedó espeluznada al escuchar los chillidos. Era su prima, no había duda. A toda prisa, se puso una bata ligera sobre el camisón y, descalza como estaba, giró el pomo de la puerta. Estaba bloqueada. Lo intentó de nuevo mientras la desesperación se adueñaba de ella. Imposible. La habían encerrado.

—¡¡Ayudaaaaaaaaa!! —berreó—. ¡¡Ayudadme, no puedo salir!!

Muy cerca, en ese mismo pasillo, Elenita sonrió. Deambulaba por el corredor escuchando la paliza mientras paladeaba su venganza. Se acercó a la habitación de Dolores.

—¿Qué sucede, querida? —le preguntó al otro lado de la puerta entre susurros.

—Doña Elena, algo le pasa a Basilia —respondió con la voz acelerada—. ¿No la oye gritar?

—No seas exagerada, hija —aconsejó con voz calmada—. Son cosas de los matrimonios. Ángel está haciéndose con ella y seguro que la chica está nerviosa.

—¡Ábrame, doña Elena! ¡Se lo ruego, ábrame la puerta, por favor! —rogó Dolores.

—Ni loca —contestó tajante—. No echarás a perder el matrimonio de Basilia como hiciste con su vestido de novia.

Loli enmudeció. Escuchó a lo lejos el infierno de su prima sin poder dejar de llorar. Elenita regresó a su cuarto. Su marido, medio sordo, parecía dormido. Pero lo cierto es que el alcalde nunca lograba caer en un sueño profundo. Y, desde su duermevela, esa noche se sintió poderoso. Las mujeres sabían mantener las cosas en orden. Su mujer lo hacía con mano de hierro, por eso la eligió.

Después de la paliza, Basilia solo podía emitir un gemido lastimero. Ángel le abrió las piernas a la fuerza y la embistió hasta partirla en dos de dolor. Una y otra vez, hasta que se alivió y dio por consumado el matrimonio. Desfondado por el esfuerzo, se acostó. Ella quedó tirada en el suelo, a los pies de la cama, en medio de un charco de sangre. Como un perro desleal que había recibido su merecido. Así dormiría muchas noches años después. Con el costillar pegado al suelo gélido, pensando que era una mala esposa. Que no era capaz de sacar el vicio de su marido. Que la familia lo sabía. Que merecía arder en el infierno.

El alma de Dolores empezó a morir poco a poco la tarde en que Basilia agonizó. Su voz cantarina se fue apagando hasta que, días después, desaparecieron para siempre su alegría y su risa contagiosa. Mientras su prima peleaba por seguir respirando, Loli intentaba sacar fuerzas para acercarse a su habitación. Pidió al médico que la ayudara a incorporarse en el sofá. Tomó aire y se dio impulso hacia delante con ambas manos hasta que se puso en pie. Angelita y Miren se acercaron cuando la vieron tambalearse. Loli se apoyó en ellas, respiró profundamente y, despojándose de las manos que la sostenían, avanzó.

Recorrió el pasillo con los brazos extendidos, buscando estabilidad entre las paredes. A medida que se acercaba al cuarto de Basilia, sentía que le faltaba el aire. Se detuvo en el quicio de la puerta e inspiró. Olía a madera, humedad y alcohol. Reunió el escaso valor que le quedaba y entró.

—So... so... soy Lo... lo... Loli —tartamudeó.

Hacía más de media hora que Basilia había dejado de ver y oír. Su rostro era blanquecino, con un leve toque violáceo. Dolores se acercó y le acarició la mejilla. Estaba fría. La carne estaba prieta, tensa. Acercó su mano a la nariz de Basilia y comprobó que aún seguía respirando.

Después, paseó su mirada sobre el cuerpo de su prima. A primera vista, ni rastro de golpes. Se detuvo en los pies, y descubrió una especie de bota rígida. Bordeó la cama, levantó la colcha, y ante sus ojos apareció un armatoste de madera para enderezarle el tobillo. «¿Qué te ha hecho, prima?», lamentó entre lágrimas.

Apartó las sábanas hasta dejar el cuerpo al descubierto. Deslizó sus dedos por el brazo de Basilia, sorteando su abundante vello negro. Cuando llegó a la parte interior del codo, se detuvo de repente. Descubrió un bultito a la altura de las costillas. Y junto a él, otro. Le había partido varios huesos.

—Lo siento… —se disculpó al intuir la paliza que había recibido.

Desabrochó los botones del camisón y escudriñó el pecho de Basilia. Una mancha rojiza y morada lo cubría por completo. No alcanzaba a imaginar cuánto había sufrido. Dolores quiso abrazarla, pero tuvo miedo de hacerle más daño. Le abotonó la camisola, la tapó y se tumbó a su lado, al borde de la cama. No quería molestarla.

—Nunca te he dicho cuánto te quiero —confesó.

Dolores se rompió en un llanto comedido. Abrazada a su prima, lloró en silencio mientras a Basilia se le escapaba la vida. Mantuvo la vista puesta en su torso, que se hinchaba y deshinchaba cada vez con menos fuerza. Puso la mano sobre su pecho hasta que dejó de sentir el aleteo del corazón. Así se fue Basilia. Con su dolor a cuestas. Mientras la prima Loli la abrazaba, mientras rezaba para que muriera cuanto antes y dejara de sufrir.

Basilia falleció sin descubrir su vestido de novia. Con una D de color rosa bordada en letra inglesa. Con un velo de gasa largo que la habría hecho sonreír. Se fue sin saber que sus amigas ya no estaban dispuestas a seguir tragando su tortura en silencio. La muerte le fue royendo la carne, llegó a los huesos e impregnó los tuétanos. Sintió cómo le iba arrebatando recuerdo a recuerdo y dejando su mente en blanco, como si su vida nunca hubiera existido.

El alma se le escapó en un suspiro, una última exhalación, y sobrevoló los montes de Encartaciones convertida en golondrina. Planeó sobre los campos y los bosques hasta que llegó al cementerio de Balmaseda y descendió. Se detuvo en la fosa común donde habían enterrado a su madre. Se introdujo en la tierra haciéndose un hueco entre los cuerpos hasta encontrar el de su *ama*. «Te estaba esperando, *maitia*», susurró mientras abrazaba a su pequeña. Y así quedaron para la eternidad. Con sus recuerdos entrelazados, protegiéndose, huyendo del olvido.

Como pasaban los minutos y Dolores no regresaba al salón, el médico se acercó a la habitación de Basilia. Al cruzar el umbral, vio a Loli tumbada junto a su prima. Le acariciaba el pelo y le susurraba al oído mientras sollozaba. Iñaki se sentó en la cama, junto a la paciente, y le tomó el pulso. Nada. Ni un latido. Acercó su mano a la nariz. No respiraba. La auscultó para confirmar su muerte. Pasaban las siete y media de la tarde.

—Se ha ido para siempre.

PARTE 2

LA MORTAJA

Durante décadas, el médico de Sopuerta fue el cómplice y el encubridor de Ángel. Iñaki se encargaba de despachar a las jóvenes que denunciaban haber sido violadas por el hijo del alcalde. Llegaban a su consulta con un nudo en la garganta. Generalmente, las acompañaba una hermana o una amiga. Narraban ataques brutales por sorpresa. Ángel las abordaba cuando estaban solas, cruzando los caminos o dedicadas a sus faenas. Elegía a jóvenes vírgenes o a mujeres recién casadas a las que no había tenido tiempo u ocasión de desvirgar.

Iñaki escuchó el relato de Petra, la hija del frutero de Beci. Contó cómo Ángel la abordó en las huertas cercanas al camino de carros. Estaba en los patatales cuando sintió un garrotazo en las pantorrillas que le hizo hincar las rodillas. Ángel le pegó la cara contra la tierra, le levantó la falda y le desgarró la ropa interior. Cuando terminó de agredirla, le dio la vuelta y la abofeteó.

También atendió a Caridad, la hermana pequeña del maestro. Era incapaz de narrar con palabras la violación. Se tocaba los pechos y sus partes íntimas de forma nerviosa, intentando recrear la agresión. No podía pronunciar palabra. Tenía dieciséis años cuando sucedió. Su mente quedó detenida en ese momento de por vida. Desde entonces, solo consiguió emitir algún sonido gutural.

El médico se acostumbró a oír ese tipo de relatos como quien escucha los síntomas de una enfermedad común. Para evitarse quebraderos de cabeza, cuando una víctima de Ángel acudía a su consulta y empezaba a relatar su caso, Iñaki mandaba llamar a su madre. En cuanto llegaba al consultorio, la chica cerraba la boca.

—Señora, la he avisado para que acompañe a su hija —le dijo a Juani, la madre de la primera víctima.

—¿Qué pasa, *maitia*? —preguntó con inquietud.

La joven enmudeció. Iñaki la presionaba con la mirada para que confesase que había sido violada, pero ella no podía reconocerlo delante de su madre. Iba caminando junto al arroyo de Baldebezi cuando Ángel salió de la nada y se le echó encima. Le sujetó las manos, le arrancó la camisa a mordiscos y la embistió con furia, como un animal hambriento. La chica caminó durante dos kilómetros hasta que llegó a la consulta con la sangre chorreando entre las piernas.

—He estado sangrando mucho, madre —mintió—. Pensé que me moría. Me he asustado y he venido.

—Has hecho bien, *maitia* —la consoló—. Vamos a casa, te lavas y te preparo un caldito. Últimamente no comes bien, a ver si te va a entrar anemia —advirtió.

Juani abandonó el consultorio consciente de que su hija había sido brutalmente violada. Si la joven lo hubiese admitido, no podría haberla casado. Se habría convertido en mercancía defectuosa que ningún joven aceptaría como la madre de sus hijos.

El ritual se repetía con cada víctima. Las madres acudían a la consulta, las chicas ocultaban la agresión y, al llegar a casa, les daban una infusión. Según las viejas parteras, era una mezcla ancestral de ajenjo, caléndula y ruda que evitaba que quedasen embarazadas. Lo cierto es que el brebaje no funcionaba.

Sopuerta se fue emponzoñando de un secreto a gritos que el médico contribuyó a silenciar. No fue difícil. Las madres de las víctimas fueron las primeras en colaborar. Las primeras interesadas en ocultar a los bastardos.

Años más tarde, cuando Iñaki tuvo que certificar que Ángel había consumado el matrimonio con Basilia, ya estaba curado de espanto. A primera hora de la mañana, doña Elena le mandó llamar para que revisara a la novia. El personal de servicio, que acababa de llegar, le buscó en el jardín. No entendían por qué había dormido al raso cuando tenía una habitación preparada para él.

—Doctor, doña Elena le pide que suba a la alcoba nupcial —le requirió la criada.

Iñaki se arregló la camisa, se limpió los zapatos en el felpudo y pasó por su cuarto para asearse. Se cambió de ropa deprisa, cogió el maletín y cruzó el pasillo para dirigirse a la habitación de su amigo.

—Buenos días, doctor —le saludó Elenita—. ¿Ha dormido bien?

—Estupendamente —dijo cortante. No podía olvidar que esa mujer le había obligado a dormir al raso.

El médico avanzó por el corredor y llegó a la habitación de su amigo. Golpeó la puerta suavemente, pero nadie respondió. Insistió. Seguían sin abrir, así que giró el pomo y entró. Ante sus ojos se desplegó un espectáculo desolador. Basilia estaba tirada en el suelo. Tenía el camisón de raso ensangrentado y al menos dos heridas abiertas y sangre seca en la cabeza. En la cama, Ángel dormía desnudo y roncaba a pierna suelta.

Iñaki se acercó a la novia, la intentó despertar y, como no lo lograba, le tomó las constantes vitales. Parecían estables. La cargó entre los brazos y la depositó en la cama, junto a su amigo. Le acarició las mejillas hasta que empezó a abrir los ojos y a emitir un quejido lastimero.

—¿Qué hostias pasa aquí, hermano? —bramó Ángel en cuanto se despertó—. ¡Con tanto ruido no se puede dormir!

Malhumorado, el novio se puso los pantalones, se calzó y abandonó la habitación dando un portazo. El doctor humedeció las heridas de Basilia con un paño y retiró la sangre seca mientras ella emitía un leve quejido.

—Voy a tener que coserte las heridas en vivo —advirtió—. Esto te va a doler.

Enhebró la aguja, atravesó limpiamente la carne de la frente y la unió con limpieza. Así hasta remendar siete puntos entre la ceja y el pelo. Repitió la operación en la parte baja de la barbilla. Cuatro puntos más ocultos bajo el mentón. Revisó el resto del cuerpo de Basilia y confirmó que no había más heridas.

Se fijó en sus piernas, aún cubiertas de sangre seca. Iñaki no quiso molestar más. Cubrió a la joven con la colcha, cerró el maletín y se fue. En cuanto salió por la puerta, se encontró de frente a doña Elena. El médico suspiró. Recordó la tradición.

—El matrimonio ha sido consumado —constató—. Doy fe.

Basilia quedó sumida en una dulce duermevela. Agotada por los golpes e impresionada por la amabilidad del doctor. No es que el médico se anduviera con contemplaciones, simplemente le pesaba la culpa de ser el cómplice de un criminal.

* * *

El día que Iñaki certificó la muerte de Basilia se preguntó cuántos años más tardaría en pagar su deuda. Cuando era un bebé, sus padres se morían de hambre. Ernesto Loizaga era el herrero del pueblo, pero el negocio de la fragua languidecía.

No ingresaba dinero alguno. El hambre los consumía. Para Juana, su madre, el nacimiento de Iñaki fue una bendición. Sus pechos se llenaron de leche como por arte de magia y pudo amamantar al bebé sin problema. Es más, le sobraba alimento.

Entre los vecinos corrió la voz de que se ofrecía como ama de cría. Elenita, la mujer del alcalde, no se lo pensó dos veces. Sus pechos estaban secos como dos uvas pasas a pesar de que estaba recién parida. Hizo llamar a Juana y le presentó una oferta que no pudo rechazar.

—Amamanta a mi hijo Ángel y os alimentaré —prometió.

Juana fue la nodriza del pequeño hasta que cumplió los tres años. Mamaba con ansiedad mañana, tarde y noche. Como si lo que buscara no fuera alimento, sino un cariño que no encontraba entre los pechos de su madre. El hijo del alcalde estuvo pegado a las faldas de Juana hasta que tuvo que ir a la escuela con seis años.

Mientras tanto, a la familia del herrero no le faltó de nada. En la casa de Ernesto entraban carne y hortalizas frescas cada tres días. Era la cantidad justa para el consumo, ni un gramo más, pero les quitó el hambre a los tres. Ángel e Iñaki crecieron como hermanos de leche, quintos unidos por una fraternidad especial. Trepaban a los árboles, buscaban renacuajos y cazaban tordos con tirachinas. Eran inseparables.

Iñaki despuntó muy pronto en la escuela, era un estudiante brillante. Vivaracho, trabajador e inquieto. Don Poncio, el cura que dirigía el colegio de San Viator, se reunió con sus padres. Les pidió que le dejaran cursar estudios superiores.

—No podemos, padre —confesó el herrero con vergüenza—. Apenas nos da para ir tirando.

—Podría ingresar en el seminario —les ofreció— y formarse como médico, maestro, abogado… Tengo contactos.

Cuando el herrero preguntó a su hijo si quería meterse a cura para poder seguir estudiando, Iñaki lo rechazó.

—Me quedaré en Sopuerta y heredaré la herrería.

—Es una ruina, hijo —le respondió el padre—. No da ni para quitar el hambre.

—*Aita*, traes la verdura de los mejores pastos y la carne de ternera más deliciosa de Encartaciones —le replicó confundido.

El herrero confesó a su hijo que la comida con la que llevaba dieciséis años llenándose el estómago era fruto de un pacto con la mujer del alcalde. Leche materna a cambio de buen alimento de por vida. Un buen trato. Su amigo Ángel, que nunca quiso mencionar el acuerdo, lo supo desde que tuvo uso de razón. Su madre le dejó claro que su amigo podía llevarse algo a la boca gracias a ella.

—Ya ves —proclamaba Elenita—, una no tiene leche para amamantar a su hijo y, a cambio de conseguirla, tiene que alimentar de por vida a una caterva de muertos de hambre.

Un día de mayo, bajo la higuera, con el curso a punto de acabar, Iñaki confesó a Ángel su dilema. Quedarse en el pueblo y pasarlas canutas, o probar en el seminario.

—Mi madre dice que puede ser una buena idea —explicó—. Estaré unos años fuera y después incluso podré viajar —soñó.

Juana contó a su hijo que los curas con estudios se trasladaban a las grandes ciudades para ejercer su profesión o para formar a más sacerdotes. Bilbao, Santander, Burgos, León. Iñaki empezaba a convencerse de que no era un mal plan. Pero, cuando se lo contó a Ángel, su amigo se vino abajo. Le echaría mucho de menos, la vida no sería igual. No podrían bañarse en los arroyos mientras recitaban la alineación del Athletic ni tomar limonada las tardes de verano. No cazarían conejos ni los desollarían en el cobertizo. La vida perdería su música. Su día a día se quedaría sin risas.

Así que Ángel decidió interceder por su amigo y pidió a su madre que le ayudase.

—Ni loca —zanjó Elenita—. La familia del muerto de hambre ya me ha sacado los cuartos. Estoy deseando que se mueran para no seguir llenándoles las panzas.

—*Ama* —rogó Ángel—, me quedaré sin mi mejor amigo.

—Ya buscarás otro —le restó importancia ella.

—Piénsalo bien —argumentó Ángel—. Si Iñaki estudia Medicina, podrá regresar al pueblo para atendernos.

A doña Elena se le iluminó la cara. Sopuerta carecía de médico. Los aldeanos tenían que trasladarse al consultorio de Galdames, el único que contaba con doctor y practicante los días de labor. Si su marido ponía un ambulatorio en el pueblo, los vecinos estarían eternamente agradecidos. Elenita no se lo pensó dos veces. Dos días después, visitó a la familia del chico y les confirmó que le pagaría la carrera. Iñaki estaba con sus padres en la cocina cuando la mujer del alcalde llamó a la puerta.

—Doña Elena —se sorprendió Juana—, ¡qué sorpresa! Me pilla hecha un desastre, estaba desplumando una gallina —se disculpó.

—Tranquila —avanzó junto al fogón con una mueca de asco—, traigo buenas noticias.

—Usted dirá. —El padre estaba expectante.

—Mi marido y yo vamos a pagar la carrera del chico.

Iñaki por poco pierde el sentido. Elenita narró con todo lujo de detalles una retahíla de mentiras que la familia del herrero se tragó sin pestañear. Contó que Ángel le rogó que ayudase a su amigo a cumplir su sueño. Que le pagase la carrera. Que le buscara después un trabajo en el pueblo para que pudiese estar cerca de su familia, casarse con una buena chica y tener hijos.

—Solo pondré una condición —advirtió.

—La que sea, señora —cedió Ernesto.

—Debe estudiar Medicina y regresar a Sopuerta.

—Hecho —se apresuró a responder Juana—. Le debemos la vida, doña Elena.

Así cambió el destino de Iñaki para siempre. La mujer del alcalde le encarceló en una carrera que nunca le llenó, le trajo al pueblo a pesar de que él soñaba con conocer mundo, y le ató al destino de su hijo para siempre. Cuando el chico quiso darse cuenta, vestía bata blanca, pasaba consulta en Sopuerta y ocultaba los delitos de su hermano de leche. Cada vez que se preguntaba cuándo saldaría su deuda, se daba cuenta de que sería eterna. Solo le salvaría la muerte.

Cuando Basilia falleció, lo primero que hizo el médico fue avisar a Ángel. Dejó a la prima Loli en la habitación, aferrada a la difunta, cruzó el pasillo y le pidió a su amigo que le acompañara a la cocina.

—*Alkate*, Basilia está muerta.

Ángel se quedó petrificado. Como si él no hubiera sido el responsable. Gritó tan fuerte como pudo. Se reventó la garganta en un chillido estremecedor que cruzó Sopuerta de norte a sur. Abrió el aparador, cogió los vasos y los estrelló uno por uno contra el suelo. El médico abandonó la cocina y cerró la puerta. Ángel sacó la vajilla y la estampó contra la pared. Cuando se hartó de destrozar la cocina, se sentó en el suelo y lloró.

En el salón, Miren y Angelita intuían lo peor. Se acercaron al médico y buscaron la confirmación.

—Iñaki. —Miren buscó su mirada—. Iñaki, ¿qué pasa? —preguntó.

—Basilia ha fallecido —anunció el médico de forma aséptica.

Angelita perdió el equilibrio y Miren tuvo que enderezarla para evitar que cayeran las dos al suelo. Se abrazaron y así permanecieron un buen rato, llorando, incrédulas. Pensando que volverían a ver a Basilia en cuanto ese mal sueño terminara. El médico las sacó de su ensimismamiento.

—Hay que llamar a la avisadora.

En Encartaciones, anunciar la defunción de un vecino forma parte del trabajo de las mujeres. Una de las allegadas a la difunta se dirige a casa de la avisadora, otra mujer, para pedirle que se ponga en marcha y difunda la noticia del fallecimiento por todo el pueblo.

Como Angelita no podía tenerse en pie, Miren decidió dirigirse a casa de Luisa, la avisadora. Tumbó a su amiga en el sofá, se echó el chaquetón por encima y cogió el paraguas por si volvía a llover. Empezaba a caer la noche. Anduvo doscientos metros hacia el norte, dejó a la derecha la calle Cotarros y la calle Jara y llegó a la carretera de Ribas. Avanzó hasta el número cinco y llamó a la puerta. No hubo respuesta. No le extrañó porque ya era tarde. Igual estaban durmiendo. Antes de que volviera a llamar, se encendió una luz dentro.

—¿Quién es? —preguntó Juan sin abrir la puerta.

—Soy Miren, ¿está Luisa? —preguntó a voces.

—Luisa está a punto de meterse en la cama —reprochó el marido.

—Ha ocurrido una desgracia —advirtió.

Juan supo que tenía que subir a por su mujer. Luisa tardó unos minutos en abrir la puerta.

—Mirentxu, querida —dijo sorprendida—. ¿Qué sucede?

—Es Basilia. —No pudo seguir hablando.

—No te entiendo, *maitia*. —Le acarició el brazo para calmarla—. ¿Qué quiere la mujer del alcalde?

—No quiere nada. —La frase le salió sin pensar—. Ha fallecido. Necesitamos que avises al pueblo.

Cada vez que tenía que comunicar la muerte de un vecino, Luisa se vestía de negro para extender el luto. Esa noche fría y húmeda la avisadora se despidió de Miren y se confundió con la oscuridad. Empezó por las casas más cercanas y comunicó la noticia. Tocaba la puerta con los nudillos muy suavemente y, cuando una voz medio dormida respondía al otro lado de la puerta, susurraba: «Ha fallecido Basilia, la mujer del alcalde». Luisa no saludaba ni se presentaba. Simplemente, dejaba la información flotando en el aire y se iba sin despedirse.

Después de avisar al barrio de La Baluga, antes de enfilar el de Mercadillo, pasó por casa de Sole. El portal estaba abierto, así que subió al primer piso y llamó tres veces a la puerta. Era la señal. Oyó unos pasos apresurados al otro lado y sintió cómo Sole pegaba la oreja a la puerta.

—Ha fallecido Basilia —anunció—. Hay que prepararla para el viaje.

Soledad intentó buscar alguna explicación a la noticia. Ese mismo día, por la mañana, la había visto en el bar Kolitza cuando llevó a Joxean a comerse unas rabas. No le dio más vueltas. Ya encontraría la respuesta al lavar el cuerpo.

—Joxean, cariño —le llamó mientras avanzaba a la habitación.

El chaval ya estaba en pijama, surcando el aire con el avioncito de papel que había hecho en la misa de la mañana. Se molestó cuando supo que su madre iba a sacarle de la cama.

—*Amaaaaa…*, estoy cansado —lloriqueó.

—Ya sabes que aquí no puedes quedarte solo. —Sole endureció el tono—. Tengo trabajo.

Joxean quedó agarrotado por la noticia. Ya intuía él que la muerte rondaba el pueblo.

—¿A quién se ha lle lle… llevado? —Joxean temía la respuesta.

—A la mujer del alcalde.

El chico respiró aliviado. Cuando Sole le pidió que se vistiera deprisa y se pusiera los calcetines de lana gruesa con las botas de agua, Joxean no se lo pensó dos veces. Se arregló rápidamente y llegó a la puerta antes que su madre.

Mientras ambos se preparaban, la avisadora había difundido la noticia por todo el edificio, los bloques de al lado y buena parte del barrio. Las luces fueron encendiéndose al tiempo que un murmullo crecía en todo el pueblo. Mujeres y maridos, viudas y vecinas, padres e hijos no daban crédito. Las vecinas salían en bata y zapatillas a los descansillos en busca de más información. Llamaban por teléfono a los familiares de confianza, que muchas veces recibían la noticia antes de que la avisadora la susurrara en su puerta.

Sole salió de casa sin soltar la mano de Joxean. El chaval se dejaba llevar porque estaba muy cansado y no quería discutir.

—*Amaaaaa…* —aun así, se resistió—, ¡que ya soy un niño ma… ma… mayor!

Su madre le miró con dulzura y siguió tirando de él para llegar cuanto antes a la casa del alcalde. Iba de negro de la cabeza a los pies. Vestido, medias gruesas, calzado cómodo rematado por un ribete de terciopelo y un pañuelo cubriéndole la cabeza. No cogió el abrigo porque, a su edad, los sofocos iban y venían cuando andaba con prisa y no quería acalorarse.

Subieron la cuesta de Lehendakari Aguirre y cruzaron la rotonda por el medio de la carretera aprovechando que no circulaba ningún coche. Llegaron a la casa del alcalde en menos de diez minutos. Sole llamó a la puerta con los nudillos. Cuatro golpes. Era la señal de que había llegado la amortajadora.

* * *

Encarnación Llanos se encargó de amortajar el cuerpo de don Ramón. Era una mujer corpulenta, vivaracha y charlatana. Aprendió el oficio de su madre y de su abuela. Toda su vida giró en torno a la muerte. A los diecinueve años, encontró el amor en el cementerio de Zugaztieta. Quedó prendada del enterrador. Un joven alto, forzudo y bonachón.

—Señorita, qué guapa es usted.

A Encarni le sorprendió el atrevimiento, pero no se sintió molesta. Bajó la mirada y siguió tras la comitiva fúnebre sin decir palabra. Dos semanas después, se volvieron a encontrar por sorpresa entre las tumbas.

—Señorita, es usted la flor más bonita de este camposanto.

Ella sintió curiosidad. No había visto al joven por el pueblo.

—¿Dónde está Felipe? —se extrañó—. Hace semanas que no le veo por las tumbas.

Felipe era el enterrador asignado a ese cementerio. Hijo y nieto de sepultureros. Un chico que le llamaba la atención hasta que conoció a su sustituto. En todo caso, ambos jóvenes eran enterradores. Ambos eran buenos partidos para ella y para el negocio de su familia.

—Está en cama, señorita —agachó la cabeza—. Se ha caído del burro y las piernas no le funcionan. El médico dice que hay que esperar.

—¿Le conoces? —preguntó Encarni.

—Es un buen amigo de la familia —explicó—. Somos los enterradores de Galdames.

—¿Vas a quedarte con el puesto de Felipe? —siguió abundando ella.

—Estaré por aquí hasta que se le pase —sonrió—. Después, regresaré a mis tareas en el pueblo.

Gaspar Urralburu no volvió a Galdames más que para visitar a la familia. Se casó con Encarni y se quedó al mando de los enterramientos en Sopuerta. La pareja, pegada a las tareas en torno a la muerte, exprimía todo el jugo de la vida. Gaspar trabajaba mañana, tarde y noche.

—No sé qué pasa en este pueblo, Encarni —le confesaba con extrañeza—. Los vecinos, llegados a una edad, parecen morir de pena.

Lo mismo le sucedió a él. Cinco años después de casarse, sin ninguna razón aparente, cayó desplomado dentro de la fosa que estaba cavando. Los pueblerinos relataban que, cuando le sacaron, tenía los ojos muy abiertos, como si hubiera visto la muerte frente a frente. El médico explicó que le había fallado el corazón como les sucedió a su padre y a su hermano. Una enfermedad hereditaria, no encontró otra razón.

Gaspar falleció cuando Encarni cumplía ocho meses de embarazo. Dos semanas después, un calambrazo la avisó de que estaba de parto. Tan profundo era el dolor que sentía por la pérdida de su marido, que el parto le resultó indoloro. Pidió que la dejaran a solas con la comadrona en la habitación. En cuclillas, agarrada a los barrotes de los pies de la cama, empujó sin aspavientos hasta que expulsó a la criatura.

La partera cortó el cordón, envolvió al bebé en un paño blanco de algodón y se lo acercó para que la alimentara. Era una niña. Se lavó las manos y le preguntó cómo la llamaría. Ella, metiéndole el pezón en la boca de forma mecánica, pensó en Gaspar. Sintió un vacío que la atravesó y que dio nombre a la pequeña.

—Se llamará Soledad.

A medida que la niña crecía, Encarni sintió la culpa de haber condenado a su hija con un nombre que no le correspondía. Debería haberla llamado Esperanza. La pequeña se había convertido en su alegría, en su motivo para seguir viviendo. No se despegaba de ella. Para sorpresa de los vecinos, la acompañaba hasta en los amortajamientos. Desde muy pequeña, se quedaba sentadita en una silla, agarrando una muñeca de trapo y mirando a los muertos sin temerlos. Creció lavando cuerpos y vistiendo difuntos, hasta que dominó la técnica del amortajamiento. Se detenía en los detalles más importantes. Ojos sellados, boca cerrada y manos entrelazadas para mostrar una sensación de paz.

Cuando, años después, doña Elena llamó a Encarni para que amortajara a don Ramón, no lo pensó dos veces.

—Tráete a la chica —le pidió—. Es buena en lo suyo.

Encarni se presentó con su hija en la iglesia de La Báluga. Pasó a la sacristía. En el ambiente flotaba un tufo extraño. No era el que solía emanar de un cuerpo después de muerto. Cuando Soledad se acercó al difunto, descubrió heces y orina en los pantalones.

—Vamos a tener faena, *ama* —advirtió—. Hay que darse prisa.

La madre desabrochó la ropa del sacerdote y, de forma mecánica, se la quitó con destreza hasta dejarle en cueros. Trajo una palangana con agua tibia, lavó el cuerpo insistiendo en las zonas más sucias y lo secó. La carne empezaba a ponerse tiesa.

—Mira en el armario y busca ropa interior limpia y una sotana negra —ordenó a Sole.

Encarni levantó la pierna derecha del cura y su hija ensartó una de las perneras del calzoncillo. Repitieron la operación con la otra. La madre, con la fuerza de un cantero, levantó la cadera del hombre al tiempo que Sole le subió la ropa interior hasta la cintura. Sentaron a don Ramón, le pusieron la camisa, una manga primero y la otra después. Le tumbaron, le abrocharon los botones, y volvieron a sentarle para colocarle la sotana. Una vez puesta, le tumbaron de nuevo y llamaron a los de la funeraria, que estaban fumando fuera.

—Hay que colocarle en el féretro —pidió Encarni.

Los mozos pusieron el ataúd sobre el suelo, en paralelo a la cama. Uno agarró a don Ramón por las axilas, y el otro, por las rodillas. Lo metieron en la caja y dejaron hacer a la joven Soledad.

La joven recolocó la sotana, estiró los bajos para evitar arrugas y abrochó los botones. Colocó una mano sobre otra y entrelazó los dedos. Al terminar, le metió entre las manos el crucifijo que don Ramón solía llevar colgado del cuello. Le puso los calcetines negros y dio el trabajo por terminado.

—Podéis llevarle a los pies del altar, junto al sagrario —ordenó Encarni.

Eran las nueve y media de la noche cuando abrieron las puertas de la iglesia. Una muchedumbre esperaba para despedirse del sacerdote. Los hombres, con la boina enrollada entre las manos. Las mujeres, con pañuelos oscuros sobre la cabeza en señal de luto. Así desfilaron uno tras otro ante el ataúd de don Ramón. Persignándose mientras rezaban un avemaría, acariciándole el sello de la mano derecha como gesto de obediencia, dejando una limosna por su alma.

Elenita irrumpió en la iglesia con su taconeo nervioso y se acercó al féretro para comprobar que el cura estaba bien muerto. Con una naturalidad pasmosa, se coló en la fila de feligreses que esperaban para darle el último adiós.

—Perdone, Herminia. —La impidió avanzar—. Es que tengo prisa.

La mujer cedió por obligación y doña Elena pudo colocarse al lado del féretro. La piel del cura era de un blanco marmóreo. Le tocó la mano derecha. Estaba helada. Sonrió para sus adentros y se felicitó por la mezcla de hierbas que dejó al sacerdote en el sitio. Había ganado. Se había vengado.

Después de contemplar al difunto, se dio media vuelta y, en cuanto enfiló la salida, escuchó a sus espaldas un grito desgarrador. Se giró y vio a Herminia horrorizada, en medio de un ataque de nervios. Los pueblerinos rodeaban el ataúd y murmuraban incrédulos. «No puede ser», decían unos. «Parece obra del diablo», añadían otros.

Elenita se abrió paso a codazos y, cuando se plantó frente al sacerdote, creyó morir. Tenía los ojos abiertos de par en par. La mandíbula había cedido y colgaba hacia abajo con la lengua fuera. «¿Es normal que la lengua esté ennegrecida y picuda?», se preguntaban los vecinos. Encarni salió de la sacristía y disolvió el enjambre de curiosos en un santiamén.

—¡Aquí no hay nada que ver! —advirtió a voces—. ¡Cada uno a su casa!

Doña Elena enmudeció. Parecía que el sacerdote la estaba mirando. El diablo se entretenía jugando con el cuerpo del cura para torturarla. No le impresionaba que le hubiera desfigurado el rostro, pero sí que hubiera quedado la lengua fuera. Parecía un trozo de carbón. Un tizón negro que terminaba en una punta afilada, como una astilla. Si no se daba prisa, alguien descubriría que la muerte del sacerdote no había sido natural.

—Lo siento, doña Elena. —Encarni se disculpó—. La chica es meticulosa, pero está empezando. Ha debido meterle en la boca demasiada guata.

Elenita suspiró sonoramente. Abrió el bolso con discreción, sacó un billete y lo deslizó entre los dedos de Encarni.

—Cerradle la boca y tapadle los ojos —exigió—. Bastante desgracia ha visto ya en vida.

El velatorio quedó clausurado hasta la mañana siguiente. Encarni y Sole sellaron los ojos del cura con unas gotitas de cera de vela. Metieron la lengua dentro de la boca, sorprendidas por su color negruzco, y anudaron una venda blanca desde la barbilla a la cabeza para asegurarse de que la mandíbula quedaba cerrada. Con las fauces del difunto bien candadas, quedó enterrado el mayor secreto de Elena Urrutia. Nadie descubriría que era una asesina.

La diócesis tardó dos semanas en enviar un nuevo sacerdote. Durante ese tiempo, uno de los dos curas de Galdames se encargó de las eucaristías y las confesiones. Afortunadamente, el compás de espera duró poco y Sopuerta dio la bienvenida a un nuevo párroco, recién salido del seminario. Cuando llegó, la sorpresa para los lugareños fue mayúscula.

El autobús de Bilbao paró junto a la iglesia de Mercadillo, enfrente del bar Kolitza. Por la escalerilla descendió un joven apuesto, de pelo color avellana y rasgos finos. Un chico alto y de buena planta. Puso un pie en el pueblo sonriendo, reconfortado porque había podido regresar.

—Eusebio, hijo, ¿eres tú? —Rosarito no podía creérselo—. ¡Dame un abrazo!

La madre del tabernero mandó llamar a su hijo, que le recibió como a un hermano. Hizo salir del bar a Consu, que se limitó a agachar la cabeza y a saludar en un susurro:

—Bienvenido, padre.

La buena nueva recorrió el pueblo como la pólvora. Avanzó de boca en boca, entre la alegría y el asombro, hasta llegar al portal de Angelita.

—¿Por qué ha regresado? —le preguntó a Amelia, una vecina.

—¿Acaso alguien sabe por qué se fue? —respondió—. ¡Ven conmigo, corre, vamos a darle la bienvenida!

La maestra, que estaba arreglando la casa, la dejó patas arriba. Arrastrada por Amelia, bajó la cuesta de la calle Lehendakari Aguirre y llegó a la iglesia de Mercadillo en un suspiro. Una muchedumbre rodeaba al nuevo cura. Angelita se ponía de puntillas, pero no conseguía verle. Solo escuchaba a las viejas. «Qué guapo estás, hijo», piropeaba una. «¿Por qué te fuiste?», reprochaba la otra. «Tu madre me dijo que estabas en el seminario», apostillaba una tercera.

Un intenso sirimiri empezó a caer sobre el pueblo. Los aldeanos se dispersaron como almas que lleva el diablo y el cura se quedó solo, con la maleta pegada a los pies. Cuando la muchedumbre se deshizo, se encontró frente a frente con Angelita. Llevaba una blusa blanca y una falda color canela. El pelo le caía sobre los hombros. Era mucho más bella que hacía ocho años, cuando la abandonó sin despedirse. Su padre le metió en un autobús camino del seminario en cuanto supo que estaba enamorado de la maestra del pueblo. Una chica con ideas demasiado modernas.

—Padre… —reaccionó ella.

Eusebio, que habría dado media vida por abrazarla de nuevo, por llenarse de su aroma a jazmines, por volver a besar sus labios, no alcanzó a decir más que un puñado de palabras.

—No he dejado de quererte, Angelita.

En ese preciso instante, bajo un sirimiri que arreciaba, a dos metros del cura, la maestra sonrió con toda su alma. Dos lagrimones descendieron por sus mejillas y se confundieron con la lluvia. El corazón le palpitó en el pecho y el latido le trepó por la garganta como un vendaval incontenible. Ambos quedaron paralizados. Ninguno pudo dar un paso al frente. Permanecieron unos minutos mirándose, escudriñando el paso del tiempo en la piel del otro, identificando cada uno de los rincones que habían echado de menos.

—Bienvenido, padre —dijo ella por fin.

De repente, dejó de llover. Se abrió un claro y sintieron la caricia de los rayos del sol. Y ambos intuyeron que para ellos había esperanza.

* * *

El médico abrió la puerta y, con voz grave, invitó a pasar a Soledad. Cada vez que entraba en la casa de un difunto, le gustaba aspirar los olores que se concentraban en el ambiente.

Había un ligero aroma a jazmines que emanaba de la tristeza de Angelita abatida y con los pies en alto sobre el sofá. Olía a alcohol, como si el médico se hubiese empleado a fondo para curar a la paciente. También notaba un aroma a carne tierna con verduras que se mezclaba con un intenso olor a sal. El aroma de las lágrimas. Había mucho sufrimiento metido en esa casa. Fuera era noche cerrada.

—*Gabon* —saludó con la cabeza agachada—. *Goian bego*, descanse en paz.

La puerta de la cocina se abrió lentamente y Ángel, cuando vio a la amortajadora, sintió un golpe de realidad. Antes de que Sole pudiera pronunciar palabra, Joxean se soltó de su mano, avanzó hacia el alcalde y le abrazó. Le rodeó con sus brazos, llenos de una ternura infinita, y Ángel se desahogó. Apreciaba al chaval. Recordaba especialmente los momentos que habían compartido a escondidas las últimas semanas. Para sorpresa de los presentes, que veían en el alcalde a un monstruo cruel, Ángel lloró, hipó y babeó sobre el abrigo del retrasado mientras él intentaba consolarle.

Con Joxean abrazado al alcalde, el médico acompañó a Sole a la habitación de Basilia. Allí encontró a Dolores, medio dormida y con la cara bañada en lágrimas. El médico se acercó y le pidió que se levantara.

—Ha llegado Soledad —anunció—. Tienes que ayudarla.

Como la prima Loli era incapaz de dar un paso, el médico la levantó y la llevó a rastras al salón. La sentó en una butaca, junto a Angelita, y dejó hacer a Soledad. Las mujeres debían ser las encargadas de amortajar a la difunta. Era un trabajo mecánico, que se transmitía de madres a hijas, pero necesitaba de al menos dos personas para llevarlo a cabo con cierta celeridad.

Joxean había soltado a Ángel y estaba sentado en una esquina jugando con un muñeco de trapo. Soledad pasó su niñez entreteniéndose de la misma manera mientras su madre amortajaba los cuerpos. El alcalde, como manda la tradición, fue a lavarse y a arreglarse para compartir el duelo con los vecinos que llegarían en unas horas. Por las rendijas se colaba un reconfortante olor a leña.

Las vecinas de Sopuerta habían puesto en marcha las cocinas para no asistir al velatorio con las manos vacías. Se arreglaron y recompusieron las sobras del día para llevar un plato presentable. Engordaron la salsa del bacalao con agua y aceite para darle más presencia. Aguaron el guiso de carne y le añadieron un par de pastillas de caldo para aportarle sabor. Colocaron el pan sobre la cocina para tostarlo hasta volverlo crujiente y lo metieron en las bolsas de malla. Quien podía permitírselo llevaba una botella de vino. Los hombres seguían durmiendo para tomarles el relevo al día siguiente, con todos los detalles del velatorio preparados.

Había comenzado a llover. Un sirimiri fino llenó de humedad el ambiente y estremeció a Miren, que regresaba a casa de Basilia después de llamar a la avisadora y a don Eusebio, el cura. Golpeó el portón un par de veces y la madera cedió. Iñaki lo había dejado entreabierto para ventilar la estancia.

—¡Miren! —El médico sintió alivio al verla—. ¡Menos mal que has llegado!

Ella se acercó a Angelita pensando que había empeorado, pero se alegró al verla consciente. La animó a levantarse y le prometió una infusión.

—Se la preparo yo —se adelantó Iñaki.

Miren cayó en la cuenta de lo que pasaba. El retrasado estaba en una esquina jugueteando con unos trapos viejos y Ángel debía estar arreglándose para recibir a los vecinos. Con su amiga y la prima Loli sin poder reaccionar, solo quedaba ella.

—Soledad ya está con Basilia —confirmó el médico—. Debes ir a ayudarla con la mortaja.

A Miren se le cayó el bolso de las manos. Rogó a Dios que Angelita despertara para que fuera ella quien ayudara a Sole, pero su amiga aún no había salido de la conmoción. El médico la observó con una mirada de reproche.

—Date prisa —le ordenó.

Ella recogió el bolso, lo colocó sobre la mesita del salón y se dirigió a la habitación de Basilia. El corazón se le aceleró a medida que se acercaba a la puerta. Tardó unos segundos en reunir todas sus fuerzas y entrar. Sole levantó la mirada y Miren sintió una mezcla de desprecio y odio. Hacía más de veinte años que no se la encontraba a solas frente a frente.

Desde el pecho le fue naciendo una ira densa que la devoró en cuestión de segundos. La puta de su marido inválido. Apretó los puños. La que le dio un hijo antes de que ella pudiera quedarse embarazada. Tensó la mandíbula. La que le arruinó la vida. Hinchó las fosas nasales. La que la dejó con una mano delante y otra detrás. Las mejillas se le tiñeron de un rubor intenso. La que la convirtió en cuidadora de un hombre medio muerto. La que estaba amortajando a su mejor amiga.

—Por favor —Sole se dirigió a ella con tono firme y tierno a la vez—, ¿puedes ayudarme?

A Miren le costó no llorar. Se tragó la rabia, se limpió las lágrimas que le asomaban de los ojos y decidió comportarse con Basilia muerta como no lo hizo con Basilia en vida. Aparcó sus sentimientos e intentó mimarla.

Se dio cuenta de que Sole actuaba con el cuerpo de forma delicada. Había retirado la sábana y la colcha en dobleces iguales sobre sí mismas hasta plegarlas a los pies de la cama. Había quitado con cuidado el madero que enderezaba el pie de Basilia. El tobillo, ennegrecido por el hematoma, había quedado extrañamente torcido hacia fuera. Soledad usó las manos para recolocarlo, pero fue en vano. Finalmente, lo encajó a medias y lo envolvió con una venda que anudó por detrás de la pantorrilla. «Con unas calzas oscuras —pensó—, nadie se dará cuenta del apaño».

Sole se dio prisa en preparar a Basilia. Tenía que actuar con rapidez para evitar que perdiera el calor corporal y la rigidez le complicara la tarea. La desnudó. Le alzó los brazos y le quitó el camisón de franela. Era un saco de huesos recorridos por una mancha morada que se extendía por la parte derecha del pecho y la espalda. Miren se tapó la boca con las dos manos. Estaba espantada. Miró a Sole en busca de respuestas. La amortajadora bajó la mirada y sintió piedad. La habían molido a palos.

Como el cuerpo estaba limpio, porque el doctor se había empleado a fondo en asearlo, Sole aprovechó para vestirla cuanto antes.

—¿Qué ropa le pongo? —preguntó.

Miren se acercó al armario y lo revolvió de arriba abajo. Blusas blancas, faldas de colores sufridos, chaquetas de lana y varios pares de zapatos de tacón oscuros. Ninguna de esas prendas la convencía. Con esa ropa no enterraría a su amiga. Salió de la habitación rumbo al salón. Se colocó frente a Angelita y le habló sin miramientos.

—Levántate, *maitia* —le ordenó mientras la zarandeaba—. Ayúdame a elegir el traje de Basilia.

Angelita se incorporó como pudo y entró en la habitación. Encontró el cuerpo de Basilia desnudo, tendido sobre la cama boca arriba, y sintió una profunda tristeza. Su amiga había quedado reducida a un osario sin forma, una muñeca rota y abandonada a su suerte. No quiso acercarse, no quiso tocarla. Prefería recordarla con su halo de arrogancia, mangoneando a los vecinos. Se tomó unos segundos para recomponerse. Inspiró y, aprovechando que las puertas del armario estaban abiertas, buscó si Basilia había confeccionado su *ropa de viaje*.

Cuando las novias de Encartaciones preparaban el ajuar, incluían en él la *ropa de viaje*, la vestimenta con la que querían ser enterradas y transitar hacia la vida eterna. Solía ser un vestido de lana gruesa o un traje de chaqueta con la falda por debajo de la rodilla. Tenía que ser un par de tallas más grande por si engordaban después de los partos y porque se ganaba peso con la edad. Angelita no encontró nada parecido, así que decidió preguntar a la prima Loli, que penaba en el salón, si sabía dónde podía estar.

—Basilia no tenía *ropa de viaje* —confesó Dolores—. Doña Elena me pidió que no se la cosiera. Llegado el momento, dijo, cualquier traje oscuro serviría.

A Angelita le atravesó un sentimiento de profunda injusticia. No entendía cómo la suegra de Basilia le había negado parte del ajuar.

—¿Qué hacemos ahora? —preguntó Dolores desnortada.

La maestra recogió la funda blanca del suelo. Deslizó la cremallera y descubrió el vestido de novia. Dolores sollozó.

—Era el vestido que cosí para Basilia —desveló—. Doña Elena no quiso que fuera al altar con él.

Angelita se asomó por primera vez al tremendo dolor que tuvo que sentir su amiga antes incluso de casarse con Ángel. Dominada por su suegra, apalizada por su marido y ninguneada por todos aquellos que la rodeaban, incluidas sus amigas.

—Vamos a asegurarnos de que Basilia llegue al cielo como se merece —respondió con determinación.

En ese momento, la puerta se abrió y don Eusebio entró en el salón con la Biblia entre las manos y un pequeño crucifijo de oro colgando del cuello. Saludó de forma cortés.

—*Gabon*, señores. —Perdió el habla cuando reparó en Angelita, con un vestido de novia entre las manos.

—Padre —le explicó ella—, es la *ropa de viaje* de Basilia.

El cura dio su bendición porque había vecinas que querían ser enterradas con su traje de novia y pensó que Basilia no era una excepción.

Unas carcajadas desacompasadas le sacaron de su ensimismamiento y lo devolvieron de un golpe a la realidad del barrio de Mercadillo.

—A don Eusebiooooo… —clamó Joxean—, a don Eusebio…

El cura notó cómo un sudor frío le recorría la espalda. El retrasado sabía demasiado. De hecho, le extrañaba que hubiera mantenido la boca cerrada durante tanto tiempo.

—A don Eusebiooooooo… —siguió—. ¡Ja, ja, jaaaaaa! —El chaval no podía dejar de reír—. Le gustaaaaaa, le gusta muchooooooo…

Ángel apareció de repente y se hizo el silencio. Irrumpió en el salón vestido de riguroso luto. Chaqueta, pantalón y corbata negros, y camisa blanca. Los mocasines también negruzcos y bien abrillantados. Joxean se acercó a él como un perrito faldero.

—Necesito tomar el aire —anunció el viudo.

—Voy con… con… contigo —se ofreció el chaval.

El alcalde salió por la puerta de la mano de Joxean. Había escampado. El chico le apretaba los dedos con fuerza para mostrar su cariño, para indicarle que estaba a su lado. Ángel le devolvió una sonrisa. Se sentó en el banco de madera de la entrada, le hizo sitio al joven y prendió un Ducados. Joxean apoyó la cabeza en el hombro de su amigo y esperó a que quisiera hablar.

Dentro, Angelita evitó la mirada insinuante de don Eusebio, recogió el vestido, cerró la cremallera y se lo llevó a Sole. La amortajadora se sorprendió de que Basilia quisiera enterrarse con un vestido de boda que no era el suyo. Recordaba perfectamente el traje tosco con el que entró a la iglesia. Sin forma, demasiado holgado y sin gusto alguno. El vestido que traía entre las manos su amiga era de una delicadeza sin igual.

—Esta es su *ropa de viaje* —confirmó Angelita. Y salió de la habitación.

Sole no rebatió los deseos de la difunta. Traía mala suerte. Se puso manos a la obra con la ayuda de Miren.

—Vamos a quitarle la sábana sucia —le explicó—. Colocaremos a Basilia de costado y extenderemos esta sábana limpia —le mostró la que tenía en la mano.

Miren intentó mantener la compostura, pero se le notaba que no había ayudado a amortajar un cuerpo. Tenía reparos en tocar el cadáver de su amiga. Sole lo intuyó y empezó a trabajar con normalidad para quitarle hierro al asunto. Colocó a Basilia de costado, con las piernas ligeramente dobladas. Levantó la sábana sucia y colocó la limpia doblada por la mitad. Dio la vuelta a la difunta y realizó la misma operación hacia el otro lado. Miren retiró la sábana usada y ayudó a extender la nueva.

Como el cuerpo de Basilia apenas pesaba, ponerle el vestido fue relativamente sencillo. Lo sacaron de la funda, abrieron la botonadura que tenía en la espalda y metieron las piernas de Basilia dentro del discreto cancán que había diseñado Loli. Después, tiraron del vestido hacia arriba y metieron cada brazo por una manga. Miren sintió que manipulaba un cuerpo chicloso, entre adormecido y paralizado. El ritual le resultó más aséptico de lo que había imaginado.

Sole incorporó a Basilia para abrocharle los botones de la espalda y sus manos chocaron suavemente con las de Miren.

—Perdona —se disculpó Sole.

Su vecina la miró. Esta vez, sin rencor, con la curiosidad de quien descubre a una recién llegada al pueblo. Se perdió en sus ojos color esmeralda y recorrió sus facciones armoniosas. Hacía un año, Sole se había cortado el pelo y sus rizos abiertos caían sobre una melena a ras de los hombros. Aunque parecía tremendamente cansada, seguía siendo muy bella.

Miren recordó el día que la pilló en su cama retozando con su marido. Había salido a comprar verduras, pero a medio camino regresó porque se sentía mal. Estaba destemplada. Se encontró la puerta del portal abierta y subió despacio, porque empezaba a marearse. Metió la llave en la cerradura y la inundó una marea de carcajadas. Incluso parecía que la casa tenía más luz.

—¡Como te pille! —le oyó decir a su marido entre risas.

—¡Desnuda corro más! —le respondió Sole.

Miren se quedó de piedra al escuchar a la vecina. Dio un paso atrás y cerró la puerta. Así permaneció más de media hora sobre el felpudo. Rezando para que ningún vecino bajara por la escalera y la pillara cotilleando. Intentando averiguar qué tenía la amortajadora para haber enamorado a su marido.

Los escuchó haciendo el amor de forma apasionada, entre susurros primero y a gritos después. Oyó cómo se prometían amor eterno. Su nombre no estaba incluido en ninguna de sus frases, como si no existiera. Como si no importara. Salió del portal y deambuló por las calles del pueblo. Cuando regresó, hora y media después, encontró a su marido recién duchado y solo.

—¿Qué tal, mi amor? —la recibió él con una sonrisa.

—Me voy a la cama —respondió cortante—. No sé qué me pasa.

Miren se sentía engañada, traicionada por el hombre que su madre había elegido para ella. Pero sabía que no había remedio. Fernando era un arquitecto de prestigio de Las Arenas tan entregado a su trabajo que se le pasó el tiempo de casarse. Cuando se animó a pasar por el altar, todas las jóvenes de su entorno ya se habían desposado hacía más de quince años. Tuvo que recurrir a las familias del campo para buscar una chica casadera, virgen, bien educada y capaz de darle hijos.

Fernando era dieciocho años mayor que Miren y no sentía nada por ella. De vez en cuando, mantenían relaciones para probar suerte y buscar descendencia. Era un acto mecánico que generalmente tenía lugar los viernes, como preludio al fin de semana. Ella se acostaba y le esperaba con el camisón de raso, sin ropa interior. Él identificaba los tirantes finos y sabía que debía aprovechar el momento. Se deslizaba sobre ella, le levantaba el picardías y la penetraba sin miramiento. No había más contacto. Ni besos ni caricias. Ella aguantaba las embestidas y, cuando Fernando acababa, se ponía de costado e intentaba dormir.

* * *

Cuando, años después, Miren amortajó el cuerpo de Basilia mano a mano con Soledad, no tuvo agallas de echarle en cara que le hubiera arrebatado a su marido. Probablemente, porque sabía de sobra que él nunca la amó. Que quiso a Sole y que, en su letargo, seguía queriéndola.

—¿Le ponemos el velo? —le sorprendió la voz de Sole.

Miren asintió. Habría dado cualquier cosa por regresar al día que se casó con Fernando. Por responder con un sonoro *no* al cura cuando le preguntó si soportaría a su marido en la riqueza y en la pobreza, en la salud y en la enfermedad. Cada día rezaba para que la muerte los separase. Para que irrumpiera en su vida y se lo llevara. Para que le aliviase el sufrimiento que la acompañaba desde hacía más de veinte años.

Cuando Miren descubrió la aventura de su marido, no se lo pensó dos veces y acudió a casa de su madre. Creía que podía poner orden, llamar la atención a Fernando y obligarle a dejar a Soledad.

—¿Qué ocurre, *maitia*? —Su madre le vio la preocupación en el rostro.

—Es Fernando, *ama*. —No se anduvo con rodeos.

—¿No cumple como marido? —Su madre parecía sorprendida.

—Quiero dejarle —anunció sin vuelta atrás.

La madre de Miren, Teresa, formaba parte de la nobleza de Encartaciones venida a menos. Poseían buenas casonas de piedra y tierras de labranza, pero no tenían ningún interés por trabajarlas y sacarles partido. Su posición social se resentía y ya no podían vivir de las rentas. El tiempo corría en contra para ellos. O casaban a sus hijos con nuevos ricos, o el linaje familiar moriría de hambre.

—¿Qué te ha hecho? —preguntó Teresa.

—No me quiere —confesó—. Está enamorado de otra.

La madre de Miren estalló en una carcajada tan sonora que se escuchó desde La Aceña hasta la Ferrería de El Pobal.

—Tampoco a mí me quería —explicó entre risas.

—¿Y qué hiciste? —preguntó extrañada su hija.

—Aprovecharme, *maitia*, aprovecharme de él.

La joven abandonó la casa de sus padres con ideas de sobra para limpiar las cuentas de su marido como lo hacen las esposas de bien. El arquitecto estaba remodelando un caserón de estilo indiano que quería convertir en el hogar familiar. El palacete estaba situado en La Baluga. Fernando lo compró prácticamente en ruinas a un ingeniero industrial que se estableció en Sopuerta después de hacer fortuna en México. El hombre se quedó sin blanca por sus malas inversiones en bolsa y él, que tenía mucho capital ahorrado, le hizo una oferta que no pudo rechazar.

Miren decidió convertir esa casona en el símbolo de su venganza. Pidió a su esposo que recubriera de vidrieras los tres ventanales de la planta baja. Le engatusó para que contactara con un paisajista que diseñara con todo detalle el extenso jardín. Le obligó a reformar la fachada: dos torres que custodiaban una estructura de tres plantas. Fernando disfrutaba con su trabajo y veía a su mujer feliz, ensimismada con los detalles de la casa, lo que le daba más tiempo libre para disfrutar de Soledad.

* * *

Con la mortaja de Basilia prácticamente terminada, Miren posó su mirada sobre Soledad. Escarbó bajo su templanza, rebuscó bajo su sonrisa y encontró un abismo de sufrimiento. Sintió compasión. Sole había perdido al amor de su vida, sobrevivía a duras penas amortajando difuntos y el retrasado era un dolor de cabeza continuo. Miren sopesó cómo podía revelarle que fue ella quien le arrebató todo. Quien la condenó a ser una desgraciada. Quien hizo algo inconfesable que cambió su vida para siempre.

Cuando Loli regresó a la habitación de Basilia y la vio vestida de blanco, pensó que era la novia más bella del mundo. Parecía una muñeca. Tenía el rostro de una mujer serena, con el poso que da la madurez. La muerte había hinchado y dado lustre a su cara. La había dejado abotargada, falsamente rellena de vida.

—Está muy guapa —sonrió Sole—. El vestido es precioso.

Dolores intuyó que Basilia también se alegraba. Que podía sentir que había vencido. Que su vestido de novia la había encontrado y la acompañaría en su *viaje*. Que, cuando su suegra la viese a las puertas del cielo y le reclamase clemencia, Basilia podría vengarse. Podría bailar girando sobre sí misma y reír a carcajadas antes de encarcelar a doña Elena para siempre en el purgatorio.

—¡Los zapatos! ¡Faltan los zapatos! —exclamó.

La prima Loli puso el armario del revés. Encontró unos zapatos negros, un par de color azul marino, los marrones. Nada que pudiera conjuntar con el vestido de novia. Hasta que, en un altillo, envuelta en papel de seda blanca, encontró una caja. Número 35. Los zapatos rojos que se ponía Basilia en casa de su prima. Los solía llevar en una bolsa de tela cuajada de flores, bien cerrada con cremallera. Nadie podía ver qué contenía en su interior. Cuando llegaba al piso de Dolores, le daba dos besos, un abrazo apretado, se quitaba sus zapatos de color sufrido y se calzaba los brillantes. Así merendaban entre risas y sorbos de Anís del Mono.

—¡Ay, Loli! —suspiraba Basilia entre carcajadas—. ¡Cualquiera que nos vea pensará que somos dos ligeras de cascos!

Dolores sonrió imaginando a su prima feliz, subida a los zapatos de tacón rojos, bailando en pareja con ella sones de Cuba. Basilia la guiaba. Izquierda-derecha, izquierda-pausa, derecha-izquierda, derecha-pausa.

—¡Vamos, prima! —la animaba—. ¡Sacude ese pompis!

Loli movía las caderas como podía mientras Basilia se desenvolvía con gracia y ritmo. Como si estuvieran en la plaza de cualquier isla del Caribe, acompañadas de una orquesta y rodeadas de un público entregado.

* * *

Con Basilia de cuerpo presente, Soledad vio cómo la cara de Dolores se relajó. Como si acariciase la paz que traen los recuerdos bonitos. La mente de Dolores bailó unos instantes con su prima hasta caer rendida, entre la amargura de haberla perdido y el alivio de saber que ahora podría seguir bailando, feliz, sin esconderse de nadie.

Loli sacó los zapatos de la caja y los colocó con cuidado en los pies de Basilia. Soledad la miró, preguntándose si los dejaría a la vista. Dolores estiró el vestido hacia abajo y los ocultó. Abandonó la habitación, fue a por el velo que había olvidado en el salón y se lo puso a su prima con la ceremonia que merecen las novias a punto de caminar hacia el altar. Incorporó a la difunta con ayuda de Sole, dejó caer el tul por la espalda, la volvió a acostar y ocultó el rostro con el velo.

De repente, Dolores pensó que algo no encajaba. Sintió que Basilia no estaría conforme. Con desasosiego, se acercó al cuerpo y lo fisgó con detenimiento.

—¿Tienes carmín? —preguntó a Sole.

La amortajadora asintió. Abrió un neceser con polvos para quitar brillos, colorete y dos barras de labios. Dolores sonrió. Levantó el velo, matizó la piel, le aplicó rubor y, después de examinar los colores de labios, se decantó por el rojo. Era el preferido de Basilia. Pasó la barra un par de veces por la boca de su prima, que adquirió color, como si regresara a la vida. Loli le depositó un beso en la mejilla y le susurró al oído:

—Buen viaje, *maitia*.

Volvió a cubrir su rostro con el velo y la contempló. Nadie se esperaba que enterrarían a una novia.

En el salón, Miren se sobresaltó. Había caído la noche y se dio cuenta de que no había dado de cenar a su marido. Se cubrió con el chaquetón, cogió el bolso y se disculpó.

—Voy a casa un rato —anunció—. Tengo que dar de cenar a Fernando.

—Te acerco —se ofreció el médico—. Está lloviendo y voy a aprovechar para asearme y comer algo yo también.

Se marcharon con la promesa de regresar en unas horas para velar a Basilia. El doctor puso en marcha el vehículo, encendió los faros, dio marcha atrás y se perdió en la negrura. Era casi medianoche y hacía frío para ser mediados de marzo. La tormenta volvió a arreciar. Los rayos acalambraban sobre la comarca de Encartaciones. Los truenos descargaban su ruido ensordecedor entre los caseríos.

Joxean estaba agazapado en una esquina, hecho una bola, muerto de miedo por el aguacero. La cantinela del chico fue subiendo de volumen.

—Ten… ten… go… go… miedo —confesó.

* * *

Joxean podría haber sido uno de los numerosos bastardos que había desperdigado el alcalde por el pueblo, pero no lo era. Todo el mundo lo sabía. En Encartaciones, los sepultureros y las amortajadoras no deben unirse en matrimonio fuera de estos gremios. Es una ley no escrita, una tradición centenaria que comenzó en los tiempos de la peste. Cualquier vecino que se enamore de ellos caerá en desgracia, perderá su buena fortuna y será perseguido por la muerte hasta que lo atrape entre sus garras.

Ángel intuía que eso era precisamente lo que le había pasado a su amigo Fernando. Recordaba cuando, en el velatorio del padre Ramón, el arquitecto quedó a solas con la amortajadora. Fue una casualidad. Era una mañana de mucho calor y él entró a la sacristía a refrescarse. Allí se encontró a Sole, recogiendo las esponjas y los paños que había empleado para adecentar el cuerpo y la ropa sucia del sacerdote.

—Perdón —interrumpió Fernando—. Necesito un vaso de agua.

El arquitecto logró sentarse en una silla de madera, junto al armario de las casullas, mientras se le iba el color. Sole humedeció un paño limpio, se lo colocó en la frente y vertió agua en un vaso. Cuando Fernando sintió el cristal apoyado sobre sus labios, aspiró el aroma a jabón de Soledad. Ella se lavaba constantemente las manos para evitar que se le impregnara el olor de la muerte. Él inspiró, espiró y bebió agua. Cuando abrió los ojos, encontró ante él una mirada color esmeralda, una boca nacarada que sonreía y un rubor infantil en las mejillas. Quedó prendado de ella.

Ángel le advirtió de que las amortajadoras solo llaman a la muerte, pero Fernando no estaba dispuesto a creerle. Se comportaba como un chiquillo con Sole. La citaba al atardecer en la obra de la casa indiana que estaba reformando. Él llevaba queso, pan, nueces y una botella de vino, lo que Miren le ponía para pasar el día. Después de bregar con carpinteros, albañiles y encofradores, al caer la tarde, la esperaba impaciente. Para no ser descubierta, ella llegaba cuando ya no le quedaba luz al día.

—Sole, mi amor —la recibía él.

Ella se acercaba con paso firme y se desplomaba en sus brazos con la pasión de quien disfruta de una vida con la que nunca soñó. Al arquitecto le pasaba algo muy parecido. No esperaba que a sus cincuenta años pudiera aspirar a algo más allá del matrimonio de conveniencia que había pactado.

Miren y Soledad tenían la misma edad, pero la vida las había hecho transitar por caminos muy diferentes. Mientras la amortajadora había ayudado a asear y vestir difuntos desde que tenía uso de razón, Miren había sido instruida para ser una señora de ordeno y mando con una legión de criados. Durante los primeros meses de matrimonio, la pareja vivió de forma temporal en Galdames con la familia de la joven. Los padres de Miren les darían techo hasta que terminasen la reforma del palacete.

Durante ese tiempo, la familia de la chica tuvo que vender parte del mobiliario para agasajar al arquitecto. Para que no descubriera que su linaje sobrevivía rayando en la miseria. Un buen día desaparecía una cómoda y los Huarte lograban cubrir un mes de posada para la pareja. Estiraban el dinero para servir carne y vino en el almuerzo y algo de pescado en la cena. Cuando Fernando intuyó el esfuerzo que hacía la familia para contentarle, decidió ausentarse durante las comidas para no provocarles más quebraderos de cabeza. Miren, aliviada, le preparaba algo frugal para llevarse a la obra envuelto en un mantel de lino blanco, acompañado de un buen vino. Él lo compartía al final de la tarde con Soledad.

—Cuando termine la reforma, Sole —le prometía—, me casaré contigo.

A la amortajadora se le escapaba una risa nerviosa, consciente de que eso era imposible. Un arquitecto de prestigio, con una fortuna invertida en varias propiedades e hijo de un linaje noble de Las Arenas, nunca podría presentarse en sociedad de la mano de alguien como ella. La mala suerte no le abandonaría de por vida. Aun así, Soledad callaba.

Pasaban las tardes haciendo el amor en el palacete. A veces, de forma apasionada. Otras, de forma lenta, mimosa, arropados por la humedad de la lluvia.

—Te quiero, Soledad —le confesó.

Ella se quedó en silencio. La maldición había empezado a surtir efecto. Recordó las palabras de su madre: «Ve con cuidado, Soledad. El hombre que se acerca a una amortajadora acaba atrapado en su propio sudario».

—No podemos seguir viéndonos —advirtió ella mientras se vestía.

—¿A qué viene eso? —El arquitecto se exasperó—. Ya sabes que te quiero. Haré lo que sea para estar contigo.

Mentira. «Estar contigo», decía. Le habría prometido llevarla a las puertas del cielo con tal de disfrutar de su cuerpo una noche más. Sin alianza, boda ni banquete. Sin que hubiera testigos. Sin ataduras. Como un secreto oscuro. Sole lo sabía. Fernando era un hombre al que una amortajadora solo podría amar en la penumbra.

—Es mejor que me vaya —respondió ella sin pamplinas.

* * *

En casa de los Larruskain, en medio de la tormenta, Sole estaba terminando de amortajar a Basilia, en silencio, mano a mano con Loli. Estaba tan enfrascada en la tarea que no oía a Joxean. Él la llamaba en voz baja. Sabía que no debía molestarla. «*Amaaaaa*», decía entre susurros. Angelita y el cura hacían oídos sordos. El alcalde sintió que empezaba a perder la paciencia. Tenía los nervios a flor de piel y le entraban ganas de dejar al chaval a la intemperie.

Algo tenía que hacer con Joxean, pensó el alcalde. Era un dolor de muelas para los vecinos. Parecía tener la mente en un lugar muy lejano, pero se percataba de todo lo que se cocía tras la puerta de cada casa. A él mismo le sucedió. Hacía un par de meses, fue a visitar a escondidas a su amigo Fernando. Llevaba más de veinte años sin hacerlo. Al principio, pasaba a verle una o dos veces por semana, pero desistió por culpa de Miren.

No es que la mujer fuera una presencia incómoda, pero convertía la visita del alcalde en un acto social. Pregonaba con cierta antelación que Ángel pasaría por su casa y chismorreaba sobre su excepcional relación. Limpiaba el piso a conciencia y sacaba la vajilla de porcelana y la cubertería de plata.

—Ángel, querido —le decía con pompa mientras tomaban café en su salón—, coge otro trocito de bizcocho.

Él repetía para que Miren pensase que estaba satisfecho y le dejase pasar del saloncito a la habitación de Fernando.

—Está muy bueno, me llevaré un par de trozos —zanjó para que no le invitase a comer más.

—¡Eres de lo que no hay! —se regocijaba ella—. Verás cuando se enteren las vecinas de que devoras mi bizcocho de limón —reía.

Cuando Miren sentía su soberbia satisfecha, recogía la vajilla y acompañaba al alcalde hasta la habitación de su marido. Ángel pasaba más tiempo soportando a Miren que con su amigo.

—Bueno, os dejo —se disculpaba ella como si Fernando también la oyera—. Querréis hablar de vuestras cosas.

Miren desandaba el camino hasta la cocina y allí se descalzaba. Sin perder un segundo, de puntillas, regresaba por el pasillo y se quedaba a medio metro de la habitación de Fernando. Estiraba el cuello para intentar captar algún detalle de la conversación que mantenía en voz baja el alcalde, pero nunca lo lograba. Ángel se sentaba en una silla, se colocaba a unos centímetros de Fernando y le susurraba al oído.

—Hermano, soy Ángel —se presentaba—. Te echo mucho en falta. Has dejado tareas pendientes —le advirtió—. Tienes que despertar.

Ángel y el arquitecto habían trabado amistad organizando pufos y robando las tierras del pueblo a los aldeanos incautos. El procedimiento era sencillo. El timo podía darse un día cualquiera. De buenas a primeras, el hijo del alcalde se presentaba sin avisar en la casa de un vecino que elegía al azar.

—*Egun on*, buenos días —saludaba con su vozarrón.

—*Egun on* —respondía el paleto retirándose la boina de la cabeza.

—Vengo a ver el título de propiedad de la tierra —explicaba Ángel.

—¿Esto es… para el Ayuntamiento? —Hasta la voz le temblaba.

—No, es un papeleo para la Diputación. —Ángel le quitaba importancia falsamente—. Ya sabes, están haciendo un estudio. Tonterías. Quieren saber a quién pertenece cada parcela.

—Ay, *ama* —se limitaban a decir.

El aldeano se venía abajo en cuestión de segundos. Ninguno tenía título de propiedad. El caserío y las tierras de labranza se transmitían de padres a hijos de viva voz. El cabeza de familia se lo dejaba en herencia al mayor de los chicos en el lecho de muerte. No había escrituras de por medio.

Uno a uno, los paletos fueron cayendo en la trampa del hijo del alcalde. Conscientes de que Ángel podía denunciarlos y recuperar las tierras para el municipio, accedieron a entregarle una parte del dinero que ganaban vendiendo en el mercado verduras, frutas, leche y carne.

—Fernando, has tenido una idea magnífica —se regocijaba Ángel—. ¿Quién iba a pensar que picarían el anzuelo? —Y se deshacía en carcajadas.

Poco a poco, Fernando se hizo imprescindible para Ángel. Le asesoraba sobre campos, lindes y vallados. Imaginaba todo tipo de tretas y estafas. No le resultaba difícil, llevaba tiempo apropiándose de tierras en desuso. Buscaba un terreno atractivo sin edificar o con una casa en ruinas y comprobaba si estaba registrado a nombre de algún vecino. Si no lo estaba, se lo apropiaba. Lo inscribía a su nombre, previo pago al funcionario de una jugosa compensación por su colaboración.

Después de meses de tejemanejes, enriqueciéndose gracias al robo de tierras, Ángel quiso tener un detalle con su amigo. Le regaló una de las parcelas más bellas del pueblo, la casa de los Orozko. Una lujosa construcción indiana que llevaba años cayéndose a pedazos. El heredero, si es que sabía que lo era, vivía al otro lado del charco y no había dado señales de vida. Ángel no se lo pensó dos veces. Pidió a Fernando que fuese a la alcaldía y allí le entregó los papeles de propiedad.

—Es tuya, amigo —sentenció.

—¿Cómo que es *mía*? —repitió el arquitecto.

—Los papeles de propiedad, la inscripción en el registro, los materiales de construcción… —Le entregó los documentos—. Te la mereces.

Tenía razón. De hecho, Fernando pensaba que el gesto de Ángel llegaba tarde. Había mantenido relación con alcaldes mucho más generosos a la hora de repartir el botín.

—No sé qué decir —mintió—. Gracias, Ángel. —Le abrazó con frialdad.

Para el arquitecto, el hijo del alcalde era un paleto más. Un pobre diablo al que su padre le iba a regalar un puesto que le venía grande. El rey de los labriegos ignorantes. Para Ángel, en cambio, Fernando era como un hermano mayor. Cuando le abrazó, experimentó una emoción extraña. Un sentimiento de cercanía, protección y apego hacia el hombre con el que compartía todos sus proyectos. «Esto —pensó— debe ser lo que se vive dentro de una familia de verdad».

* * *

Cuando Fernando se arrojó al vacío, Ángel sintió que se le partía el alma. No entendía qué le había llevado a quitarse la vida. En los últimos meses, sumido en la nostalgia, le había visitado en tres o cuatro ocasiones.

—Basilia, querida —confesaba Miren por teléfono a su amiga—, tu marido es un encanto.

Al otro lado de la línea, ella callaba. Ángel siempre iba solo a visitar a su amigo. Nunca llevaba a su esposa. Bastante tenía con aguantar a Miren como para juntarla con Basilia, que no dejaba de cotorrear salvo cuando recibía una buena paliza. Harto de soportar a la mujer de su amigo, una tarde de visita, aprovechó que ella estaba en el baño para robarle una copia de las llaves de la casa. La cogió del cajón del mueble del *hall*.

Las había descubierto por casualidad un par de semanas antes. Un martes, cuando Miren le acompañaba a la puerta para despedirle, quiso entregarle un recuerdo de Fernando que siempre pudiera llevar con él. Su llavero. Rebuscó en el mueble de la entrada y lo encontró con el juego de llaves aún prendido. Las desengachó, las envolvió en una gamuza roja y las metió dentro de una cajita de madera que colocó de nuevo en el cajón. Entregó el llavero a Ángel, se lo puso en la palma de la mano y se la cerró.

—Así Fernando te acompañará siempre —sonrió.

Podía haberle regalado el crucifijo de oro o el reloj con correa de piel que siempre solía llevar su amigo. En cambio, Miren prefirió darle un llavero sin llaves, pensó, para que siempre dependiera de ella a la hora de visitar a Fernando. Menuda bruja. Era una desconfiada. Nació en otro pueblo, Galdames, y no tenía ningún aprecio a la mayoría de los vecinos que la habían recibido con los brazos abiertos. Solo se relacionaba con Basilia y Angelita, dos mujeres de su misma posición social. Hablar con el resto del pueblo le parecía rebajarse.

Sin embargo, la aparente soberbia de Miren era una estrategia para ocultar las estrecheces económicas que sufría. Criada en una cuna noble, educada para ser la mujer de un hombre poderoso, había acabado cuidando a un marido inválido, sin haber parido un solo hijo y viviendo en un piso pequeño que se caía a pedazos. Arañaba los ahorros que le quedaban en el banco para poder llevarse algo a la boca.

Intentaba gastar lo mínimo. El plato que cocinaba el lunes lo estiraba hasta el jueves. El primer día, tomaba los trocitos de pollo, el segundo, las verduras, y el tercer y cuarto día, se conformaba haciendo sopas de pan en la salsa que quedaba. Su cuerpo había menguado, aunque no terminaba de perder la redondez. Tenía suerte. Así nadie pensaba que era una muerta de hambre.

* * *

Después de robar las llaves a Miren, Ángel mantuvo las visitas a su amigo, pero cada vez les dedicó menos tiempo. Pasó de estar hora y media a quedarse menos de veinte minutos. En un primer momento, Miren insistió en que fuera a ver a Fernando más a menudo, pero enseguida cambió de actitud. No sonaba bien que una mujer casada con un marido impedido suplicara a otro hombre que pasara por su casa.

Un lunes por la mañana, Ángel esperó a que Miren cumpliese religiosamente su rutina y fuera a comprar al mercado. Observó desde el coche cómo se alejaba. Abandonó el vehículo, se deslizó con sigilo entre los árboles y alcanzó el portal. Metió la llave, la giró y entró. Subió los escalones de granito atropelladamente y se colocó frente a la puerta de la casa de su amigo.

El corazón le latía atropelladamente. Tomó aire para tranquilizarse. Cuando ya tenía los pies en el felpudo y la llave metida en la cerradura, una puerta se abrió a sus espaldas y le sobresaltó.

—¿Qui... qui... quién anda ahííííí? —preguntó Joxean sonriendo.

Al alcalde se le heló la sangre. No esperaba tener que lidiar con el retrasado. El chico llevaba un ridículo gorro de papel en la cabeza.

—Shhh... —le mandó callar—. ¿Dónde anda tu madre?

—Co... co... co... co... comprando pa... pa... patatas.

—Vuelve a meterte en casa, anda —ordenó Ángel.

—¿Qu... qu... qué haces? —preguntó Joxean, curioso.

Ángel se desesperaba por segundos. Tenía el tiempo justo para entrar en el piso de Miren sin levantar sospechas en el vecindario y Joxean se lo estaba quitando.

—No cierres la puerta de tu casa —zanjó—. Ven conmigo.

Era lo único que se le ocurrió para no darle explicaciones. Cargar a cuestas con el bobo e invitarle a compartir su secreto. A ver si podía mantener el pico cerrado. En todo caso, nadie creería al retrasado. El chaval lo siguió sin rechistar, pensando que se había embarcado en una apasionante aventura.

El alcalde cerró la puerta tras de sí y avanzó hacia la habitación. Aún olía a café. Joxean, que caminaba pegado a él, estaba entusiasmado descubriendo por primera vez la casa de la vecina. Nunca había cruzado una palabra con ella a pesar de que vivían puerta con puerta.

—Siéntate en el suelo y estate calladito —le advirtió.

El chico se quedó en una esquina, a medio metro de la cama de su padre, sin saber que lo era. Cogió la figurita de un caballo y lo hizo trotar en el aire. Mientras tanto, Ángel vaciaba su alma con el arquitecto.

—¿Cuándo vas a despertar? —se lamentaba—. Bueno, igual es mejor que no lo hagas.

El alcalde sentía que no había sabido cuidar de su amistad. Alguien, probablemente un vecino, denunció al arquitecto ante la Diputación. Las autoridades empezaron a indagar de dónde había sacado la casona indiana. Le expropiaron las tierras hasta determinar a quién pertenecían legalmente. Fernando tuvo que mudarse con Miren a toda prisa al piso que le prestó el alcalde. Una antigua propiedad abandonada en una barriada humilde. La casa de la que nunca saldrían.

—Conseguiré algo mejor —prometió Ángel—. No puedes vivir frente a la amortajadora. Te traerá mala suerte.

Para Fernando no podía existir un plan mejor. Viviría junto a Sole. Podría verla y disfrutarla cada día.

Veintitrés años después, sin que ninguno de los dos lo supiera, su hijo había ido a visitarle. Ángel prefería no certificar lo que todo el pueblo murmuraba. Que el bastardo llevaba marcado el pecado. Que Fernando era su padre. Y que su capricho de haberse enamorado de una amortajadora condenaría a todos los vecinos a cien años de mala suerte.

* * *

La segunda vez que Ángel visitó a escondidas a Fernando se sintió observado antes de entrar en la casa. En el descansillo, notó una mirada clavada en el cogote. Se giró, fijó los ojos directamente en la mirilla de la puerta de enfrente y escuchó a Joxean contener una risotada.

—*Amaaaaa* —gritó el chico—. Ba… ba… bajo al portal.

—Vale, *maitia* —consintió Sole—. Llévate la regadera y refresca las flores —sugirió—, pero no salgas a la calle.

El chico desobedeció a su madre y salió al rellano con las manos vacías. Cerró la puerta y se colocó al lado de Ángel. Estaba impaciente por volver a colarse en casa de Miren.

—Ya ya ya vi… vi… ¿vienes otra vez? —saludó.

—Ni una palabra —le advirtió—. No querrás que le diga a tu madre que entras a husmear en casas ajenas.

—No no no… Que no no no se entere —rogó asustado.

Joxean estaba excitado, cabalgando los sentimientos de impaciencia, deseo de aventura y miedo. No podía imaginar la cara de su madre si lo descubriera. Ella, que le prohibía incluso pisar el felpudo de la vecina. Que le obligaba a apartar la mirada si se la cruzaba.

—Tira —ordenó Ángel—. Pasa tú primero.

El alcalde recorrió el pasillo, llegó a la habitación de su amigo, acercó una silla y se volvió a sentar enfrente. Mientras tanto, el chaval se entretenía mirando las fotos enmarcadas, recorriendo con los dedos los cuadros pintados por Miren y desordenando los libros de la estantería.

—¡Chico, estate quieto, rediós! —Ángel tuvo que contenerse para no seguir gritando.

Se acercó al joven, le agarró con fuerza por la muñeca y le amenazó.

—¡O te callas o te callo, retrasado! —le escupió a escasos centímetros de la cara.

El chico se sentó en el suelo con las piernas cruzadas, balanceando el tronco hacia delante y hacia atrás. Comenzó a gemir bajito. Ángel dio por terminada la visita. Agarró al chico por la camisa, lo arrastró por el suelo hasta el descansillo y le susurró al oído:

—Di algo de todo esto y te mato, pequeño cabrón.

Él enmudeció durante tres días y tres noches, encerrado en su habitación. Pasado ese tiempo, ajena a lo que había sucedido, Sole le convenció para que se tomara un café con leche en el salón. Le sentó bien. Pidió unas pastas de almendras y otra taza de café. Ella se alegró.

—¿Por qué no vas a ver si las flores del portal necesitan un poco de agua? —le animó Sole.

En un primer momento, Joxean no quiso. Pasaron casi dos horas hasta que, después de mucho darle vueltas, reunió el valor suficiente para bajar al portal. Cuando abrió la puerta de casa, tuvo que frenarse para no pisar el felpudo. Alguien había dejado sobre él una flor.

—*Amaaaa, amaaaaa.* —Regresó dentro a todo correr—. ¿Qu… qu… qu… qué es esto?

Sole se acercó a la puerta para saber a qué venía tanto revuelo y se encontró a Joxean con un narciso en la mano. Sonreía como un niño pequeño. Le hizo pasar de nuevo y cerró la puerta.

—Es un narciso, *maitia.* —Ella pensó que se le habría caído a algún vecino que venía con un ramo.

—Qu… qu… qu… qué bonito, *ama.* —Puso su cara de bobalicón.

—Las llamamos las flores del frío —explicó—. Se crían en invierno, sobreviven al viento y a la lluvia, y florecen cuando llega la primavera.

En ese momento, el recuerdo de Fernando asaltó la mente de Sole. Medio muerto, con la cabeza abierta tiñendo de sangre los narcisos que crecían bajo su ventana. Le dio un vuelco el corazón. Llevaba más de veinte años sin verle, sin acariciarle, sin sentirle.

Si despertara de repente, probablemente no encontraría en su cuerpo maduro ni rastro de la atractiva jovencita llena de vida que lo enamoró. Si observara detenidamente sus ojos, descubriría una mirada vidriosa, cansada. La de una mujer acostumbrada a echar de menos el amor. Quizás durante todo este tiempo dormido, Fernando la había dejado de amar. O peor, quizás había olvidado que un día lo hizo.

Para cuando salió de su ensimismamiento, escuchó a Joxean avanzar hacia la puerta, dispuesto a salir de casa. Ella se sintió aliviada por que el chico recuperase sus costumbres.

—*Maitia*, no tardes —le pidió—. Hoy comeremos pronto. —Y siguió enfrascada en la cocina.

El chico, que llevaba la flor en la mano, abrió la puerta, pisó el felpudo y se quedó de piedra. Enfrente, Ángel sonreía de forma inquietante. Tenía un ramo de narcisos en la mano. La flor que había encontrado era suya. Joxean no sabía qué hacer. Estaba aterrorizado. Tenía la sensación de que Ángel le había estado rondando de día y de noche, como hace un depredador con su víctima.

—Olvida lo del otro día —dijo entre dientes, como disculpándose.

Joxean no bajó la guardia. Tendió la mano hacia delante y le devolvió el narciso.

—Quédatelo. —Ángel lo rechazó.

—Gra… gra… gra… gracias. —El chico bajó la mirada—. Es una flor que protege de la muerte.

A Ángel se le escapó la advertencia. Muchos vecinos del pueblo querían quitarse de en medio al chaval. Era una molestia continua. Aparecía cuando no debía, interrumpía conversaciones privadas y acababa acumulando una enorme cantidad de chismorreos y secretos que después soltaba sin ton ni son. Era incontrolable.

El primer interesado en contentar a los lugareños era él, pero tuvo que seguir disimulando para que el chico no revelara sus visitas. Mejor compartir con Joxean una aventura antes de que se fuera de la lengua y le pusiera en una posición incómoda.

Ángel intentó poner la mente en blanco y entró con el chico al piso de Miren. A cada paso que daban, los narcisos desprendían su aroma. Impregnaban puertas, ventanas, muebles, mantas, sábanas, cojines y almohadones. Hasta las lámparas se llenaron de su perfume. Cuando la extraña pareja abandonó la casa y cada uno tiró para la suya, llegó Miren.

Registró hasta el último rincón de su casa buscando de dónde venía ese olor. Se volvió loca. Abrió cajones con violencia hasta sacarlos de los rieles, volcó la ropa de los armarios en las camas, miró debajo de las butacas y levantó las alfombras. Olía a narcisos, sin duda. Las flores sobre las que se precipitó Fernando.

Guiada por el aroma, Miren pensó que el alma de su esposo había salido de su cuerpo y venía a cobrarse su venganza. La perseguiría sin tregua por haberle obligado a elegir. Recordaba cómo hacía más de veinte años, Sole le confió el bebé para que lo cuidara mientras iba a la compra.

—Será un momentito, Miren —sonrió—. Voy a por huesos para el caldo y vuelvo en nada.

De cara a la galería, eran buenas vecinas. Ni Miren parecía saber nada de la aventura de su marido ni Sole tenía ganas de airearla. Sin embargo, el pueblo entero cuchicheaba sobre ellas. Ambas convivían con ese runrún mirando hacia otro lado, como si los cotilleos no fueran más que eso, cotilleos.

Cuando Sole depositó a Joxean entre los brazos de Miren, ella se sorprendió de lo mucho que había crecido. Era un niño rechoncho y sonrosado, lleno de vida. Dormía plácidamente, envuelto en una toquilla de color azul celeste. La primavera había entrado con fuerza ese año y hacía mucho calor, así que Miren retiró el arrullo con una facilidad sorprendente para no haber cuidado nunca a un bebé.

—Qué bien te quedan los niños —aseguró Fernando mientras le guiñaba un ojo.

Ella sintió que la estaba humillando. La trataba como si fuese el ama de cría de su bastardo. La ira hizo que le hirviera el estómago y que le temblaran las piernas. Se refugió en la cocina, sola, se sentó y lloró. Así estuvo unos minutos hasta que la rebeldía fue ganando terreno al enfado y decidió plantarse. Regresó al saloncito y buscó respuestas.

—¿Quién es el padre de este crío? —preguntó ella.

A Fernando el suelo se le abrió bajo los pies. En algún momento pensó que Miren había descubierto su aventura, pero hacía la vista gorda. Nunca imaginó que la caradura de su mujer le fuese a pedir explicaciones, ni tan siquiera en la intimidad de su hogar.

—¿A ti qué te importa? —respondió con chulería.

Miren se sintió una esposa de segunda. Una mujer a la que Fernando montaba los viernes por la noche para conseguir un hijo legítimo, mientras hacía el amor a diario a Soledad. En cuestión de segundos, tocó fondo. Vio cómo la vida que había planificado se iba por el sumidero. Y en vez de lamentarse, en vez de llorar, en vez de derrumbarse, le nació un sentimiento que, tiempo después, la acabaría consumiendo. Venganza.

Con el crío en los brazos, Miren dio un manotazo a Fernando y le obligó a que se levantara. El arquitecto, sorprendido, caminó hacia atrás hasta que su cintura chocó con el mar-

164

co de la ventana. La había dejado abierta para que corriese el aire.

—Este bastardo es tuyo —confirmó Miren—. Tuyo y de la vecina. De la puta amortajadora.

Fernando vio a su mujer con los ojos desorbitados. Llevaba al niño con cuidado, pero en su estado de nervios empezaba a estrujarle sin darse cuenta.

—¡¡¡Suéltale, le vas a hacer daño!!! —advirtió.

Fernando llamó a Soledad a gritos. Fue en vano. Berreaba en medio de una barriada vacía. Todos los vecinos se habían acercado a la plaza del pueblo. Era día de fiesta, se celebraba la romería de las flores. La bienvenida de la primavera.

Miren apretó al crío contra su pecho con más fuerza y el chiquillo empezó a incomodarse. Se despertó y comenzó a moverse para liberarse de la presión.

—¿Qué te da ella que no puedes encontrar en mí? —preguntó Miren con lágrimas en los ojos.

Fernando no sabía por dónde empezar. Podría haberle hablado de su olor natural, dulce y cálido. De sus pechos rellenos y su abrazo amoroso. De sus besos suaves y húmedos o de cómo le devoraba en medio de la pasión. Prefirió mantenerse en silencio y, sin quererlo, enrabietó aún más a su mujer.

Miren, consciente de que nunca podría competir con Sole, miró al bastardo y pensó en darle un escarmiento a su marido. Un susto que le indicara quién mandaba en esa casa. Que no pudiera olvidar nunca. Cogió una punta de la toquilla que le colgaba sobre el brazo y tapó con ella la cara del niño.

—O él o tú, cabrón —le anunció.

Fernando no entendía a qué se refería Miren, qué quería que hiciera. Dio un paso hacia delante para arrebatarle al crío, pero ella colocó la palma de la mano sobre la boca del pequeño, ya cubierta por el arrullo. Simuló que la presionaba, pero no lo hizo. El arquitecto dio un traspiés y volvió a retroceder. Empezó a sentir miedo. Su mujer parecía decidida a hacerle daño al chico.

Miren le pidió que acercase una silla a la ventana y se subiera a ella. Quería que sintiera una parte del vértigo con el que ella convivía a diario. El arquitecto subió, se agarró con fuerza a la ventana y una bocanada de viento sur le golpeó la espalda. Sintió que se le nublaba la vista, se mareó, se resbaló sobre la silla y cayó al vacío. Recobró la consciencia en el aire. Justo a tiempo para observar con espanto cómo Miren soltaba al crío y se acercaba a la ventana.

—¡Noooooooooooooooooooooooo! —bramó agarrada al marco.

Al tiempo que el cráneo de Fernando se partía sobre el suelo almohadillado por los narcisos, la cabeza de su hijo se golpeaba contra la alfombra del salón de Miren. Ella, presa del dolor y del espanto, se quedó paralizada mientras las rachas de viento sur le golpeaban la cara y le traían los sones de la romería en el mercado.

El maldito y enloquecedor viento sur. La mano del diablo, lo llaman en Encartaciones. Hace aflorar las pasiones más bajas y agita la venganza. Por eso en Sopuerta no se permiten los entierros ni los juicios en días de viento. Para evitar que el demonio se sirva de él y cambie el destino de los difuntos o de los acusados.

Cuando Miren regresó a la realidad, no supo si bajar a por Fernando o recoger del suelo el cuerpecito del niño. Miró desde la ventana cómo manaba la sangre de la cabeza de su marido y pensó que estaba muerto. Sintió miedo por si descubrían que ella lo había empujado hacia la ventana, así que prefirió alejarse de ahí y callar.

Se acercó al crío, que lloraba a pleno pulmón, y lo cogió en brazos. Tenía la cara amoratada. El rostro se le fue volviendo poco a poco rojo como las cerezas. Joxean lloró con la fuerza de quien luchaba por sobrevivir. Tenía seis meses. No había rastro de sangre. De tanto hipar desesperadamente, al crío se le cortaba la respiración y tardaba un par de segundos en recuperarla. Miren lo acunó hasta que se calmó. Cayó rendido en un sueño profundo, agotado por el esfuerzo de seguir aferrado a la vida.

Cuando Soledad regresó, encontró a los vecinos desperdigados alrededor del edificio. El hijo del alcalde, desesperado, con la cabeza metida entre las manos, gemía. Los lugareños le abrieron paso hasta que llegó al portal mientras cuchicheaban sin pudor sobre ella. Sole sintió una incertidumbre que la partió en un llanto sin consuelo.

La puerta del portal estaba abierta. Subió los siete escalones, giró por el descansillo y llegó al piso de Miren. Llamó con angustia. Primero, con los nudillos. Después, al timbre, de forma incesante. El sonido despertó a Joxean y se puso a llorar. Sole empezó a asustarse. Gritó el nombre de Miren, pero no obtuvo respuesta. Tardó varios minutos en cruzar el pasillo y abrir la puerta.

Cuando por fin lo hizo, Miren apareció con la mirada hueca, como perdida en otro mundo. Llevaba a Joxean apoyado en el antebrazo, con la toquilla cubriendo de forma chapucera el cuerpecito del niño. Sole se lo arrancó de los brazos con el presentimiento de que algo terrible había sucedido. Entró en su casa, cerró la puerta con llave tras de sí y acunó al pequeño. Escuchó un murmullo creciente bajo su ventana. Dejó a Joxean en la cuna y se acercó a echar un vistazo.

Allí estaba su Fernando, desencajado como un muñeco roto, sangrando sobre un lecho de narcisos. Abrió la ventana y soltó un grito desgarrador que le nació de las entrañas. El bramido de quien ha perdido un amor.

167

—Pobre Miren —decían los vecinos atribuyendo ese grito a la mujer de Fernando.

Nunca nadie preguntó qué había sucedido. Las vecinas subieron a atender a Miren. Cerraron las ventanas para evitar más riesgos, le prepararon un caldo que no tomó y la metieron en la cama después de beber una tisana con melisa. En la casa de al lado, Soledad lloraba en silencio pensando que Fernando había fallecido. El niño permanecía inmóvil, callado, respirando con suavidad.

Desde ese día, Joxean no mostró reflejos. Tardó en sentarse, en ponerse de pie y en andar. No pudo emitir sonidos hasta los seis años y, cuando lo consiguió, parecía una bestia malherida. Creció sin medida. Era alto, muy flaco, carecía de masa muscular y se le intuía una pequeña chepa. Sole nunca imaginó que Miren tuvo algo que ver en la desgracia de su hijo.

Los vecinos lo atribuyeron a la mala suerte de las amortajadoras. Parían malnacidos cuando se enamoraban de los que no eran como ellas. Como Sole, la engendradora de monstruos. Como Joxean, el tonto del pueblo.

Sole dio el último repaso al cuerpo de Basilia para confirmar que todo estaba en orden. Había usado una tela blanca para atarle la mandíbula a la cabeza y evitar que se desencajara. Después, la había cubierto con el velo para disimular el apaño. Ojos y boca sellados. Manos entrelazadas. Las dos uñas rotas limadas. El vestido de novia caía sobre ambos lados de la cama y la cola se desparramaba desde la cama hasta la entrada de la habitación. Era espectacular. Loli se sintió reconfortada.

La amortajadora dio la tarea por terminada. Colocó la Biblia sobre la mesilla, prendió una vela larga a cada lado de la cama y se despidió de Basilia, como lo hacía de todos los difuntos.

—Que el camino te sea liviano, Basilia. Nos veremos en el último trecho.

Loli se emocionó pensando en que se encontraría con su prima tarde o temprano.

—¿Crees que la volveremos a ver? —intentó confirmar.

—A ella y a todos los que nos faltan —sentenció Sole.

Loli la abrazó.

Las dos mujeres abandonaron la habitación. Dolores, mucho más serena, anunció que Basilia ya estaba lista.

—¿Podemos pasar a verla? —pidió Angelita.

—Por supuesto —respondió Sole.

Angelita avanzó por el pasillo mientras Soledad se acercó a Joxean, agazapado en el suelo de baldosa, aterrorizado y aterido de frío.

—¿Qué tienes, *maitia*? —se preocupó.

—La tor… tor… la tormenta —confesó.

Los rayos y truenos paralizaban a Joxean. No podría salir de esa casa en plena tempestad.

—Tienes que levantarte, cariño —le rogó Sole—. Es tarde, tenemos que marcharnos.

—No no no… no puedo —sollozó el chico.

Ángel, metido en su papel de viudo, empezó a notar la falta de sueño y el cansancio. Cogió las llaves del coche y se las tendió al cura.

—¿Puede acercarlos, padre? —Parecía una orden.

—Ahora mismo.

El sacerdote se levantó del sofá, se arregló la sotana negra, se dirigió a la puerta y pidió a Sole que le siguieran.

—Vamos, Joxean —le animó ella—. No nos alcanzarán los truenos.

El chico, medio convencido medio desconfiado, se puso en pie, dio la mano a su madre y salió por la puerta. Los golpeó un frío húmedo. De repente, Ángel abandonó la casa corriendo y previno al cura.

—Son amortajadores —advirtió.

El cura sabía lo que significaba. Ángel abrió el maletero, sacó los ramos de narcisos recién cortados y los metió dentro de casa. Los depositó sobre la mesa del comedor, envueltos como estaban en papel de estraza. Los había bajado del caserío a primera hora de la mañana, antes de ir a misa.

Joxean sonrió al ver esas flores. Al recordar cómo había entrado a hurtadillas a casa de Miren.

—Ya podéis pasar —indicó el sacerdote.

—Gracias, padre —respondió Sole.

Madre e hijo se metieron como pudieron en el maletero del todoterreno. Entre restos de tierra, estiércol y junto a algunos pulgones y gusanos. Las amortajadoras no podían ocupar el mismo lugar que los vivos. La mala suerte, ya se sabe. El cura arrancó para recorrer bajo la intensa lluvia los escasos setecientos metros que separaban la casa de Sole. En ese breve trayecto, bajo el atronador sonido de la tormenta, Joxean no dejó de llorar.

* * *

Cuando Loli vio ante sus ojos los doce ramos de narcisos blancos, sintió que el destino estaba de su parte. Rasgó uno de los papeles de estraza, cogió las nueve flores y fue a la cocina para apañar un precioso ramo de novia para Basilia. Cortó los tallos para que no fueran más largos que el puño de su prima y los ató con un cordel. Animada, llevó el ramo hasta la habitación y lo colocó entre las manos de la difunta.

A Angelita, sentada en una silla frente a Basilia, una lágrima le recorrió el rostro. No creía en Dios. Sabía que no volvería a escuchar la risa estridente de su amiga. No volverían a agarrarse del brazo para darse calor cuando apretase el frío. No volverían a sentarse frente a un plato de rabas cualquier domingo después de misa. No tenía a quién rezar, a quién pedirle que le dijera a su amiga que la echaba de menos.

Ni tan siquiera sentía que era Basilia quien habitaba ese vestido de novia. Ese cuerpo sin vida no tenía su picardía ni su desparpajo. Tampoco sufría mientras el resto miraba hacia otro lado.

—Está guapa, ¿eh? —preguntó Loli.

—Mucho —mintió ella—. Una muñeca.

Mientras las dos mujeres velaban a la difunta, Ángel se dio prisa para reservar los ramos de narcisos que habían quedado en el comedor. Eran los últimos que habían florecido en el caserío y ayudaban a espantar a la muerte. A Basilia ya no le hacían falta. Para su amigo, que llevaba más de veinte años dando esquinazo a la parca, eran imprescindibles. Y también lo eran para él.

Fernando había redactado las actas de propiedad de los terrenos que Ángel había expropiado a los vecinos usando mentiras y tretas. Esos documentos aseguraban falsamente que las tierras pertenecían a la alcaldía. Su amigo los guardó a buen recaudo para velar, decía, por su seguridad. Nunca dijo a Ángel dónde estaban. Así que el alcalde debía mantenerle con vida, esperar a que despertase y pedirle que le entregara esas actas.

El alcalde cogió las flores en un solo abrazo y las llevó a la antigua habitación de sus padres. Las guardó en el armario, para que nadie más tuviese la tentación de usarlas para el velatorio. En ese momento, oyó unos golpes en la puerta de entrada. Era don Eusebio. Le devolvió las llaves del coche y pasó. Se sentó de nuevo en el sofá y sacó el rosario. Durante más de media hora, estuvo rezando sin parar.

Horas después, cuando comenzó a despuntar el alba, los primeros rayos del sol dibujaron la silueta de Dolores, dormitando, tendida junto a Basilia. Penetraron por la ventana de la habitación contigua, donde Ángel roncaba a pierna suelta arropado por un intenso y delicado olor a narcisos. En el salón, acariciaron los cuerpos de Angelita y don Eusebio, traspuestos, uno junto a la otra, pero sin rozarse.

Con las primeras luces del día, los campanarios de las iglesias de Mercadillo y La Baluga, al unísono, tocaron a muerto. Las campanas sonaron de forma pausada e intercalada. Un golpe. Unos segundos de silencio. Otro golpe. Más silencio. Otro golpe. Así durante varios minutos hasta que terminaron con un repique rápido. Después, la nada.

* * *

A Consuelo el repique de campanas la sacó de un profundo sueño y la dejó confundida. Tuvo que hacer memoria para acordarse de quién había fallecido. Recordó dos golpes en la puerta, cerca de la medianoche, y el susurro de Luisa, la visitadora. Basilia. El nombre quedó flotando en el ambiente sin ningún otro detalle. Qué podría haberle sucedido. Estaba como una rosa. De hecho, horas antes, por la mañana, había devorado un plato de rabas en el bar Kolitza y había regresado a su casa como si nada.

Rosarito roncaba y bufaba en la cama de al lado. Consu se levantó despacio, se calzó, se cubrió con la bata de guata y avanzó hacia el baño con la mente en otro lado. De qué podría haber muerto Basilia. Inquieta por ese pensamiento, se metió en la cocina y preparó un café. Cortó una rebanada de pan y la untó con una buena capa de mantequilla. Se tomó su tiempo para saborear el desayuno. Le gustaba tomarlo sola, pensando en sus cosas.

—*Egun on*, querida —saludó Rosarito.

—*Egun on, amama*.

Consu se levantó y le puso el desayuno a su suegra, mientras esta se sentaba con cuidado en la silla más ancha, la que tenía respaldo.

—¿Qué vas a cocinar? —soltó Rosarito—. Ya sabes que algo tenemos que llevar al velatorio.

—Voy a preparar una tortilla de patata y unas torrijas.

Consu siempre se presentaba en los velorios con un menú parecido. Lo que pudiera apañar con pan, leche, patatas, huevos, y, si le quedaba, chorizo. Mientras su suegra desayunaba, empezó a pelar las patatas.

—¿Estaba enferma Basilia? —indagó con extrañeza—. Parecía que le sobrara energía y, encima, iba tan preparada…, quién iba a pensar que tenía problemas de salud.

—¡Bah! —Rosarito le quitó importancia—. Era una metomentodo. De esas sobran en el pueblo. A mí no me da ninguna pena.

—Era una mujer de carácter, *amama* —intentó corregirla—. Pero no se la veía enferma ni débil.

—Igual la ha pillado un coche, quién sabe —zanjó—. Esas cosas pasan.

Rosarito se bebió el café con leche de un trago y se acercó a los fogones para husmear cómo iba Consu y calcular cuánto tiempo le quedaba para terminar.

—Date prisa, hija —ordenó—. No vamos a ser las últimas en llegar.

—No se preocupe, *amama* —la tranquilizó—. Le doy vuelta a la tortilla, frío las torrijas y preparo café para los chicos. Que se levanten cuando quieran, nosotras salimos en media hora.

Su intención era pasar por el velatorio, dar el pésame y marcharse cuanto antes para abrir el bar. Cuando las campanas tocaban a muerto en Sopuerta, todos los vecinos pasaban tarde o temprano por la taberna para cotillear, lamentar la muerte del difunto y alegrarse porque seguían vivos.

Aunque pareciera extraño, hasta ese momento en el que se imaginó en el velatorio de Basilia, no reparó en que se encontraría con el demonio. Entraría en su casa, tendría que agachar la cabeza y dar el pésame. La idea de estar en la misma habitación que él, incluso a metros de distancia, le provocó una punzada en el estómago.

—¡Huele a quemado! —advirtió su suegra desde la habitación de al lado.

Consu retiró la tortilla del fuego rápidamente. Una parte estaba abrasada. Le dio la vuelta, la selló y la colocó en el plato ocultando el trozo ennegrecido. La cubrió con papel de plata y confió en que nadie se percatara de que ese plato era suyo.

Media hora más tarde, suegra y nuera salieron del portal haciendo equilibrios para sortear los charcos en medio de una lluvia fina. Iban vestidas de riguroso luto de la cabeza a los pies. Zapatos, medias hasta la rodilla, vestido grueso, todo de color negro. Los abrigos, de colores sufridos.

En la mano derecha, Consu llevaba la tortilla y las torrijas envueltas por separado en paños de cocina y metidas en una misma bolsa de plástico. Con el brazo izquierdo sujetaba el paraguas y sostenía a su suegra, que avanzaba con torpeza. Consu no quiso apurarla. No tenía ninguna prisa por llegar.

* * *

El olor a café despertó al cura. Inspiró. Café de puchero. Miró a su lado, donde Angelita se había quedado dormida a altas horas de la madrugada. Vio el hueco y sintió no haberla podido acariciar. No haber rozado con los dedos la piel de su brazo. No haber sentido el calor de su pecho.

—*Egun on*, padre —le sobresaltó una voz femenina.

Era Dolores, ojerosa y con mala cara. Estaba pálida como la cera. Había dormido junto a Basilia y parecía que se le hubiera pegado el color de la difunta.

—*Egun on*, hija —respondió—. ¿Has podido descansar?

—A ratos —reconoció—. Estoy revuelta por dentro.

—Lo entiendo —la consoló—. Necesitas tiempo.

La mirada de Eusebio buscó la de Angelita, que estaba preparando el desayuno en la cocina.

—Te ayudo —se ofreció Loli.

Las dos mujeres pusieron la mesa en menos que canta un gallo. Dolores extendió el mantel de cuadros verdes y colocó las servilletas de tela a juego. Puso cuatro servicios, a la espera de que Ángel se levantara. El sacerdote tomó asiento. Angelita trajo dos cuencos de café y, al dejarlos sobre la mesa, rozó a don Eusebio.

Aprovechando que Loli había regresado a la cocina, el cura tocó con la punta de los dedos el muslo de Angelita. Fue una caricia fugaz, desde la cadera hasta la rodilla, sobre la falda de lana. Lo suficiente para sonrojarla. Estuvo a punto de perder el equilibrio y derramar el café sobre el cura. Sus miradas se cruzaron y se sostuvieron unos segundos en el aire.

—Perdone, padre —se disculpó ella.

Dolores trajo las rebanadas de pan y la mantequilla y las colocó en el centro de la mesa del comedor.

—¿Le frío un par de huevos, don Eusebio? —se ofreció.

—Gracias, hija. Me sentarán bien.

El sacerdote solo comía caliente en los velatorios. El sueldo de la diócesis era mínimo. Lo justo para preparar sopas de ajo y pan con chorizo frito y huevos prácticamente a diario. Vivía solo en una construcción pequeña a escasos metros de la iglesia. La casa del cura.

Más bien era un piso reducido sin ninguna comodidad. Una misma estancia hacía de salón y de cocina. En una esquina, tenía un butacón y un reposapiés, y enfrente, una cocina eléctrica y un fregadero que también hacía las veces de lavadero. Solo contaba con una habitación, con cama individual, un armario y una cajonera. El baño estaba al fondo. Lavabo, bañera y un inodoro. Sin ventanas. Afortunadamente, solo recibía visitas en la sacristía.

Cuando Dolores le puso enfrente el plato de huevos fritos, don Eusebio tuvo que contenerse para no asaltarlo. Respiró profundamente y rezó un padrenuestro mientras esperaba a que Loli y Angelita se sentaran a la mesa. Llevaba un día sin apenas probar bocado. Cogió un buen trozo de pan y lo partió en cachitos con los que iba rompiendo la yema del huevo y troceando la clara.

—Está muy rico, Dolores.

—Padre, ya sabe que a Basilia le traían los mejores huevos de los caseríos de Las Muñecas.

Loli tuvo que hacer un esfuerzo para hablar en pasado de su prima. Le dolió recordar que se había ido. Al mismo tiempo, sintió un gran alivio compartiendo ese recuerdo.

—La mantequilla también está deliciosa —comentó Angelita—. Qué diferencia con la que se compra en el mercado.

—Sí —sonrió Dolores—. Esta es densa, cuesta extenderla. Basilia decía que así tenía excusa para poner más cantidad sobre el pan.

Desayunaron en silencio y sin entretenerse. Los vecinos estaban de camino y había que fregar los platos y recoger la casa. Don Eusebio rebañó el plato hasta dejarlo limpio. Después, colocó encima el tazón con café y lo llenó de trocitos de pan. Espolvoreó azúcar, lo revolvió y se lo tomó a cucharadas. El dulzor le llenó la boca y le pringó los labios.

—Vuelvo enseguida —se disculpó Loli.

Se levantó, se adentró en el pasillo y cerró con pestillo la puerta del baño. Tardaría un buen rato. El cura se cambió de sitio, se deslizó hasta la silla que Loli había dejado vacía y se colocó frente a Angelita buscando sus ojos. Ella le miró y sintió el riesgo. Él tomó su cuello con las dos manos, huesudas y enormes. Ella notó que la atraía hacia él. Sin soltarla, le acarició los labios con el dedo pulgar. Inmediatamente, sin pedir permiso, la besó.

Angelita sintió unos labios que se cerraban sobre los suyos depositando pequeños granitos de azúcar. Abrió la boca y le buscó con la lengua. El beso le supo a café recién hecho. Suave y concentrado. Caliente. Cuando sus bocas se separaron y se miraron a los ojos, no vieron a dos cincuentones. El cura y la solterona del pueblo. Recordaron a los dos jóvenes que se amaron bajo la higuera por primera vez una tarde de sábado de primavera. Y, con ese recuerdo que los padres de Eusebio rompieron en pedazos, siguieron besándose.

* * *

Con veintiún años, Angelita se convirtió en la maestra más joven que conoció Sopuerta. Era excelente en Lengua, apasionada de las Ciencias Naturales y curiosa en Matemáticas. Llegó a la escuela a comienzos de un mes de enero, en lo peor del frío. Cuando apareció por la puerta, los niños pensaron que venía de muy lejos. Era sofisticada y desprendía delicadeza y buenos modales en un pueblo sumido en la aspereza del campo.

—Buenos días —saludó.

Don Javier, el jesuita que estaba al mando de la clase de Religión, giró la cabeza preguntándose quién era esa jovencita a la que nunca había visto antes.

—¿Qué desea? —le espetó—. ¿Se ha perdido?

—No creo —sonrió ella—. Soy la nueva maestra.

Los alumnos de la escuela San Viator se deshicieron en risas. Era la primera mujer que ponía el pie en sus clases. Las chicas estudiaban en el colegio de La Magdalena y ni tan siquiera allí había maestras.

—Es un colegio masculino, señorita —le hizo notar el sacerdote.

—Usted debe ser don Javier. —Angelita se cargó de paciencia—. Soy la nueva profesora de Ciencias.

—La diócesis no me ha notificado que vendría un nuevo profesor. —El jesuita se acercó a ella—. Y, mucho menos, una mujer. —La miró de arriba abajo.

—Aquí tiene la notificación. —Le tendió un papel—. Vengo de Santander.

El sacerdote leyó y releyó el documento de la diócesis. Nacida en el Valle del Pas, en Cantabria, educada en los mejores colegios de Santander y graduada con matrícula de honor. Dominaba el inglés y el francés. Don Javier se preguntó qué se le habría perdido en ese pueblo.

—Pase a mi despacho —la invitó.

Angelita se hizo con los alumnos del colegio de San Viator con una extraordinaria rapidez. Tenía mano izquierda. Los llevaba a pasear por el campo, elaboraban herbarios con las plantas de la zona y atrapaban insectos en botes de cristal para estudiarlos con detenimiento.

La diócesis había arrendado un piso solo para ella y le pagaba un buen salario. Al principio, aprovechaba un fin de semana al mes para visitar a su familia en Cantabria. Subía al autobús que la llevaba hasta Castro Urdiales y allí tomaba otro con destino a Santander. Poco después, hizo amistades en Sopuerta y las visitas se distanciaron.

Un viernes, recién llegada al pueblo, fue a almorzar al bar Kolitza porque no le apetecía cocinar. La taberna tenía buena fama y ese día servían *babarrunak*, alubias con chorizo y morcilla, uno de los platos típicos de Encartaciones.

—Buenos días —saludó al abrir la puerta.

—Pasa, querida —la invitó Rosarito.

La tabernera la llevó al fondo del mesón, junto al ventanal, para que disfrutara de las vistas y comiera alejada de las miradas de los pueblerinos.

—¿Ponemos unas alubitas? —preguntó Rosarito.

—Sí, por favor, doña Rosario.

—No hace falta que seas tan fina, querida, estamos en confianza —le advirtió—. Puedes llamarme Rosarito, como todos.

La delicadeza de la maestra molestaba a los vecinos. Les hacía sentir bárbaros, como una horda de paletos sin domesticar. Consu, la nuera de la tabernera, la atendió.

—*Egun on* —saludó con voz cantarina.

—Buenos días —sonrió Angelita.

Consu extendió el mantel de cuadros rojos y le puso una servilleta de tela del mismo color. Sobre ella, cuchara, tenedor y cuchillo. Se metió a la cocina y regresó con una puchera negra llena de legumbres hasta arriba. Le tendió el cucharón.

—Aquí dejo la olla por si quieres repetir —sonrió—. Ahora mismo te traigo pan de leña.

La maestra, tímida, se sirvió un plato pequeño de alubias con medio chorizo y dos trocitos de morcilla. En cuanto probó el primer bocado, supo que repetiría. Terminó de comer y levantó la mano para llamar la atención de Consuelo.

—Muchas gracias, estaba riquísimo. —Echó mano al bolso—. La cuenta, por favor.

—Invita la casa. —Consu giró la cabeza hacia la cocina y señaló a Rosarito—. Es la primera vez que vienes y nos gusta ver por aquí a la maestra del pueblo.

Angelita se aficionó a comer los viernes en el bar Kolitza. Eso hizo que renunciara al autobús que llevaba a Castro Urdiales a las tres y media de la tarde. Era el último del día. Dedicó los primeros fines de semana en Sopuerta a conocer el pueblo y los alrededores. En cierta manera, le recordaba al Valle del Pas. Recorrió pastos verdes y pinares, sorteando caseríos con decenas de vacas lecheras. Descubrió los pueblos de alrededor. Galdames, Zalla, Güeñes. Y, cuando echaba de menos el mar, cogía el autobús hasta Somorrostro.

Un sábado de primavera tuvo que regresar de la playa antes de lo previsto. Se había levantado galerna, un viento fuerte que amenazaba tormenta. Montó en el autocar y, pasados los primeros kilómetros, comenzó a descargar una tremenda tromba de agua. El conductor redujo la velocidad porque apenas podía ver la carretera. El viento soplaba con fuerza y hacía que el vehículo se tambaleara al tomar cada curva. El viaje la dejó desencajada.

Cuando llegó a Sopuerta, a la parada de La Baluga, Angelita bajó del autobús y se quedó de pie bajo la tromba de agua.

Se refugió en la parada. Se sentó en el banco de madera cubierto por una tejavana por la que se colaba la lluvia. Pensó en esperar a que escampase, pero la tormenta no daba tregua.

—Señorita, ¿tiene paraguas? —La voz de un joven la sorprendió.

—No —alcanzó a decir temblando.

—Se va a constipar —advirtió él—. Déjeme que la acompañe hasta su casa o donde quiera ir.

—Igual escampa, no quiero molestarle. Es usted muy amable.

El chico identificó a Angelita por sus buenos modales. Todo el pueblo hablaba de ella. Se guareció bajo la parada del autobús y cerró el paraguas.

—Soy Eusebio, el hijo del boticario —se presentó.

—Soy Angelita, la nueva maestra.

—Póngase mi chaqueta —la envolvió con ella sin esperar a que la aceptase—. Se va a helar.

—Muchas gracias, empiezo a sentirme mal.

Angelita se sintió reconfortada, arropada por un perfume masculino amaderado y suave, con un toque fresco de lavanda. Notó que un potente calor la envolvía mientras el viento y la lluvia seguían azotando su rostro. Era una sensación extraña y, a la vez, agradable. Eusebio, en mangas de camisa y en plena tormenta, acompañó a Angelita hasta su portal. Cuando ella intentó meter la llave en la cerradura, se mareó.

El joven abrió la puerta, dejó el paraguas en el portal y preguntó a Angelita en qué piso vivía. Primero. Cargó con su cuerpo liviano y notó que hervía en fiebre. Le temblaban los labios y le castañeteaban los dientes. Sin posarla en el suelo, Eusebio abrió la puerta y la cerró tras de sí. Buscó la habitación, abrió la cama, la tendió sobre ella y la arropó.

Cuando el joven estaba a punto de abandonar la habitación, Angelita sacó el brazo de entre las mantas, lo extendió y susurró: «Gracias». Eusebio regresó sobre sus pasos y le cogió la mano. Era delicada, como el cuerpo de una bailarina. Tenía la piel de porcelana, bien cuidada. Los dedos eran largos, de pianista. Acercó la mano de Angelita a sus labios y la besó. Y, con ese gesto espontáneo, cuando su boca tocó a la maestra, el hijo del boticario quedó perdidamente enamorado de ella.

Al filo de las nueve de la mañana, los vecinos fueron acercándose al velatorio de Basilia. Solos, en parejas, en pequeños grupos. Vestidos de negro y paraguas en mano. Con algo de comer y beber para compartir el dolor y pasar el mal trago con el estómago lleno.

La familia Avellaneda fue la primera en llegar. Abrió la puerta Dolores, recompuesta tras el desayuno.

—Venimos a dar el pésame —se presentaban.

—Descanse en paz —saludaban unos.

—Que Dios la tenga en su gloria —decían otros.

La casona se fue llenando de vecinos que recibía Loli, bendecía el cura y entretenía Angelita. Los invitaba a pasar hasta la cocina para dejar sus platos. Ella y Dolores se encargaban de repartirlos en fuentes, bandejas y pucheros. Para comer, trajeron sopa de cocido con fideos, garbanzos, alubias y algún postre casero. Para beber, *txakoli*, el vino blanco joven de la zona, y licor. Angelita pidió a las visitas que se sentaran mientras ella preparaba café.

En ese momento, Ángel apareció en el salón con un traje de chaqueta negro y camisa blanca. Los zapatos, de cordones, negros también.

—Me la ha llevado Dios —sollozó tapándose la cara con las manos.

A Dolores por poco se le cae la cafetera de las manos. Los vecinos se arremolinaban en torno al alcalde. Le daban palmadas en la espalda, le acariciaban el pelo y le abrazaban. La prima Loli miró a Angelita, que tampoco daba crédito. Menudo cabrón. Había matado a golpes a Basilia y ahora se presentaba como la víctima de un destino cruel.

—¿Qué le ha pasado a su mujer, alcalde? —preguntaban extrañados.

—Parecía llena de vida —se sorprendían.

—No somos nada —sentenciaban.

Ángel se limpió las lágrimas y pidió un poco de espacio para poder respirar y tranquilizarse.

—Se cayó allí mismo —dijo señalando a unos metros—. Iba con la cazuela del guiso de carne entre las manos y se resbaló.

—¡Pobre mujer!

—¡Qué disgusto!

Los paletos no conseguían saciar su curiosidad y seguían preguntando con tiento, pero sin pudor.

—Moriría en el acto… —deslizó una vecina.

—¡Pobrecita, descanse en paz! —se persignaba otra.

Ángel daba explicaciones mientras los labriegos se saciaban con gruesas rebanadas de pan con mantequilla y café.

—Angelita, hija, prepara otra cafetera —pedían.

El alcalde escenificó su mentira con todo lujo de detalles. «Allí cayó Basilia», «aquí la recogí medio muerta», «desde ese teléfono llamé a Iñaki, el médico», «nada pudo hacer por ella más que quitarle el dolor», «que Dios la tenga en su gloria». «Amén», añadió el cura.

Don Eusebio se acercó a la habitación donde estaba Basilia. Tuvo que retirar con los pies la cola del vestido para acercarse a la difunta. A simple vista, le pareció peregrino enterrarla con el traje de novia, pero cada cual elegía su *ropa de viaje*. Se sentó en la cama junto a ella y la miró. Parecía una mujer en paz. Le hizo la señal de la cruz sobre la frente y sobre el pecho. Y rezó:

Llévala donde ya no existe ni la muerte,
ni la angustia, ni el sufrimiento.
Donde solo hay dicha y felicidad.
Por los siglos de los siglos. Amén.

Besó el crucifijo que llevaba en la mano y se persignó. Salió del dormitorio y avisó a los presentes de que podían pasar a verla.

—Dejen primero al viudo —pidió don Eusebio—. Démosle tiempo para despedirse.

Ángel entró en la habitación con paso firme y sintió que el corazón le dejaba de latir cuando la vio vestida de blanco. Incrédulo, se acercó. De dónde demonios había salido ese traje. No era el saco de patatas con el que se casó. El alcalde notó que se le empezaba a acelerar el pulso. La puta Basilia. Su alma estaba jugueteando con él para amargarle la vida después de muerta.

Levantó el vestido para confirmar que el tobillo estaba roto, como si le hubieran cambiado a su difunta por otra. Entonces descubrió los zapatos rojos y creyó perder el sentido. Su mujer no tenía zapatos de ese color. Era el color del demonio. Había entrado en su casa.

El alcalde salió de la habitación sin apenas color en la cara, tambaleándose. Los vecinos creyeron que la pena le estrangulaba y le desabrocharon el cuello de la camisa para que no se agobiara.

—Tranquilo, ya está —le consolaban—. Sal un rato fuera, tienes que tomar un poco el aire.

El viudo, desencajado, abrió la puerta para salir al fresco cuando se encontró frente a frente con Rosarito. La vieja arrastraba de la mano a Consuelo y le pedía que se diera prisa. La nuera caminaba con la mirada baja.

—*Egun on*, Ángel, hijo —le abrazó Rosarito—. Que Dios tenga a tu mujer en su gloria.

Don Eusebio acudió a liberar a Ángel de los brazos de la anciana, que actuaban como tenazas.

—Déjele tomar el aire —le pidió con urgencia—. ¿No ve que se le ha ido el color?

Rosarito se descolgó del cuello del alcalde y se apartó para abrirle paso. En ese momento, Consu levantó los ojos y se encontró con la mirada de Ángel. Vacía, fría, cruel. En un segundo, la hizo temblar de la cabeza a los pies. La llevó décadas atrás, al pajar del caserío Guezuraga. Él intentaba cabalgarla mientras ella se escurría entre la paja. Hasta que empezó a asfixiarla y se quedó quieta. Muerta de terror. Pensando que, cuanto antes la violara, antes podría regresar con sus hijos. Pensando que, si lograba escapar, solo encontraría la muerte.

* * *

Dos días antes de su boda, Ángel fue a cobrar la deuda de Antolín, el marido de Consu. Ya estaba todo dispuesto. Rosarito estaba al tanto de que se realizaría el pago carnal y lo consentía. Su hijo podría volver a acostarse con Consuelo a pesar de que otro hombre *visitaría* su cuerpo. Maite, la madre de la chica, también había dado su visto bueno.

Era jueves por la mañana. Antolín estaba trabajando en el bar con su *ama*, ajeno a que ese mismo día su mujer sería violada. «Mejor que no sepa nada —pensaron Rosarito y Maite—, no vaya a echar a perder el plan». Enrique, el padre de Consu, también estaba al tanto. Había dado su aprobación a regañadientes, aunque poco tenía que decir. El caserío era de la familia de su mujer. Él lo heredó y le puso su nombre. Su esposa se encargaba de gobernarlo.

—Consu, hija, arréglate —gritó Maite desde el otro lado del pasillo.

—No voy a salir de casa, *ama* —respondió extrañada.

—Aunque no vayas a ningún lado, es mejor que te laves un poco —le aconsejó—. No te descuides o tu marido no volverá a tu cama —rio.

Consu le hizo caso y fue a asearse. Se lavó la cara, las axilas y repasó el resto del cuerpo por partes. Cuando salió del baño, no encontró a su madre. Recorrió la planta baja para buscarla, vio que tampoco el bebé estaba en el cuco y se tranquilizó. «Estarán juntos», pensó. Fue a la cocina, miró por la ventana y la encontró alzando al niño, con los brazos estirados. El crío se deshacía en una risa escandalosa.

Mientras la chica sonreía viendo a su madre con el pequeño, Ángel abrió con sigilo la cerca de atrás, la que daba a los establos. Consu preparó café, cogió la lechera y, al servirse, se dio cuenta de que estaba prácticamente vacía. Salió de la cocina, avanzó por el pasillo largo que desembocaba en la cuadra y abrió la puerta. Cogió un cubo metálico, la banqueta pequeña y se sentó junto a la ubre de la primera vaca que encontró. Cuando se dispuso a estirarla para sacarle la leche, una fuerza desconocida la agarró del pelo, la tiró al suelo y la arrastró por toda la cuadra.

Confundida, Consu no acertaba a ver quién era. Manoteaba e intentaba agarrarse a algún saliente que hubiera en el camino, pero no encontró ninguno. Cuando la sacó del establo, la levantó y la miró a los ojos.

—Tú y yo vamos a hablar solitos, puta.

Consuelo entendió que había llegado el día. Agradeció que nadie se lo hubiera anunciado antes. Que no le hubiesen robado ni un instante de la felicidad que había sentido hasta entonces. Intentó resistirse, aunque sabía cómo acabaría todo. Había que saldar la deuda.

Ángel la agarró del brazo con una fuerza desmedida y la metió al pajar. Consu lloraba, pero tenía claro que no debía gritar. Su madre estaba en el caserío esperando a que pagase la trampa que dejó su marido y que lo hiciera sin escándalos. El joven la arrojó sobre la paja y ella se hundió. Él se puso encima y, sin quitarle la ropa, empezó a embestirla con violencia, restregándose, adelantándole lo que estaba a punto de suceder.

Consuelo no pudo soportarlo más. Atrapada entre los fardos, bajo la presión del enorme cuerpo de Ángel, intentó zafarse y gritó. Su madre la escuchó desde el jardín, pero no movió un dedo. Siguió jugueteando con el bebé. Ángel le arrancó la camisa y le rasgó el sujetador. Le sorprendió el tamaño de sus pechos. Grandes. No se los había imaginado así.

—¡No, no, no! —suplicó ella—. ¡Por favor, nooo!

Hundió la cara entre sus senos, los chupó y mordisqueó los pezones. Consu sintió terror. Movió la cadera para escapar del peso de Ángel y, cuando parecía que lo había logrado, él la abofeteó.

—Te voy a domar, puta —le advirtió.

Le levantó la falda y, con un solo gesto, le bajó las bragas hasta los tobillos. Ella quedó paralizada. Intentó gritar, pero no pudo. La garganta se le quedó hueca, sin voz. Le aterrorizaba que la violase o que la matase si intentaba escapar. Ángel se bajó los pantalones, excitado, y, justo cuando estaba a punto de penetrarla, se escuchó un disparo a unos metros, en la puerta del pajar. Quedó paralizado. Unos segundos más tarde, llegó el segundo tiro.

El padre de Consuelo, con la escopeta de caza en la mano, se plantó delante del hijo del alcalde. Ángel se levantó y se subió los pantalones. Enrique le apuntó. Dio dos pasos más y apoyó el cañón en la frente del chico.

—Has ido demasiado lejos —advirtió con un tono seco—. Sal de aquí.

—Esto no quedará así, viejo —respondió lleno de ira.

Ángel salió del pajar. Consu se quedó tumbada, despatarrada y sin fuerzas. Sin mirarla directamente, por pudor, su padre le acercó una manta vieja para que se cubriera y se dio la vuelta. Era incapaz de digerir tanta injusticia. Se dirigió hacia el establo, con el cañón de la escopeta mirando hacia el suelo. Caminó mientras sollozaba en silencio, sabiendo que había salvado a su hija, pero aún tenía que pagar lo que se debía.

Días después, Ángel subió al caserío Guezuraga. Atravesó el camino de entrada, flanqueado por campos de narcisos. Llamó a la puerta y pidió ver a Enrique. Se comportó como si nada hubiera pasado.

—Vengo en nombre del alcalde —se presentó sin más saludo—. ¿Tiene título de propiedad?

—No, señor.

—¿Algún documento que indique que estas tierras le pertenecen? —insistió.

—Solo la palabra de mi suegro, que me lo legó antes de morir.

—Debe abandonar esta propiedad —anunció—. Queda confiscada por el Ayuntamiento.

Cuatro días después, Antolín murió rabiando como un perro. Dos días más tarde, Enrique entregó el caserío a la fuerza.

Bajó a la alcaldía con la llave de hierro que recibió de su suegro. Su mujer montó en cólera. Su consuegra Rosarito le llamó poco hombre. Se mudaron a un piso pequeño del barrio de Mercadillo, con dos habitaciones y un baño para los cuatro hijos, los tres abuelos y la tabernera viuda.

El velatorio de Basilia se convirtió en un trasiego hormigueante de vecinos curiosos. Entraban en la casona, daban el pésame al alcalde y pasaban rápidamente por la cocina para llenar la panza antes de mostrar sus respetos a la difunta. En una ocasión en la que Angelita estaba preparando café, después de perder la cuenta de las cafeteras que había servido, encontró a Inmaculada, la hija del veterinario, llorando a moco tendido.

—Tranquila, Inma —la consoló—. ¿Quieres que te prepare una tila o una manzanilla con anís?

La quinceañera, sonrosada y regordeta, negó con la cabeza mientras hipaba sin control. Angelita no entendía cómo podía tener semejante disgusto si su relación con Basilia no era especialmente estrecha. Cuando consiguió que la chica se tranquilizase, confesó:

—Alguien ha traído una tableta de chocolate, pero mi hermano se la ha llevado y dice que nunca la encontraré —se lamentó.

Solía suceder en los velatorios. Las familias que no tenían recursos para preparar un plato presentable echaban mano de alguna delicia que guardaban con celo para una ocasión especial. Angelita secó las lágrimas a Inma, la acercó al fregadero para que se lavara la cara y la abrazó.

—Estoy segura de que la encontraremos.

Junto con Loli, rebuscó en los cajones y puso del revés la alacena. No encontró nada. Las dos cincuentonas pusieron patas arriba la casa con discreción, mientras la chica esperaba impaciente en la cocina.

Descartaron que estuviera oculto en el salón y, directamente, se repartieron por los baños y las dos habitaciones. Nada. En su búsqueda, se tropezaron con los vecinos que transitaban en una cola hacia el dormitorio de Basilia para despedirse de ella. Las mujeres, que habían dispuesto varias sillas alrededor de la difunta, se sentaban y hablaban con ella como si aún siguiera viva. Los hombres, con la boina en la mano y la cabeza despejada, entraban en la habitación, se persignaban y salían con rapidez.

Después de mucho pensar, Loli llegó a la conclusión de que habría escondido el chocolate cerca de la difunta. Inma no se atrevería a buscar en esa habitación.

—¡Debajo de su cama! —concluyó.

Dolores y Angelita, dos mujeres ya maduras, con sus trajes gruesos y oscuros y sus medias negras hasta la rodilla, se abrieron paso entre las plañideras y se deslizaron bajo la cama de Basilia. Reptaron con las piernas dobladas y entreabiertas en busca de alguna pista.

—¿Qué sucede? —se alarmaban las vecinas.

—Salid de aquí —avisaron a los hombres.

Cada una, bajo un flanco de la cama, alargó el brazo y barrió el suelo con la manga. Angelita rozó un bulto con los dedos. Era una caja, parecía de madera. Metió el otro brazo y medio cuerpo hasta que empujó el objeto hacia el lado de Dolores, que lo atrapó.

—Padrenuestro que estás en los cielos… —Las plañideras seguían su lamento.

—Pero ¿a qué viene esto? —se extrañaban algunas.

—Parece que Basilia escondía algo bajo la cama —anunciaron.

Rosarito entró en ese momento a la habitación de la difunta, con su nuera pegada a sus faldas. Consu se santiguó al ver a Basilia. Pobre muerta de hambre. Ella tampoco había tenido una vida fácil. La vieja, al ver el panorama, elevó la voz y dijo con sorna:

—Mira, la mosquita muerta. Ocultando secretos a su marido.

Loli y Angelita se quedaron de piedra. No quisieron responder para no descubrir a la joven Inmaculada, que las esperaba para saciar su capricho.

—¿A qué se refiere, Rosarito? —preguntó una plañidera.

—¿Qué hay en esa caja? —la tabernera devolvió la pregunta a Loli.

—No sabemos.

—Y entonces, ¿a qué se debe tanto trajín? —sonrió la vieja.

Los hombres, que habían renunciado a entrar al dormitorio hasta nuevo aviso, intuyeron que algo raro sucedía ahí dentro. Como no se atrevían a acercarse, aprovecharon para servirse algo de comer y para prepararse un café con un buen chorro de licor. Hablaron con el alcalde sin sacar a colación el tema de la muerte. Ya se sabe. Así manejaban los hombres estas cosas.

Dentro de la habitación de Basilia, se cocía la desgracia. Sus amigas no soltaron la caja de madera. No querían abrirla delante de las vecinas. Empujadas por los cuchicheos, incluso Angelita y Loli empezaron a dudar. A saber qué había dentro. Podría no ser chocolate ni dulces. Quizás la difunta guardaba alguna foto vieja, algún recuerdo de su madre que quería mantener a salvo de Ángel. O puede que escondiese un secreto que no había confesado a nadie.

—Menuda descarada —continuó Rosarito—. Ocultando secretos al marido.

Las mujeres enmudecieron. Loli y Angelita no sabían qué hacer. Se miraron. Se aferraron aún con más fuerza a la caja de madera.

—¿Y este vestido de novia? —se preguntó Rosarito—. Este no es el que llevó al altar. No tenía velo, ni cola, ni tonterías de esas.

La vieja se acercó a la cama y alzó el bajo del vestido. Una exclamación recorrió la sala. «¡Oooohhh!». Zapatos rojos. Nadie vendía calzado de ese color en Encartaciones. La costumbre lo prohibía.

—¡El color del diablo! —comenzaron a murmurar.

Las vecinas se sobresaltaron. Las que estaban sentadas se levantaron dando un bote. Las que estaban de pie quisieron salir de la habitación atropelladamente. Rosarito, bloqueando la puerta con su corpulencia, abrió la boca para condenar a Basilia. Para manchar su nombre en la memoria del pueblo.

—Era una mala mujer —sentenció—. Como muchas de las que están en esta habitación. —Hablaba de ellas en tercera persona, aunque las tenía delante—. Putas desbocadas que se ofrecen a hombres de bien para arruinar su destino.

Todas las presentes se dieron por aludidas, cada una por un motivo diferente. Angelita pensó que llevaba escrito en la cara su amor por el cura. Consu supo que se refería a ella. Si se hubiese dejado montar por el alcalde en silencio y sin quejarse, pensaba su suegra, su hijo Antolín quizás no habría muerto del disgusto. Todas las mujeres agacharon la cabeza como quien recibe un castigo. En ese preciso instante, llegó Soledad, con su hijo de la mano.

—¡La que faltaba! —anunció Rosarito.

Sole esperó a que alguien le contara lo que estaba sucediendo. Como nadie dijo nada, cubrió de nuevo los pies de Basilia y dejó a Joxean en una esquina. El chico miró a Angelita.

—Te te te veo si... si... siempre —dijo.

Ella se sonrojó. Rosarito siguió con su cantinela, porque aún no estaba satisfecha. Quedaba la amortajadora.

—Vientres de mal parir —continuó—. Todas vosotras habéis matado la dicha de este pueblo. A saber qué secreto guardaba Basilia. Qué encerraba en esa caja. Con quién andaba.

La mentira prendió como la pólvora. Las vecinas, sumidas en la culpa, mordieron el anzuelo. En vez de preguntarse cómo era posible que una mujer sana muriese en un resbalón, indagaron sobre quién podría ser el supuesto amante de Basilia. Porque seguro que lo tenía. «Susín, el del caserío», apuntó una. «Menuda fresca», sentenciaron. «El médico», susurró la otra. «Y parecía una mosquita muerta», apostilló alguna. «El sacerdote», dejó caer la más osada.

Cuando Joxean escuchó el nombre de Eusebio, quiso zanjar el asunto. Se puso frente a Angelita, la miró a los ojos y sonrió.

—El cu... cu... cu... cura no es —advirtió.

Angelita apartó a Rosarito de un manotazo y abandonó la habitación seguida de Loli. Entraron en la cocina. Mientras las vecinas cotilleaban e inventaban rumores sobre Basilia, ellas abrieron la caja de madera. Inma dejó de llorar. Allí estaba. Intacta. Una tableta de chocolate.

Rosarito y Consu abandonaron la casona hora y pico después, cuando la vieja pensó que había extendido su mentira con éxito. Viendo el tobillo de Basilia y las costillas prietas en un corsé de vendas, tenía claro que Ángel la había matado de una paliza. Podría haberlo dejado pasar y permanecer en silencio, pero decidió proteger al alcalde. Le mortificaba que Ángel, con su mirada de superioridad, le recordase que su hijo había sido un despojo. Un cobarde insignificante que no pudo saldar su deuda ni obligar a que su mujer lo hiciera. Antes de salir, se apartó de Consu y se acercó al alcalde.

—Ánimo, Ángel —le dijo mientras cada ojo miraba hacia un lado.

Él no le respondió. Miró a Consuelo y sonrió con los ojos, como los depredadores cuando piensan en el futuro que le depara a su presa entre sus garras. Ella apartó la mirada y se marchó sin despedirse.

—Espera, hija, que yo soy más lenta —le pidió Rosarito.

* * *

Como era un lunes de labor, el goteo de vecinos se detuvo a media mañana. Los hombres estaban labrando el campo o atendiendo al ganado mientras las mujeres ponían la casa en orden. El médico, que se había quedado dormido de puro agotamiento, llegó al velatorio sobre las diez de la mañana. Se dedicó a atender a Ángel con el temor de que terminara confesando el crimen y le implicase a él. No le perdió de vista ni un segundo.

Sole se quedó desde primera hora en el dormitorio de Basilia. Siempre solía hacerlo con los difuntos. No quería que se sintieran solos si la habitación quedaba vacía en algún momento. Loli permaneció junto a ella, en silencio. Maravillada con el vestido de novia encajado en el cuerpo de su prima.

Con el velatorio más tranquilo, Angelita aprovechó para ir a la cocina y tomarse una buena taza de café. Don Eusebio, viendo que podía arrancar un momento de intimidad, se acercó a ella. Entró en la cocina, la escudriñó para comprobar que estaban solos y cerró la puerta tras de sí. Apoyó la espalda contra la madera y abrió los brazos para invitar a Angelita a que se acercara. Ella dejó la cafetera sobre el fogón y se refugió en el pecho del sacerdote. Fueron unos segundos de felicidad en medio del dolor que le provocaba la muerte de su amiga.

—Qu... qu... qué bonito. —Joxean soltó una risotada al otro lado de la ventana.

Angelita quedó paralizada. El sacerdote la soltó. Harto del retrasado, con la ira arrasándole las entrañas, salió de la cocina, cruzó la puerta de entrada y corrió tras el chaval por el jardín. Joxean no se resistió. Correteaba de forma lenta y torpe y, en cuestión de segundos, quedó atrapado entre las manos del cura.

—Te voy a dar tu merecido —le advirtió.

Eusebio agarró al chico de la camisa y lo llevó hasta el cobertizo. Miró a un lado y a otro. Nadie. Lo metió dentro. Miró de nuevo. Miren, que llegaba en ese momento, se paró a unos metros. No sabía qué hacer. Sostuvo la mirada del cura unos segundos y la apartó. El sacerdote cerró la puerta y ella avanzó hacia el cobertizo.

—Aquí estoy —anunció desde fuera para apoyar los tejemanejes del cura—. No dejaré que nadie se acerque.

Miren tenía tantas ganas de acabar con el retrasado como Eusebio. No necesitaba que el vivo retrato de su marido le recordase a diario que la había engañado con la vecina. Sin embargo, el cura tenía más urgencia. El chaval le había pillado besándose con Angelita en la iglesia. Desde entonces, Joxean no dejaba pasar la ocasión para deslizar en público que había algo entre ellos.

El sacerdote creyó recordar que todo comenzó hacía más o menos seis meses. Era mediados de septiembre. Él deambulaba entre los bancos de la iglesia revisando el mobiliario. Elaboraba una lista mentalmente. Tapizar el reclinatorio, barnizar las últimas filas y recoser algunas partes de la alfombra que desembocaba en el altar.

Sole entró en la iglesia y le interrumpió. Quería confesarse. Parecía urgente. Don Eusebio le indicó que fuese hacia el confesionario mientras él se acercaba a la sacristía a por la estola. Eligió la morada. Se la colocó rodeando el cuello y fue al encuentro de Soledad. Entró en el habitáculo de madera, abrió la cortinilla y pegó la cabeza a la rejilla.

—Ave María Purísima —saludó.

—Sin pecado concebida.

—Cuéntame, hija.

—Padre, he pecado.

—Tú dirás —la invitó a seguir sin prestarle mucha atención.

En cuestión de minutos, Soledad vació en ese confesionario la mitad de su vida. Se había enamorado de Fernando, había mantenido relaciones carnales a sabiendas de que estaba casado y él la había preñado. La amortajadora no aguantaba más. Su secreto la estaba mortificando. Ella solo quería vivir en paz.

—¿Es… es… Joxean? —se atrevió a preguntar el cura.

—Sí, es el hijo de Fernando —reconoció por primera vez en voz alta—. Y mi castigo.

—¿A qué te refieres, hija? —indagó sorprendido ante tanta información.

Sole le explicó que Joxean y Fernando eran como dos gotas de agua. Cada vez que miraba al chaval, veía al padre. Cada vez que contemplaba su rostro, recordaba su desgracia. Un castigo. Don Eusebio no daba crédito. Había escuchado rumores sobre el arquitecto, pero siempre se negó a darles crédito.

Mientras su madre se confesaba, Joxean recorría la sacristía y fisgoneaba en el armarito donde se guardaban las obleas. El cura le oía ir de acá para allá y empezaba a molestarse. Puso fin a la confesión de Soledad en cuanto pudo.

—Reza dos padrenuestros y tres avemarías a diario, hija —le ordenó—. A ver si así mejora tu situación.

—Gracias, padre.

—Yo te absuelvo en el nombre del Padre, del Hijo y del Espíritu Santo —anunció el cura.

—Amén.

—Puedes ir en paz —se despidió.

Soledad abandonó la iglesia pensando que Joxean estaba entretenido en el parque de al lado. Al abrir la puerta para salir, se encontró con Angelita, que se disponía a entrar.

—*Arratsalde on*, buenas tardes —saludó la amortajadora.

—Buenas tardes —respondió con cierta incomodidad la maestra.

Angelita cerró la puerta a sus espaldas y el sacerdote, al verla, deslizó el cerrojo. Echó un vistazo rápido para confirmar que no había nadie y la abrazó. Fue un abrazo suave, reconfortante. Alejado del que un sacerdote daría a una feligresa. Joxean, que se había entretenido dentro de la iglesia, se escondió detrás de la columna de piedra y esperó. El cura se separó de Angelita y tomó su rostro entre las manos con dulzura.

—¿Te veo esta noche? —preguntó con sus ojos tranquilos de color avellana.

—Claro, mi amor —respondió ella.

Joxean no pudo aguantar la risa. Abandonó su escondite y soltó una sonora carcajada. Hacía aspavientos con las manos, como si estuviera cazando moscas, y realizaba muecas extravagantes con los labios como si estuviera dando besos al aire. Al cura se le fue el color. Angelita por poco se desvanece.

—¿Qué haces aquí? —bramó don Eusebio.

Se dirigió hacia el retrasado apretando los dientes. Con rabia. Aterrorizado ante la posibilidad de que los descubriese. Iba decidido a agarrarle del pescuezo con todas sus fuerzas, a partirle la crisma, cuando escuchó a sus espaldas unos golpes en la puerta de la iglesia. Era Sole.

—¡Padre! ¿Está Joxean ahí dentro?

El cura frenó en seco, hizo un gesto a Angelita para que se ocultase tras la puerta de entrada, regresó sobre sus pasos y abrió. A un lado de la hoja, Sole. Al otro, oculta entre la penumbra, Angelita. Sole entró en la iglesia y cogió a Joxean de la mano.

—No puedes escaparte, hijo —le regañó con paciencia.

El chico salió con una sonrisa bobalicona dibujada en los labios, dando saltitos, y con un nuevo secreto. Cuando se fueron, Angelita no sabía qué hacer.

—¿Y si lo cuenta? —preguntó asustada.

—Piénsalo bien —dijo el cura—. ¿Quién podría creerle?

Desde ese día, don Eusebio cogió tirria al chico. Sentía odio, rencor y rabia hacia él. No se permitió bajar la guardia. Por eso, cuando el día del velatorio de Basilia Joxean le descubrió abrazando a Angelita en la cocina, durante unos minutos, al cura se le olvidó su fe.

Con Joxean dentro del cobertizo, le restregó con fuerza los nudillos por la cabeza hasta que el chaval empezó a quejarse. Le acorraló en una esquina, entre los aperos de labranza, y le pateó las espinillas. Nadie se percataría de unos moratones de más en el cuerpo torpón del chico. Le agarró por el cuello y cerró los dedos con la intención de asustarle. Lo logró. El chaval no conseguía coger aire y, cuando le soltó, quedó mudo. Blanco como la pared, como si le hubiera visitado un fantasma.

Por si esto fuera poco, cuando la puerta se abrió, encontró el rostro de Miren, que aprovechó para amenazarle.

—Ten cuidado —le advirtió—. Te debo una buena somanta de palos.

Joxean, confundido, pensó que Miren había descubierto que era él quien entraba en su casa. Que le esperaría en el portal para vengarse. Que le infligiría un castigo terrible. El chico se asustó y corrió. Empezó a gritar como una fiera malherida. Sole, al escuchar las voces que daba su hijo, salió al jardín. Intentó abrazarle, pero Joxean no la dejaba. Se separó del chico y, a pesar de que estaba a un par de metros, descubrió los golpes en las piernas. Se calló. Era el hijo de la amortajadora. No tenía derecho a quejarse.

Angelita irrumpió en el césped corriendo, sin saber qué estaba sucediendo. Joxean pensó que también iba a por él, como el cura, y corrió dando vueltas y más vueltas alrededor de la casa hasta que se cansó y se desplomó en el césped. Sole se sentó en el jardín junto a él y comenzó a acariciarle la cabeza.

—Du… du… du… duele, *amaaaa* —lloró.

Sole pensó que estaba rodeada de malnacidos. Envolvió a su hijo con un abrazo, protegiéndole. Lo levantó y se lo llevó con ella hasta la habitación de Basilia.

—Estamos mejor con los muertos —le susurró.

* * *

Algunos vecinos aprovecharon el alboroto para despedirse del viudo y abandonar el velatorio. Miren, que acababa de llegar, entró al salón, encontró a Ángel derrengado en el sofá. Agradeció que estuviera medio dormido para no tener que saludarle. Pasó por la cocina, se encontró a Loli y la abrazó. Después, entró Angelita, cerró la puerta y le contó lo que había pasado con Rosarito.

—Dijo que Basilia tenía un amante —le explicó Dolores.

—¡Qué disgusto! —añadió Angelita.

Miren solo podía sacudir la cabeza, diciendo que no, para intentar negar la mentira que se estaría instalando ya en el pueblo. Basilia era una mala mujer, no atendía a su marido y, encima, tenía un amante. Aunque los vecinos descubrieran que Ángel la había matado a golpes, lo justificarían por la mala conducta de ella. Poco se podía hacer.

Miren abrió la puerta de la cocina, vio la casa despejada, entró en la habitación y el corazón se le puso del revés. Al fondo, la amortajadora estaba sentada en una silla. A su lado, Joxean, acurrucado en el suelo. Y sobre la cama, Basilia, con un ramo de narcisos entre las manos. La respiración se le cortó. Miró a un lado y al otro con disimulo. Giró la cabeza y buscó a sus espaldas. Maldito Fernando. La estaba castigando por haber ayudado al cura a dar un escarmiento a su bastardo.

Abandonó la habitación. Se metió en el baño, se refrescó y se dio cuenta de que no había toalla. Salió del aseo, entró en la habitación contigua y se dirigió al armario en busca de una. Cuando abrió las puertas de par en par, decenas de narcisos cayeron sobre ella. Rozaron su cara, se deslizaron por su pecho y acabaron rodeando sus pies. Miren entró en pánico. Un grito desgarrador le nació de la garganta.

En ese momento llegaron los enterradores con el ataúd a cuestas. Miren salió de la habitación y se los encontró de frente. Pensó que había llegado su hora. Ellos la apartaron con delicadeza y entraron en la habitación de Basilia. Colocaron el féretro en el suelo y metieron dentro a la difunta. Remetieron la cola por las esquinas para poder bajar la tapa.

Los vecinos llamaron al viudo para que se despidiera. Él se negó. Decía que no podía soportar tanto dolor. Angelita y Dolores se arrojaron sobre el ataúd y toquetearon el cuerpo de Basilia, mientras lloraban a lágrima viva. Las plañideras entonaron un quejido que iba subiendo de volumen. Joxean sonrió. Le sonaba a música.

Las mujeres tuvieron que arrancar los dedos de Dolores del ataúd. Los tenía clavados para evitar que cerraran la tapa. La cogieron por la cintura y la apartaron. Angelita se abalanzó sobre Basilia y la besó en las mejillas y en la frente.

—Buen viaje, *maitia* —sollozó.

Los sepultureros cerraron la tapa, la sellaron y cargaron el ataúd sobre los hombros. Era un peso liviano comparado con los cuerpos que solían llevar. El cura llamó al médico y le pidió que ayudara a Ángel.

—Tiene que venir al cementerio —le indicó—. Date prisa.

Los vecinos fueron abandonando la casa y formando una comitiva a pie hasta el camposanto. En cabeza, el cura, seguido de Angelita, Dolores y Miren, que caminaba con desconfianza por si el alma de Fernando le jugaba otra mala pasada. Al lado, Ángel. Iñaki le llevaba sujeto del brazo. Sole y Joxean cerraban el cortejo. Iban de la mano. El chico tenía la mirada perdida.

La muerte los siguió hasta el cementerio viejo. El cura paró al pie de la fosa y pronunció un responso. Los sepultureros colocaron las cuerdas bajo el ataúd, lo asomaron sobre el hueco y lo bajaron poco a poco hasta que tocaron la tierra. Tiraron de las cuerdas y le dieron sepultura.

Ángel se sintió aliviado por primera vez desde que se casó. Como si se le hubiera quitado un peso de encima. Angelita sintió rabia, y Dolores, una profunda pena que se le clavó en el alma. La muerte paseó entre los vivos, feliz porque se había llevado a uno de ellos. Después, desapareció.

En ese momento, Fernando Garayo, que llevaba veinte años dando esquinazo a la muerte, sintió que los pulmones se le llenaban de vida de forma violenta. Se le hizo un nudo en la garganta que consiguió soltar a fuerza de empujar el aire hacia

fuera. Cuando lo logró, abrió los ojos y escuchó su propio grito. Tuvo la sensación de despertar de un profundo sueño. Tenía la boca seca. Miró por la ventana. El sirimiri reverdecía los
montes. Parecía primavera. Juraría que la última vez que vio el
cielo de Sopuerta había dejado de llover.

PARTE 3

EL CÁRABO

Aunque los vecinos nunca lo sabrían, la desgracia cayó sobre Sopuerta en el instante en que el féretro de Basilia tocó la tierra. Los parroquianos la lloraron mientras el sepulturero cubría la fosa a paladas. Después, Ángel les pidió que le dejaran a solas con ella. Contempló la sepultura. Miró discretamente a un lado y al otro. Nadie. Arrancó un gargajo de la garganta y escupió sobre la tumba. Sonrió.

—Puta, bien muerta estás —le susurró.

Basilia se revolvió ante los pies de su torturador. Supo que él había ganado, que había logrado enterrar su risa y sus ganas de vivir. La inundó un profundo desamparo. Una sensación de injusticia. Muda como estaba, sepultada bajo la tierra, en el mundo de los que ya no importan, la rabia silenciosa de la difunta Basilia reventó las entrañas del camposanto. Así comenzó la tormenta que cambió para siempre la historia de Sopuerta.

El enterrador esperaba a que el alcalde abandonara el cementerio para cerrar la verja de acceso. No quedaba dentro nadie más. Ángel salió arrastrando los pies, con aspecto compungido, agotado de tanto trajín en los últimos días.

—*Agur*, alcalde —se despidió el sepulturero.

—Hasta luego, Armando. —Tuvo cuidado de no tocar al enterrador—. Abrígate, parece que viene lluvia.

La galerna empezó a formarse en el mar. Un súbito temporal de vientos del oeste se hizo fuerte sobre la marea. El día, caluroso y apacible, se tiñó de gris. La furia del viento entró por Somorrostro y heló Galdames. Cuando la tormenta empezó a descargar sobre el cementerio de La Baluga, Ángel ya estaba dentro de su coche de regreso a casa.

Fernando oyó la lluvia golpeando en la ventana. Despertó con las tripas huecas, atravesadas por el hambre. Tenía el cerebro ensopado, flotando en una densa neblina que le confundía. Recordaba su nombre, sabía que vivía en Sopuerta e intuía que estaba casado. Sin embargo, era incapaz de reconocer su propio cuerpo.

Al estirar el brazo, descubrió unas manos rugosas, secas, coronadas por uñas largas. Atufaba a colonia barata. Olía a viejo. Apartó las sábanas y descubrió unas piernas consumidas, puro hueso. Imposible moverlas. Eran como dos losas pesadas y él se sentía sin fuerzas.

Echó un vistazo a la habitación y todo le pareció familiar y a la vez distinto. Sobre la cómoda, cubierta por tapetes de ganchillo, la foto de su boda en blanco y negro. No lograba verla con claridad. A los lados, dos jarroncitos de porcelana con flores secas. En la mesilla, un vaso de agua y un pañuelo blanco de algodón con su inicial bordada. F de Fernando, confirmó.

Intentó reunir fuerzas para levantarse de la cama, pero no pudo moverse ni un milímetro. Empezó a pensar que no estaba débil, sino inválido. Y, justo cuando su memoria retrocedió hasta la tarde en la que se tiró por la ventana, escuchó el sonido de la cerradura de la puerta de casa. Clanc, clanc, clanc. Alguien entraba.

El arquitecto no se lo pensó dos veces. Intentó sacar la voz de las entrañas para pedir ayuda, pero solo pudo emitir un berrido. Miren, que acababa de cerrar la puerta tras de sí, se estremeció al escucharlo.

—¿Quién anda ahí? —Echó mano del paraguas más puntiagudo del paragüero.

Al principio, pensó que alguien había entrado en su casa, pero desterró la idea en cuestión de segundos. Era el ánima, seguro. No contenta con cambiarle las cosas de sitio e impregnar la casa con aroma de narcisos, ahora también había aprendido a hablar.

Armada con el paraguas, avanzó por el pasillo. De nuevo, otro gruñido. Miren pensó en abandonar la casa para siempre, dejando a Fernando dentro, pero no tenía adónde ir. Siguió adelante. Identificó que la voz venía de la habitación de su marido. Primero, temió por la vida de su esposo. Después, movida por el rencor, pensó en dejar manos libres al ánima por si quería llevárselo para siempre.

—Aaaaaarrrgggg… —Otro berrido.

Con decisión, Miren dio un paso más y entró en el cuarto de Fernando. Se quedó paralizada. Su esposo, pálido como la cera, estaba sentado en la cama. Con las piernas muertas. Con los brazos extendidos como un espantapájaros. Con los ojos abiertos como platos y la boca deformada.

Miren no sabía qué hacer. Estaba espantada. Fernando parecía poseído. El ánima, pensó de nuevo. Sin embargo, pronto comprobó que se equivocaba. Su marido había despertado. Y eso a pesar de que ella llevaba veinte años rezando para que nunca volviera a abrir los ojos.

Probablemente, pensó Miren, Fernando creía que estaba cayendo al vacío. Quizás había regresado al momento en el que se precipitó por la ventana. El paralítico extendió un brazo hacia ella y movió los dedos, como si tocase las teclas de un piano de aire. Interpretó que quería que se acercase, pero no lo hizo. Se apartó y lo dejó solo mientras salía disparada hacia la cocina para pensar qué debía hacer. Decidió llamar al médico.

—*Arratsalde on*, Iñaki —saludó.

—Miren, ¿cómo estás? —respondió confundido—. ¿Todo bien?

Al doctor le sorprendió la llamada. Era lunes y, si Miren tenía una urgencia, podía haber acudido a la consulta sin necesidad de cita previa. Fernando bramó de nuevo al fondo del pasillo. El médico lo escuchó y se tensó.

—¿Qué pasa, Miren? —preguntó—. ¿Quieres que me acerque a tu casa?

—Sí... —alcanzó a pronunciar ella—. Es... es... Fernando.

Iñaki pensó que había vuelto a sufrir espasmos. Un movimiento reflejo de algunos músculos para recordar a su mente que seguían con vida. Hacía meses que no le sucedía. El brazo le vibraba con pequeños latigazos y así podía quedarse unos veinte minutos.

—Miren, escúchame —le ordenó—. Necesito que me aclares algo. ¿Qué le pasa a Fernando?

Ella no sabía por dónde empezar. El fantasma. Sus continuos rezos para que muriera de nuevo. Los tres exorcismos que había pedido sin éxito al cura para que liberase su casa del ánima que la atormentaba.

—Ha... ha... ha despertado —alcanzó a decir.

Iñaki se quedó boquiabierto. Había perdido la esperanza de que la mente de Fernando regresara.

—Ve con él —le indicó con tranquilidad—. Es una buena noticia. Llego enseguida.

Miren no quería ni verlo. Recordó la tarde en la que le pilló retozando con Soledad. Se acordó del bastardo. De los cuchicheos de los vecinos. De la amargura que envenena. Avanzó hacia la habitación con la intención de hacer daño a Fernando.

Un daño irreparable que, sin matarle, volviera a dejarlo inconsciente. Pero no pudo.

«En la riqueza y en la pobreza», recordó al cura que los casó.
Entró en la habitación. «En la salud y en la enfermedad», volvió
a escucharle. Se sentó en la cama. «Hasta que la muerte os separe». Y, medio temblando, tomó la mano de Fernando. La cogió
con frialdad, como quien realiza una tarea por encargo.

Él dejó de mover los dedos y, con torpeza, intentó cerrarlos
sobre la mano de Miren. La miró a los ojos con una dulzura
que ella no recordaba. Y entonces pensó que la estaba confun-
diendo con Soledad.

—Mmm… —comenzó a decir.

—Buenos días, Fernando —le respondió ella.

—Mmmmiiii… —se esforzó él.

—No te entiendo, pero no te preocupes —explicó—. Iñaki, el médico, estará aquí enseguida.

Fernando no necesitaba que viniera Iñaki. Quería preguntar a Miren cuánto tiempo había pasado. Cuál era la edad de
su cuerpo anciano. Quería darle las gracias por permanecer a su
lado. Decirle que no había olvidado su aroma a lavanda. Que la
recordaba. Que sabía quién era.

—Mmmmiii… reeen —terminó diciendo.

Ella se sorprendió, pero recuperó la compostura enseguida. Seguro que Fernando quería reprocharle lo que hizo. O
vengarse. O quizás quería decirle que la abandonaría por su
amante. O peor. Puede que después de transitar por la fina línea que separa la vida de la muerte, quisiera compartir sus últimos días con Soledad. Con ella y con su bastardo. Impasible
ante la mala suerte que acompaña a los amortajadores.

—Miren —zanjó con una sola palabra—. Miii…

—Miren, sí —sonrió ella—. Soy yo. Soy tu mujer.

—Mi mi mi am… —continuó él.

—No te entiendo, Fernando —reconoció.

—Miren…

—Sí, dime. —Ella apretó su mano.

—Mi mi a… amor —zanjó él.

Fernando sonrió como si se hubiera desprendido de un veneno que le devoraba la garganta. Una lágrima se deslizó por la mejilla de Miren. Larga como una culebra. Una gota que condensaba la traición, la rabia y la pesada carga de una vida trenzada con amargura. Fernando estalló en una carcajada. Miren no sabía qué pensar. Los lagrimones rodaban por su cara sin cesar. «Mi amor». Llevaba décadas esperando esas palabras. Y siguió pensando que no eran para ella, sino para Sole.

Miren supo que tenía que llamar a su vecina de enfrente. Apretó los dientes y los puños. Se acercaría a su puerta y la golpearía suavemente con los nudillos. Con un nudo en la garganta. Probablemente, tendría que contener la rabia. La invitaría a pasar a su casa sin mencionar que siempre supo que era la puta de Fernando. La acompañaría al cuarto de su marido y los dejaría a solas. Buscaría la ventana por la que se arrojó su esposo. La abriría y saltaría con la esperanza de que no hubiera narcisos que amortiguaran su caída. Con la confianza de poder morir en ese preciso instante. De liberarse de un hombre que la rechazaba porque amaba a otra.

* * *

Soledad llegó a casa poco después de Miren. Tras amortajar a Basilia, aprovechó para dar una vuelta con Joxean. Le llevó de la mano por la calle Cotarros, cuajada de dalias y agapantos. Subieron la antigua cuesta de los carros y llegaron a la panadería de Modesto. Compraron una hogaza y Amalia, la panadera, que sentía verdadera lástima por el chaval, le regaló un par de magdalenas. Regresaron al barrio contando nubes. Cuando alcanzaron el portal, Joxean estaba exhausto. Se negaba a dar un paso más.

—Amaaaaaaa…, estoy cansado. —El chico se sentó en el portal—. Llévame en brazooooos —rogó entre sollozos.

Intentó levantarlo, pero no pudo. Tiró de él escalón a escalón hasta llegar al descansillo. Lo incorporó, abrió la puerta y le hizo entrar. Sole sintió un calambrazo en los riñones por el esfuerzo.

—Vamos, *maitia* —le animó—. Te pongo el pijama, te doy un tazón de leche caliente con miel y descansas un ratito.

Joxean entró en casa de mala gana. Cuando Sole se disponía a cerrar la puerta, escuchó un alarido escalofriante en el piso de enfrente. Pensó en Fernando. Intuyó que algo malo sucedía. Se acercó a la puerta. Pegó la oreja y brincó al oír otro grito. Después, un taconeo que iba y venía sin rumbo. Y la voz de Miren. Parecía que hablaba con alguien por teléfono. «Ha despertado».

A Soledad le dio un vuelco el corazón. Sintió un aleteo de mariposas que la llenó de vida. Empezó a respirar con dificultad. La ansiedad le agarrotó los pulmones. Rogó a Dios para que no se la llevase en ese momento. Llevaba años esperando a que Fernando despertara. A que la mirase de nuevo. A que la volviera a amar.

—¡Amaaaaaaaaaa…! —Joxean la reclamó desde el interior de su casa—. ¿Estás ca… ca… calentando la leche?

Sole se sobresaltó. Cruzó el descansillo y entró en su casa. Echó el pestillo y sonrió como solo lo hacen las mujeres enamoradas. Y bailó. Bailó entre los brazos de un Fernando fabricado de sueños que la guiaba al compás de la música.

* * *

La primera vez que Fernando besó a Soledad venía de Galdames. Había ido a hablar con su suegro de unas tierras que el viejo quería vender porque no le resultaban rentables. Las deudas le asfixiaban.

—Debería esperar a la primavera, Domingo —le aconsejó—. En invierno nadie es capaz de ver el partido que puede sacarle al campo.

—No sé, hijo. —Agachó la cabeza su suegro—. No producen nada. Son un estorbo.

—Déjelo en mis manos. Yo me encargo.

Fernando montó en su coche y recorrió la carretera que serpenteaba entre pinos y desembocaba en Sopuerta. Sonreía. Su suegro le había ofrecido una parte de lo que sacase por la venta. Quería celebrarlo. Pensó en llamar a Ángel, pero no quiso decirle que estaba a punto de ganar un dinero extra.

Entrando al barrio de Mercadillo, vio a Sole salir del portal. Paró el coche. Como un acto reflejo, se miró en el retrovisor. Se peinó las cejas con las yemas de los dedos y sonrió para comprobar que tenía los dientes limpios. Arrancó y se colocó a su altura. Bajó la ventanilla. Ella lo vio y sonrió.

—*Egun on*, Soledad —saludó.

—*Egun on*, arquitecto —se sonrojó.

—¿Vas al mercado?

—Qué va, don Fernando. —Se detuvo para hablar con él—. Voy a coger unas flores para Puri. Un día después del funeral siempre visito al difunto en el cementerio.

—No tardes —le aconsejó—. Parece que va a llover.

Se despidieron y Sole apretó el paso. Tenía el corazón acelerado. Sintió un calor que le subía por el pecho. Se desabrochó la chaqueta para refrescarse. Estaban a finales de septiembre, pero se había levantado un ligero viento sur y la mañana parecía primaveral. Cálida y amenazada por la tormenta.

Veinte minutos después, la joven llegó al arroyo de Baldebezi. Era una zona del pueblo poco transitada y eso le gustaba. Sin vecinos podía ser ella misma. La joven de veinte años que quería ser feliz, no la amortajadora de difuntos. Dejó atrás los sauces, bailoteó entre los castaños y se sentó bajo un fresno. Fernando la contemplaba de lejos oculto tras un roble. Llevaba semanas obsesionado con ella desde su encuentro en el velatorio de don Ramón.

—¿Don Fernando? —Sole creyó verle.

—¡Soledad! —Se hizo el sorprendido.

—No sabía que también se dirigía hacia aquí —sonrió ella con las mejillas enrojecidas.

—¿Te gustan las flores? —se escabulló.

—Mucho. Mire, esas de ahí —señaló hacia las dalias blancas— se usan en los ramos de flores como relleno. A pesar de su delicadeza, nadie repara en ellas.

—Quizás las dalias se equivocan.

—No le entiendo, don Fernando.

—No me trates de don, Soledad. —Se acercó—. Me hace más viejo de lo que soy.

—Está bien —se corrigió ella—. No le entiendo, Fernando.

—Tutéame, por favor.

Soledad no se sintió incómoda. Es más, le gustó que el arquitecto quisiera acercarse a ella. Sintió una emoción que la hizo permanecer en un agradable estado de tensión.

—Quizás las dalias se han creído la mentira que repite todo el mundo —siguió él—. Que son flores de relleno.

—Puede ser…

—Y quizás no se han dado cuenta de que alguien las mira como lo que son. Unas flores únicas.

La joven dejó escapar una leve risa. Interpretaba que Fernando la estaba seduciendo y eso la hacía sonreír. Era un hombre apuesto. Alto y estilizado. Con algunas canas asomando por las patillas, coronando un pelo grueso y ensortijado. La mirada, color azul. Tranquila.

—Esas flores de ahí —Sole cambió de tema— son narcisos.

—Blancas y amarillas. Muy alegres.

—Son mis favoritas. Parecen pequeñas y delicadas, pero son más fuertes de lo que creemos —explicó—. Florecen en invierno —continuó mientras recogía algunas para hacer un ramillete—. Son capaces de resistir al frío y a las heladas.

—Qué interesante.

—Anuncian el fin del invierno y el principio de la primavera. —Se acercó a Fernando—. Significa que lo mejor del año está a punto de llegar.

Soledad completó un pequeño ramo de narcisos y lo ató con un cordel. Lo dejaría sobre la tumba de Puri. Era su modo de despedir a los difuntos. Su manera de desearles buen viaje hacia una vida mejor.

—Vaya —reflexionó el arquitecto—. Parecen flores indestructibles.

—No creas —respondió Sole—. Son muy fáciles de aniquilar. Basta con cortar el tallo un par de centímetros de más y esa flor nunca volverá a crecer.

Fernando se colocó frente a Soledad y olvidó que era un hombre casado. Le acarició la mejilla con el dorso de la mano. Era una mujer muy bella. Un escalofrío recorrió la espalda de la chica, pero no se apartó. Él extendió los dedos y le rozó los labios. Ella no se movió. Fernando dio un paso al frente. Era casi tan alta como él. Ancha de huesos y ligera de carnes.

Sus bocas quedaron a unos centímetros. Fernando recorrió esa distancia en un segundo y la besó. Sole abrió levemente los labios invitándole a entrar en su cuerpo. Sus lenguas se encontraron y juguetearon lentamente. Ella mantuvo los ojos cerrados. Pensó que flotaba en un sueño y quiso aferrarse a él. Se negaba a volver a una realidad cruel en la que ella solo podía tocar a los muertos.

El médico llegó en cuestión de minutos a casa de Fernando. Aparcó su coche, cogió el maletín y subió con rapidez hasta el primer piso. Tocó el timbre y esperó.

—*Egun on*, Iñaki. —Miren le saludó como si llevara años esperándole.

—*Egun on*.

Iñaki pasó sin más miramientos. Se quitó la chaqueta, se la entregó a Miren y avanzó hacia la habitación de Fernando. Era la primera vez que recorría ese camino con la esperanza de verlo despierto de nuevo. Al entrar, el anciano le observó intentando descubrir quién era. Tenía los ojos y la boca muy abiertos, estaba a punto de gritar. Temblaba. Tenía miedo.

—*Egun on*, amigo. —Cogió una silla y la colocó junto a la cama—. Soy Iñaki, el médico.

Fernando se relajó. Ese hombre le resultaba familiar y parecía amable. Hurgó entre sus recuerdos, pero no pudo encontrar ningún momento compartido.

—Por fin has despertado. Te estábamos esperando para echar la partida.

El viejo recordó que le gustaba el mus. Quiero. Envido. Paso. Órdago. Degustó el sabor del pacharán en la partida de la tarde. El olor a puro. En sus recuerdos, una mujer gorda se acercaba para animarle a pedir otra ronda. Era Rosarito, pero él no recordaba su nombre. En la mesa, a su lado, se sentaba el hombre que ahora tenía enfrente. Fernando sonrió. Dio unos golpecitos sobre el colchón para invitarle a acercarse. El médico lo hizo.

—Has estado un tiempo dormido. —Fernando abrió los ojos en señal de pregunta—. Han sido unos cuantos años. —El médico no quiso darle más información hasta comprobar en qué estado se encontraba su cabeza.

Miren no perdía detalle asomada al quicio de la puerta. Cuando Iñaki empezó a desnudarle para auscultarle, ella se retiró. Fue a la cocina y puso agua al fuego para preparar un café de puchero.

—Mmmmmm —gritó Fernando.

Miren se sobresaltó. Había permanecido más de veinte años con la casa en silencio. Escuchó cómo Iñaki hacía algunas preguntas a Fernando para intentar que hablara. Él respondía con monosílabos. En cada respuesta graduaba mejor la voz. Miren molió el grano, apartó el cazo del fuego e introdujo en la puchera el colador de tela. El café estaría listo en unos minutos.

Cuando regresó a la habitación de Fernando, su marido había mejorado. Tenía las mejillas sonrosadas y parecía tranquilo. Iñaki le hacía cosquillas en las manos y él reía. El riego sanguíneo funcionaba. El médico se levantó, apartó las sábanas y destapó las piernas yermas del anciano. Las tocó, pero Fernando no las sentía.

—Es suficiente por hoy.

Fernando miró hacia la puerta y descubrió a Miren. El médico quiso comprobar si la reconocía.

—¿Quién es esta señora, Fernando? —preguntó.

—Mmmmmm —sonrió él.

—Haz un esfuerzo —le indicó—. Tienes que activar las cuerdas vocales.

—Mmmmm Mi… Mi… Miren —soltó.

El médico sonrió. Se despidió de Fernando y, tocando la espalda de Miren, la invitó a que le acompañara. Cuando llegaron a la cocina, ella no pudo contenerse.

—¿Cómo está?

—A simple vista, mejor de lo que parece —la tranquilizó—. Te recuerda. Eso es lo más importante. Estos pacientes suelen olvidar a los seres más cercanos y acordarse de los que menos les importan.

—¿Se acuerda de ti? —preguntó.

—No lo creo —negó con la cabeza—. No sabría quién soy si no me hubiera presentado.

—¿Se recuperará?

—Hay que ir poco a poco —aconsejó—. Lo urgente es que coja fuerzas. Mímale.

—Las… las piernas… ¿funcionan? —preguntó sabiendo la respuesta.

—No. —Iñaki fue tajante—. Ya sabes que se rompió la columna. Nunca podrá volver a caminar.

El médico bebió el café de un sorbo y se marchó. Miren le acompañó. Cuando Iñaki se disponía a bajar la escalera, ella se dio cuenta de que la puerta de la casa de Sole estaba entreabierta. Se acercó. La puerta se cerró con un golpe seco. Iñaki, que conocía de sobra el veneno que habitaba entre Miren y Soledad, se marchó corriendo.

Miren pegó el ojo a la mirilla. Al otro lado, Sole la observaba temblando, rezando para que su vecina se fuera. La esposa de Fernando llenó de aire los pulmones, lo expulsó y tocó el timbre con decisión. Sole dio un respingo. Se alisó el vestido negro y puso la mano en el picaporte. Tenía que abrir.

Ángel bajó del cementerio en coche. Las cortinas de agua barrían el parabrisas y le impedían ver con claridad. Redujo la velocidad y llegó a parar un par de veces en el arcén esperando a que escampara. En una de esas ocasiones, muy cerca ya de su casa, creyó ver a don Eusebio cruzando la calle a toda prisa. Podía adivinar la figura de un hombre vestido de negro, alto y delgado, que trotaba con agilidad. Tocó el claxon para saludarle, el cura giró la cabeza y pareció correr aún más rápido. Ángel, preocupado por si le sucedía algo al sacerdote, salió del coche para hablar con él.

—¡Eusebio! —gritó.

Antes de que acabara de pronunciar su nombre, se dio cuenta de que había desaparecido. El alcalde arrancó, giró a la izquierda para entrar en su finca y volvió a mirar por el retrovisor. Nadie. Qué raro. Habría jurado que era el cura, pero quizás estaba equivocado. No podía haberse esfumado en apenas unos metros. Quizás lo había confundido con otro vecino, pensó, pero no supo atinar con quién.

Ángel sintió que necesitaba descansar. Entró en casa, se descalzó y fue directo a la habitación. Se tumbó e intentó conciliar el sueño, pero no lo consiguió. No podía dejar de pensar en el hombre vestido de negro que acababa de ver junto a su casa.

Un relámpago iluminó la habitación. Después llegó el trueno. El alcalde sintió un escalofrío que le fue helando el cuerpo de los pies a la cabeza. Tumbado en la cama, junto al hueco de Basilia, sospechó que su mujer se había convertido en un ánima negra. Un alma de difunto que merodea a los vivos para vengarse. Ángel se cubrió con la manta hasta la cabeza, se hizo una bola y por primera vez en su vida sintió miedo.

* * *

Don Eusebio intentaba recobrar el aliento oculto en la oscuridad del portal de Angelita. Ella había dejado la puerta entreabierta por si se animaba a subir. Después del funeral de Basilia, el cura recorrió solo y a pie el camino de regreso a casa. Cuando se desató lo peor de la tormenta, estaba a trescientos metros del piso de la maestra.

No tenía planeado visitar a Angelita, pero la fuerza del agua le animó a detenerse hasta que escampara. Cruzó la carretera a zancadas, divisó los faros de un coche acercándose y se sorprendió al escuchar un grito con su nombre. «¡Eusebio!». Miró. Maldita sea, el alcalde. Seguro que le había visto. Corrió hasta el portal de Angelita y se alegró de encontrar la puerta abierta, trabada por una piedra de tamaño medio que impedía que se cerrase. Entró, cerró tras de sí y pegó el cuerpo a la pared hasta que quedó confundido con ella en medio de la penumbra.

El coche del alcalde se detuvo unos segundos y volvió a ponerse en marcha hasta que aparcó en la finca, a apenas doscientos metros. Don Eusebio respiró aliviado y permaneció quieto unos minutos mientras su corazón se recuperaba del susto. Después, subió hasta el primer piso, se colocó frente a la puerta de Angelita y llamó con los nudillos suavemente. Toc,

toc, toc. Descalza, se levantó del sillón, recorrió el pasillo y esperó a la siguiente señal con la cabeza pegada a la puerta. Toc, toc. Tres golpes, y después, otros dos. Era Eusebio. Abrió con cuidado de no asomarse por si la vecina, doña Justa, con oído de felino, estaba curioseando.

El cura entró, cerró la puerta rápidamente y se fundió con Angelita en un abrazo cálido, reconfortante. Recogió su cuerpo menudo contra su pecho y recorrió su espalda con los brazos, arriba y abajo, dándole calor. Le dio la mano y la llevó a la habitación.

A oscuras, para evitar que la luz revelara sus siluetas en medio de la noche, don Eusebio desabrochó la chaqueta de punto de Angelita. Movió sus dedos entre los ojales mientras le acariciaba el pecho. Ella sintió una profunda melancolía.

—A veces pienso que podríamos habernos amado toda la vida —le reprochó.

El cura siguió a lo suyo como si no la hubiera oído. Le retiró la rebeca, y posó las manos sobre sus pechos. Sintió cómo sus pezones se erguían bajo la camisa de seda blanca. Angelita se estremeció. Don Eusebio se quitó la chaqueta, que chorreaba agua, extrajo el alzacuellos y se desnudó. Seguía siendo un hombre atlético a pesar de haber entrado en los cincuenta.

Angelita recorrió el pecho del cura con delicadeza. Lo acarició con las yemas de los dedos y siguió bajando. Cuando le desabrochó el cinturón, Eusebio la tomó por la cintura con decisión y la tumbó sobre la cama. La amó con ternura y pasión. Le sacó la blusa por la cabeza sin desabrocharla y retiró la telilla del sujetador para lamer sus pechos. Le bajó la cremallera y le quitó la falda. Se tendió sobre ella, se hizo hueco entre sus piernas y ella le sintió queriendo entrar en su cuerpo.

—Nos queda toda la vida por delante para amarnos, Angelita —susurró.

Ella sonrió. Se quitó la ropa interior y él la penetró con fuerza. Un placer eléctrico recorrió su columna de abajo arriba. Con cada acometida, ella jadeaba. Él le tapó la boca para mantenerla en silencio mientras entraba y salía con fuerza de su cuerpo. El cabecero de la cama golpeaba rítmicamente la pared. Ella comenzó a experimentar la antesala de un placer ya conocido. Eusebio hundió sus labios en los de Angelita, lamió su lengua con lujuria y, entre jadeos, acabó dentro de ella mientras notaba sus espasmos de placer.

—Te quiero —le dijo al oído.

Se quedaron abrazados hasta caer en un profundo sueño. Si Angelita pudiera volver atrás en el tiempo, regresaría a la higuera bajo la que se amaron las primeras veces. Era un árbol frondoso, centenario, con las ramas vencidas hacia el suelo. Estaba en un recodo del camino viejo que conducía al monte Alén. Algunas tardes, la pareja se citaba bajo sus hojas para planificar el futuro, reír, soñar y hacer el amor.

Si pudiera regresar bajo aquel árbol, posaría la cabeza sobre el pecho de Eusebio y le pediría que mantuviese su relación en secreto. Que se casara y tuviera hijos con otra siempre que ella pudiera amarle a escondidas. Rogaría que no le pidiera matrimonio. Que no dijera a sus padres que quería casarse con la maestra del pueblo. Cuando lo hizo, su corazón se rompió en mil pedazos.

* * *

Cuando la joven Angelita terminaba las clases en la escuela masculina, solía ir al bar Kolitza a tomar café. Le gustaba hablar con Consu y escuchar las viejas historias del pueblo que le contaba Rosarito.

—Todas las mujeres casadas de este pueblo hemos pasado bajo la higuera del monte Alén —reía a carcajadas la tabernera—. ¿No ves que no había ningún sitio discreto para estar con el novio?

—Eso es de tu generación, *amama* —repuso Consu—. Usasteis tanto la sombra de la higuera que dejó de ser un lugar secreto.

La maestra se divertía escuchándolas y sentía cierta amargura a la vez. Miraba a su alrededor y veía a mujeres asfixiadas por su deber como esposas, por el qué dirán y por unas madres que las mantenían atadas en corto.

—Sería mejor que una mujer pudiera amar libremente a quien quisiera —soltó Angelita con una sonrisa—. Así nadie tiene que pasar a escondidas bajo la higuera para que el pueblo no la critique.

Rosarito se quedó paralizada. Por primera vez en años, sus ojos bizcos se alinearon y miraron con reproche a la maestra. Un segundo después, se rio.

—¡Qué cosas tienes, hija! —La miró con desdén—. Las mujeres tienen que ser honradas y no dar que hablar.

—¡Bien pasó usted por la higuera! —Consu no pudo aguantar la carcajada.

Angelita rio con Consu hasta que vio cómo se le ensombrecía la cara a la vieja. Rosarito dio media vuelta y regresó en silencio a la cocina.

—¡Consu, entra y échame una mano! —gritó Rosarito.

La joven se lavó las manos, las secó, se colocó el delantal y entró en la cocina. Sentada en una mesa junto a la barra, Angelita escuchó el sonido de una bofetada seca que dejó en silencio al puñado de clientes que había en el bar.

—¡Hala, ya puedes salir, hija! —indicó la vieja—. Arreglado.

La cara enrojecida de Consu asomó por la cortina de abalorios. Aún llevaba marcados los dedos de su suegra. Angelita hizo un gesto para acercarse a ella, para preguntarle si estaba bien, pero la chica agachó la cabeza y se puso a fregar. El resto de los clientes volvieron a sus conversaciones como si nada hubiera pasado.

* * *

La primera vez que Angelita se citó con Eusebio fue bajo la higuera.

—¿Cómo has encontrado este sitio? —preguntó el chico extrañado—. Yo no lo conozco y he nacido en este pueblo.

—Digamos... —coqueteó ella— que alguien me ha dado una pista.

—¿Le has hablado a alguien de mí? —Eusebio le retiró un mechón de pelo de la cara.

—Aún no —sonrió ella.

Pasaron la tarde recordando su querida Santander y el Valle del Pas, que tanto echaba de menos. Le contó que jugaba al escondite con su abuelo entre pinos y eucaliptos, que había visto zorros y que un día se topó de frente con un corzo. Le miró a los ojos, intentó acariciarlo y el animal huyó.

La pareja se divertía imaginando cómo sería su futuro. Eusebio quería continuar la tradición familiar y quedarse con la botica de su padre. Él mismo le estaba enseñando las fórmulas magistrales, aunque pronto tendría que marcharse a estudiar fuera. Su padre quería mandarle a Pamplona. Serían unos años y regresaría cada verano y las fiestas de guardar, por supuesto. Ella le esperaría dando clases.

Eusebio y Angelita diseñaron su vida durante meses bajo aquella higuera. Un día en que sus planes ya estaban muy avanzados, la chica confesó a Consu que estaba enamorada.

—Te veo guapa, querida —le dijo la joven tabernera.

—Será el amor —se sonrojó.

—¡Cuenta, cuenta! —la animó Consu.

—Llevo un tiempo viéndome con un chico.

—¿Le conozco? —preguntó dando por supuesto que era un joven del pueblo.

—Es Eusebio —confesó Angelita.

Consu salió de la barra y, discretamente, le apretó la mano con fuerza.

—Me alegro mucho —sonrió—, te lo mereces.

Angelita le contó en susurros que llevaba meses compartiendo tardes con él bajo la higuera del monte Alén.

—La idea me la dio tu suegra —rio Angelita.

—No me lo puedo creer. —Consu lo vio como una pequeña venganza a la bofetada que recibió de Rosarito y se alegró.

Semanas más tarde, un grupo de vecinas mayores cuchicheaba en el bar Kolitza mientras tomaba chocolate con churros. Rosarito intentaba aguzar el oído, pero no conseguía captar la conversación.

—Chicas —se acercó—, podéis hablar más alto. Parecéis unas niñas contando secretitos…

—Es algo más grave de lo que crees —advirtió Manoli, la dueña del quiosco.

—Para tanto no será. —Rosarito retiró el plato de churros al que solo le quedaba el azúcar y lo cambió por otro repleto.

—Gracias, querida.

—Me tenéis intrigada —las animó a hablar.

—¿Recuerdas la higuera? —preguntó Inesita, la de la tienda de ultramarinos.

—Pues claro —sonrió la tabernera.

—Una pareja se está viendo allí —explicó Manoli—. En nuestros tiempos se usó, pero se dejó de hacer porque no era decente.

Las mujeres hablaban de forma impersonal, obviando que la mayoría de ellas habían sido desvirgadas bajo sus hojas. Allí recibieron su primer beso, sus primeras caricias. Allí engendraron a hijos que abultaron sus vientres bajo los vestidos de novias. Ahora esas vecinas querían saber quiénes se daban cita bajo el árbol.

Rosarito, que se jactaba de controlar toda información, cotilleo o bulo que circulara por Sopuerta, se puso manos a la obra. Esperó a que Consu volviera de la bodega de Larrinaga, donde tenía que encargar el pedido del mes. La chica entró en el bar, saludó y se metió en la cocina para preparar una tortilla de patata para la cena.

—¿No estarás yendo tú a la higuera? —la sorprendió Rosarito.

—¿A la higuera? —Consu no entendía la pregunta—. ¿A la higuera del monte Alén?

—No hay otra. —Rosarito se acercó con torpeza.

—Soy una mujer casada y soy fiel a mi marido —se sonrojó.

Consu se sintió acosada. No entendía lo que estaba pasando. De forma instintiva, intentó distanciarse de su suegra. Rosarito acarició un cuchillo.

—Si no eres tú… —canturreó la vieja—, ¿quién podría ser?

—Ni idea, *amama* —se sonrojó.

—Sí, sí que lo sabes —dijo Rosarito arrastrando las palabras.

—De ver… verdad que no —tartamudeó Consu.

Su suegra agarró el cuchillo con decisión y lo clavó varias veces en la encimera. Consu empezó a asustarse.

—O me lo dices o le digo a tu marido que quien va a la higuera eres tú —la amenazó.

—No, no… no es verdad.

—¿No? —la retó—. ¿Seguro?

—Por su… supuesto —alcanzó a decir Consuelo.

—Entonces, dime quién es.

Rosarito colocó la punta del cuchillo sobre el vientre de Consu. Ejerció una ligera presión para que sintiera la amenaza. La chica comenzó a llorar en silencio. Estaba embarazada de su hijo pequeño.

—No quiero bastardos en esta familia —le espetó su suegra.

—Es tu nieto —sollozó.

—Eso lo dices solo tú —sonrió la vieja—. Igual es de mi hijo o igual es del que te llevas a la higuera.

—¡Que no soy yoooo! —se desesperó.

—Dime quién es. —Apretó con más fuerza el cuchillo—. Es tu última oportunidad.

Consuelo notó cómo la punta del cuchillo presionaba la piel de su vientre. Pensó en su hijo. Le llamaría Ignacio, Iñaki para los de casa. Nacería rubio, como ella. Quizás tendría los ojos verdes de su padre o su mirada castaña. Rosarito la empujó contra la pared y se le echó encima.

—¿Quién es, demonio?

—La maestra y el hijo del boticario —sollozó Consu.

No quiso pronunciar sus nombres, como si así pudieran ser confundidos con otros. Rosarito retiró el cuchillo y lo guardó en el cajón. Consuelo se acarició el vientre. La vieja salió de la barra y se acercó a las clientas.

—Chicas —las animó—, ¿vais a querer más chocolate con churros?

—Estamos bien, Rosarito, muchas gracias. —Inesita estaba llena.

—Ya sé quiénes se citan en la higuera —anunció.

—Cuenta, cuenta —se interesaron—. Y pon más chocolate y algún churrito.

* * *

Angelita y Eusebio se vieron sorprendidos bajo la higuera una tarde de junio sobre las cinco, cuando más apretaba el calor. Él se había quitado la camisa y la chica jugueteaba con el vello de su pecho. El viento del sur volteaba la falda de la joven. En medio de esa dulce calma, apareció el padre de Eusebio.

Pedro, el boticario, era un hombre tranquilo que esa tarde perdió la calma. Había llegado a su farmacia el rumor de que su hijo se veía con una joven a escondidas. No con cualquier chica, con la maestra. La joven de las ideas modernas. La que quería llevarse a su hijo, seguramente alejarlo de la farmacia y romper con la tradición familiar.

El boticario irrumpió en el prado con el rostro desencajado y rojo de ira. Llevaba un hacha en la mano derecha, lo que hizo retroceder a la pareja.

—*Aita*, ¿qué haces?

—¿Qué haces tú, maldito? —Su padre estaba fuera de sí—. ¿Quieres preñarla? ¿Quieres arruinarte la vida?

—¡Quiero casarme con ella! —gritó mientras apretaba la mano de Angelita.

—Despídete de esa idea.

Angelita sintió terror cuando el boticario se acercó a ella en dos zancadas. La apartó con la mano izquierda y, fuera de sí, hincó el hacha en el enorme tronco de la higuera. Quería destrozarla. Se llevó a Eusebio y lo recluyó en su casa durante dos días. Al tercero, lo metió de noche en un autobús camino del seminario.

—Prométeme que no la volverás a ver mientras yo viva —le pidió su padre antes de despedirlo.

El joven se resistió. El boticario insistió.

—Júralo por tu vida —exigió. Silencio—. ¡Te he dicho que lo jures, soy tu padre! —bramó.

Y el joven, agachando la cabeza, claudicó:

—Así lo haré —susurró.

Eusebio cumplió su promesa. Se ordenó sacerdote y pasó más de ocho años fuera del pueblo. «No he dejado de amarte», le confesó el día que regresó y se la encontró junto al bar Kolitza. Trece años después, falleció su madre por fiebres reumáticas. El corazón se le debilitó hasta que dejó de latir. Nueve años más tarde, su padre se quedó dormido y no despertó. Murió con la certeza de que su hijo no volvería a acercarse a Angelita. No podía estar más equivocado.

Eusebio llevaba esperando ese momento más de veinte años. Enterró a su padre, dejó el alzacuellos en la sacristía y, en medio de la noche, fue a buscar al amor de su vida.

* * *

Ahora que era una mujer madura, la maestra sonreía pensando en esas tardes bajo la higuera. Arropó a Eusebio, que dormía a pierna suelta a su lado, y se acomodó con cuidado de no despertarle. Tan solo llevaban unos meses juntos, desde que murió el padre del cura, pero a ella ese tiempo le parecía una vida entera.

Eusebio se dio media vuelta y soltó un ronquido. Dormía plácidamente sin sospechar que el alcalde buscaba a la persona vestida de negro que había visto por el barrio. Ángel no podía pegar ojo. Se vistió y se sentó en el banco de la entrada de su casa. Pasó la noche en vela a la intemperie con la escopeta entre los brazos. Si Basilia se había convertido en un ánima negra y rondaba la casa, pensó, le encontraría preparado.

Sole abrió la puerta y saludó de forma escueta.

—Qué hay —dijo.

Estaba nerviosa. La incomodaba encontrarse a solas y frente a frente con su vecina.

—Ha despertado —anunció Miren sin necesidad de decir quién.

—Me alegro. —Sole contuvo la emoción.

—No sé si quieres hacerle una visita —deslizó.

La amortajadora intuyó que era una trampa. Que Miren la invitaba a entrar en su casa y hablar con Fernando con un propósito oculto. No sabía qué responder, así que se mantuvo en silencio.

—Puedes pasar mañana después del desayuno. Os dejaré a solas.

A Sole le sorprendió que Miren no le reprochara que hubiese sido la amante de su marido, la madre de su bastardo y el amor de su vida. La vio cansada, vencida por el destino, que insistía en dejar claro cuál era el amor verdadero de Fernando.

—Gracias —se despidió Sole.

—Una cosa más —advirtió Miren.

—Tú dirás.

—El chico no entrará.

Sole asintió, vio a Miren entrar en su casa y cerró la puerta. Suspiró y comenzó a hacer planes para el día siguiente. Despertaría pronto, tomaría un buen baño, se vestiría como no suelen hacerlo las amortajadoras y visitaría al amor de su vida.

Esa misma noche, en el alto de Las Muñecas, Susín descubrió que un espíritu vagaba buscando venganza en medio de la tormenta. El ganadero vivía al final de un camino oscuro, sin iluminación ni asfaltado. Contaba con una explotación de nueve vacas lecheras, una huerta para consumo propio y un pastor alemán viejo y cansado como él. Antes de acostarse, pasó por la cuadra para asegurarse de que las reses estuvieran tranquilas. Las encontró inquietas, temerosas de la tormenta eléctrica. Caminó entre ellas acariciándoles el lomo para calmarlas.

Escuchó unos aldabonazos en la puerta de entrada. Eran las diez de la noche. Extrañado por la hora, se dio prisa por si se trataba de algún ganadero en apuros. Cuando abrió la puerta, no encontró a nadie. Al levantar la vista, se quedó perplejo. El camino de barro que llevaba al caserío estaba flanqueado por decenas de velas que parecían inmunes a la lluvia. El vello se le erizó. En ese momento, no cayó en la cuenta de que la última vez que vio a Basilia ella prometió ponerle la luz.

El alcalde amaneció aterido de frío. Abrazado a su escopeta y con la mirada espantada. Tenía los nervios destrozados. La tormenta, que no había dado tregua en toda la madrugada, escampó al amanecer. Aun así, Ángel no bajó la guardia. Sabía que Basilia le estaba buscando. Volvería. De noche o de día.

Las siete de la mañana. Soledad despertó como si tuviera un resorte. Tenía que darse prisa si quería tomar un baño y dar el desayuno a Joxean antes de visitar a Fernando. Llenó la bañera de agua caliente y se encerró. Estuvo más de media hora frotándose a conciencia, como si quisiera desprenderse de una capa de piel. Usó un cepillo para limpiar la suciedad de las uñas y se restregó la cabeza usando un champú de camomila. Se aclaró, se secó y se puso una generosa capa de crema con aroma a rosas. Sonrió al sentir el olor.

Se vistió con ropa cómoda y dejó preparado el desayuno del chico. Cuando fue a despertarle, Joxean estaba bostezando y estirándose.

—¿Vas a a algún… gún… gún lado? —preguntó.

—Voy a salir un momento mientras desayunas.

—¿Adón… dón… dónde vas? ¿Puedo ir yo? —se impacientó.

—No, es solo un momento, hijo —trató de calmarlo con un beso en la frente.

Poco le importó a Sole que Joxean siguiera farfullando entre dientes. Le dejó en la cocina, fue a su habitación, abrió el armario y rebuscó hasta encontrar el traje de chaqueta azul marino. Eligió una camisa blanca, subió las medias hasta las rodillas y las ocultó con la falda, que le llegaba hasta la mitad de la pantorrilla.

Salió de casa, cerró con llave y llamó al timbre. Miren tardó en abrir. En esos segundos, Sole se arrepintió y quiso regresar a su piso, donde se sentía segura. Justo cuando estaba a punto de hacerlo, la puerta se abrió.

—Está despierto. —Miren no se molestó en saludar.

Le indicó que pasara hasta el fondo. Era la última habitación a mano derecha. Sole lo recordaba a la perfección. Había perdido la cuenta de cuántas veces hizo el amor con Fernando en esa cama. Avanzó lentamente, observando de reojo a Miren por si realizaba algún movimiento extraño, pero no lo hizo.

Alcanzó el quicio de la puerta y se detuvo. Miren se quedó un par de pasos más atrás para dejarlos a solas. La amortajadora entró en la habitación y se encontró con un anciano con los rasgos de Fernando perdidos entre las arrugas y la piel descolgada. Estaba extremadamente delgado y pálido. Parecía tener la mente en otro lado.

Fernando giró la cabeza hacia ella y posó su mirada en su rostro. Se le iluminó la cara y sonrió. Sole se acercó. Miren dio un par de pasos para no perderse la conversación mientras intentaba mantenerse a una distancia prudencial para no ser descubierta. Sole cogió una silla y la colocó frente a la cama de Fernando para observarle con detenimiento. Su pelo castaño había sucumbido a las canas, su cara se había alargado y su boca se había consumido hasta reducirse a unos labios finos y sin apenas color.

—Buenos días —saludó.

Él la miró con sus ojos vivarachos, recorriéndole el rostro primero y el cuerpo después. Olisqueó su perfume. Parecía estar buscando algo que no lograba encontrar.

—No hace falta que digas nada —empezó ella—. Solo quiero que sepas que he estado esperándote todo este tiempo.

El rostro de Fernando parecía angustiado. Sole estuvo a punto de llamar a Miren por si estuviese sufriendo algún tipo de ataque, pero se contuvo. Extendió el brazo y le tomó la mano. Estaba fría. Él la miró aterrado. Ella pensó que Fernando estaba reviviendo su caída al vacío. O que le preocupaba no saber dónde estaba su hijo.

—No pasa nada, tranquilo —intentó calmarlo.

—Se… se… señora —le dijo mirándola fijamente a los ojos—. ¿Qui… qui… quién es usted?

Si Miren hubiese pensado con claridad en ese momento, habría recordado las palabras del médico. «Estos enfermos olvidan a los seres más cercanos y se acuerdan de los que menos les importan». Era exactamente lo que le sucedió a Fernando. Olvidó por completo al amor de su vida. Su mente enterró sin querer los recuerdos más bonitos. La sonrisa de Sole. Su cuerpo ondulante jugando entre sus brazos. El tacto de la piel de su pequeño Joxean.

Sole le soltó la mano y se levantó. Las lágrimas le quemaban la piel. En el pasillo, Miren, boquiabierta, dio dos pasos hacia atrás y disimuló su asombro, como si no hubiera oído nada de lo que había escuchado. Soledad, bella aún en su madurez, paseó su aroma a rosas por el pasillo, pasó al lado de Miren, susurró «gracias» sin mirarla y se fue. En el descansillo, cayó de rodillas sobre el suelo de granito.

Miren, que la observaba por la mirilla, ni tan siquiera sintió la satisfacción que suscita la venganza. Probablemente, porque se había hecho a la idea de que Fernando no era para ella. Porque, durante años, había aprendido a cuidarle mientras le odiaba por haberla engañado. Porque pensaba que, cuando viera a Sole, la abandonaría a ella y por fin sería libre. En ese momento se preguntó cuál de las dos era más desgraciada. No supo dar con la respuesta.

* * *

La joven Soledad entró en pánico a la tercera falta. Tenía el vientre duro y picudo. Se golpeaba con el puño para intentar reducirlo, pero solo conseguía provocarse calambres. Estaba desesperada. No podía decirle a su madre que se veía con un hombre que no era sepulturero ni amortajador y que, además, estaba casado.

Durante el velatorio de Pili, la cestera, Rosarito se acercó a Sole preocupada por su mala cara.

—¿Has desayunado? —se interesó—. Estás pálida como la cera.

—No tengo apetito, la verdad —explicó—. Llevo días con el estómago revuelto.

En cuanto terminó de pronunciar esas palabras, salió escopetada del caserío de la difunta. Hundió la cabeza entre los setos y vomitó. Rosarito sospechó que Sole estaba preñada. Se preguntó quién sería el padre. El sinvergüenza del hijo del alcalde, imposible. Nunca tocaría a una amortajadora para evitar la mala suerte.

—Déjame que te acompañe a la cocina para que puedas descansar —se ofreció.

Caminaron una al lado de la otra sin tocarse. Rosarito le abrió la puerta trasera de la casona, que daba a la cocina, y pidió a las mujeres que le dejasen espacio para respirar.

—¿Qué te pasa, hija? —preguntó la hermana de la muerta mientras apuraba un caldo.

—Está indispuesta —mintió Rosarito entre susurros.

—Ahhhh —respondieron todas al unísono.

Las plañideras se desvivieron para atender a la joven. Le ofrecieron café, pan con mantequilla y hasta una muda limpia por si la necesitaba. Ella tomó unos sorbitos de agua, se recompuso, les dio las gracias y regresó al trabajo junto a su madre.

Cuando los mozos sacaron el féretro de la cestera hacia el cementerio, Rosarito agarró del brazo a Sole y la retuvo discretamente.

—Tienes que quitártelo —le advirtió—. Una amortajadora que da a luz a un bastardo riega un pueblo con cien años de mala suerte.

Soledad asintió. Le dio la razón con la mirada llorosa y perdida, sin saber cómo expulsar de su vientre a ese hijo que no deseaba.

—No eres la primera a la que ayudo —sonrió Rosarito—. Muchas chicas como tú han pasado por mis manos.

—¿Me… me… ayudará? —suplicó.

—Por supuesto, no podemos dejar que ese bastardo siga creciendo —advirtió con firmeza—. Pasa por el bar después del entierro y lo solucionamos.

La amortajadora sonrió y se incorporó al séquito de vecinos que acompañaba a la difunta hasta el cementerio.

—¿Dónde te habías metido? —le recriminó su madre.

—En el aseo, *ama*, estoy indispuesta —respondió. Y siguieron su camino.

Dos horas después, en el interior del bar Kolitza, Rosarito escuchó unos golpes en la persiana. Ya había cerrado, así que supuso que quien llamaba era Soledad. Subió la rejilla y abrió. Encontró a la chica hecha un flan.

—Tranquila, no pasa nada —la calmó—. Llevo años haciendo esto. Pasarás una mala noche y todo quedará solucionado. —Le guiñó un ojo—. Nadie se enterará.

Sole se sentó en una mesa cerca de la barra. Llevaba día y medio sin comer. Sintió una punzada de hambre, pero no quiso comentar nada. Tenía ganas de acabar cuanto antes. En la cocina, Rosarito calentó agua y, en cuanto comenzó a burbujear, depositó dentro la ruda y la caléndula. Esperó unos minutos y puso un par de trocitos de jengibre. Estaba tan concentrada en evitar que hirviera más de siete minutos, que olvidó el ajenjo. Y ese error condenó a Soledad de por vida.

La tabernera usó unos paños gruesos para retirar la cazuela del fuego sin quemarse. Cogió una pequeña puchera, puso encima un colador de tela y vertió el agua mezclada con las hierbas. Retiró el colador y vació el contenido en una taza. La colocó sobre un platito y salió de la cocina. Después, puso el brebaje delante de Sole.

—Si se enfría no funciona —le advirtió—. No tardes en tomártelo.

Rosarito se fue y dejó a la chica sola. Ella no se lo pensó. Sopló la infusión y la bebió a sorbitos. No sintió ningún efecto y eso la sorprendió.

—No… no pasa nada —sollozó.

—Tranquila, dale tiempo —sonrió la vieja—. Esta misma noche, tu cuerpo expulsará al bastardo.

Rozando la medianoche, con la luna llena colgada del cielo, Sole empezó a notar espasmos. Flojos al principio, fuertes después. Sintió como si se le soltara el vientre. Se sentó en el inodoro y tuvo ganas de empujar. Lo hizo. Miró entre sus piernas. Nada. Ahí comenzó el dolor más fuerte. Sintió unos latigazos eléctricos y rítmicos que le provocaron sudores fríos. Gritó. Su madre acudió desencajada, colocándose la bata sobre el camisón.

—¿Qué te pasa? —se desesperó al otro lado de la puerta.

Sole enmudeció. Empujó con los dientes apretados y un coágulo de sangre se deslizó entre sus piernas.

—Tengo el mes, madre, déjeme sola —rogó. Volvió a empujar.

—¿Te pongo una tila? ¿Caliento unos paños? —insistió.

—¡Déjeme, madreeeeee!

El berrido atravesó la noche al tiempo que una pequeña masa se descolgó de su interior. Sole sintió alivio. Estaba sudando. Tenía el pelo pegado a la cara y le temblaban las piernas del esfuerzo. Se levantó, se lavó e intentó calmarse antes de acostarse de nuevo.

Un mes después, tuvo que confesar a su madre que estaba preñada. La mala noticia le paró el corazón. Sole, con una barriga más que evidente, la lavó, la amortajó y la veló. Cuando el sepulturero le echó la tierra, la joven le pidió perdón.

—Se llamará Joxean, como el abuelo —le anunció.

Soledad enfiló el camino del cementerio al atardecer. Llevaba en la mano un ramo de narcisos blancos. Cinco flores envueltas en papel de estraza marrón y unidas por un cordel. Subió hacia el camposanto con la pena a cuestas. Olvidada por el hombre al que amaba. Arrastrando de la mano al bastardo que nunca deseó y al que había aprendido a querer. El chico estaba animado.

—Date prisa, *maitia* —le animaba Sole—. Saludamos a Basilia y vamos al mercado.

La amortajadora había heredado esa costumbre de su madre. Despedía a los difuntos para desearles un buen viaje después de que reposaran uno o dos días en el cementerio. Colocaba sobre su tumba un ramillete de flores, rezaba un padrenuestro y les pedía que abandonaran Sopuerta sin llevarse ningún alma. Le gustaba esa tradición. Se sentía como la guardesa del pueblo.

La luz empezaba a escasear cuando Sole cruzó la entrada del cementerio. De repente, sintió un pálpito. Una corazonada sombría que nunca había experimentado. Soltó la mano de su hijo y echó a correr hacia la sepultura de Basilia. Hundió los zapatos en el camino de barro y el agua de los charcos le echó a perder las medias. Avanzó dando zancadas hasta el sexto pasillo a mano derecha. Buscó la tumba, una joroba de tierra fresca. Cuando estuvo frente a ella, comenzó a arreciar la tormenta.

El agua desgajó algunos terrones, que se deslizaron por los laterales y quedaron acumulados formando montoncitos. Sole sintió que una fuerza siniestra removía las entrañas del camposanto como si quisiera expulsar a un difunto. La amortajadora conocía la tradición. El ánima que busca venganza no puede descansar. Atrae a la tormenta para que, con su fuerza, abra grietas en el cementerio por las que pueda escapar. Libre de la tierra, volará a lomos del viento y esperará el canto del búho cárabo.

Sole se sintió mareada, sin fuerza. Abrió la mano y dejó caer su ramo de flores. Soltó un alarido que Joxean percibió a lo lejos como una cuchillada en los oídos.

—¡Am... am... amaaaaaaaaaa! —respondió a gritos desde la entrada del cementerio.

El chaval se quedó clavado en el sitio, con las botas hundidas en un charco de barro. Estaba paralizado por el miedo. Se balanceaba adelante y atrás con la mirada perdida. Tenía los dedos curvados, como si sus manos se hubieran transformado en garras, y arañaba el aire intentando defenderse sin saber muy bien de qué.

—¡Amaaaaaaaaaaaa! —se desesperó.

Soledad no oyó los alaridos de su hijo. Se enjugó las lágrimas y supo que había llegado el fin. Si hubiese levantado la vista en ese momento, habría visto cómo se secaba el alto de Las Muñecas. El terreno se agrietaba. A medida que las cortinas de agua cubrían el monte Alén y las colinas de alrededor, la desgracia se abría camino entre los caseríos. El peor presagio se produjo en las tierras de Susín.

* * *

Los primeros truenos irrumpieron con un estruendo ensordecedor. Una lluvia fina empezó a calar los pinares. Los rayos iluminaron el cielo de forma intermitente. Uno de ellos cayó sobre las tierras del ganadero y alcanzó a su oveja más fértil. El pastor vio desde su ventana cómo se desplomó. Con los ojos abiertos, como espantada, la lengua fuera y las patas tiesas.

—Ya viene —anunció Susín con los ojos como platos.

—¿Qué viene, que no te entiendo? —preguntó su mujer mientras le zarandeaba.

—La tormenta —resumió.

—¡Eso ya lo veo, hombre! —le quitó importancia ella.

—Esta es distinta. Esta tormenta la ha desatado un espíritu —advirtió Susín—. Que teman los que sienten culpa. Viene a por uno de ellos.

Unos minutos después, un sonido lastimero rasgó el ambiente. Era un canto tembloroso salido de las profundidades del bosque que provocó un escalofrío a aquellos que lo escucharon. El alcalde, metido en la cama, se sobresaltó y se levantó como un resorte. Se puso los calcetines, las botas y se echó por encima una chaqueta gruesa de lana. Salió de casa, avanzó hacia el cobertizo y cogió la escopeta de caza. Se sentó en el banco de la entrada, a la intemperie, y abrazó el arma. En guardia, vigilante por si volvía a ver al fantasma negro que se deslizaba entre las sombras de la noche.

El búho cárabo cantó tres veces seguidas. «Hoo, hohoho, hooooooo». Un mal augurio. Por la cadencia, era una hembra. Rosarito la oyó cuando estaba fregando el suelo del bar. Se quedó tiesa. Apagó la radio y afinó el oído. El ave rapaz volvió a ulular de forma lastimera. «Hoo, hohohooooo».

—Echa el cerrojo —ordenó a Consu.

—Tenemos que irnos, *amama* —advirtió—. No vamos a pasar la noche aquí.

—Tú harás lo que yo te diga —zanjó Rosarito—. Cuando el cárabo canta, es porque un ánima negra anda suelta.

—Son tonterías de niños pequeños —se burló—. ¿No tendrás miedo de un cuento?

Rosarito estaba aterrorizada. Disimulaba como podía el vértigo que sentía en las entrañas. Se había quedado clavada entre dos mesas, con la fregona en la mano y el miedo en la garganta. «Viene a por mí», pensó. Recordó aquella cena con su hijo, siendo él un mocoso, cuando un ánima se quedó a la puerta de su cocina, amenazante. Todo comenzó precisamente con el canto del cárabo.

* * *

A sus seis años, Antolín era un saco de huesos. Se le podían contar las costillas a través de la piel. Malcomía con desgana y no paraba quieto. Esa noche, Rosarito regresó del bar agotada. Su suegra la esperaba en la cocina, con el niño plantado delante del cuenco de sopa y cara de amargada.

—Antolín, *maitia*, ¿qué pasa?

La abuela cortó unos trocitos de pan y los depositó con cuidado sobre el caldo. El chico apartó la vista.

—Aquí te quedas con tu madre —espetó la vieja—. Eres un malcriado.

Rosarito se sentó a su lado y, para animarle a cenar, le contó la leyenda del cárabo. Ese búho, autóctono de la comarca de Encartaciones, cantaba de noche para atraer a su pareja o para defender su territorio. Salvo cuando ululaba tres veces.

—Ho hoho hoooooooo —le imitó.

—¿Qué quiere decir entonces? —se interesó el pequeño.

—Que busca a niños que no comen bien. —Rosarito mintió para meterle una cucharada de sopa en la boca.

No era cierto. Si le hubiera contado la verdad, el niño no habría probado bocado. El cárabo cantaba tres veces para avisar al ánima negra, un alma de difunto que buscaba venganza. El ave se colocaba frente a la casa de un vecino y, con su ulular, avisaba al espíritu del lugar de dónde estaba su presa.

—¿Cómo descubre a esos niños? —preguntó Antolín abriendo la boca.

—¿Qué niños? —Rosarito aprovechó para meterle una cucharada en la boca.

—Los que no comen.

—Hijo, el cárabo se pone delante de sus casas y canta tres veces. —La tabernera se estaba hartando.

—¿Solo busca a los niños? —desconfió el pequeño Antolín.

—No, ¡qué va! —Rosarito respiró hondo y se sinceró—. También puede buscar a adultos que hayan provocado un profundo dolor.

—¿Qué es eso, *ama*? —se interesó mientras tragaba.

—Otro día te lo cuento. —Volvió a darle otra cucharada.

Cuando el chaval estaba a punto de acabar la sopa, se fue la luz. Rosarito se levantó y movió el interruptor arriba y abajo. Nada. Cogió una vela, la encendió y la puso sobre una palmatoria. La colocó frente al niño y le pidió que limpiara el plato. Entonces lo oyó. «Ho hoho hohohoooo».

—¡¡Sube a tu habitación y cierra la puerta con llave!! —susurró con vehemencia.

Antolín, asustado, obedeció.

Rosarito se acercó a la puerta exterior de la cocina, la que daba a la huerta. Abrió el ventanillo y asomó la cabeza. Cuando se disponía a cerrar la portezuela superior de madera, notó una presencia siniestra. El tiempo se ralentizó y un bulto del tamaño de una persona pasó delante de ella. Rosarito contuvo la respiración, como si no estuviera allí. Era un ánima negra. Flotaba al desplazarse envuelta en una tela de saco marrón oscura.

La tabernera se esforzó por no parpadear para evitar que la descubriera, pero no pudo. Estaban a un paso de distancia. El ánima giró la cabeza y la miró. La escudriñó con sus dos ojos negros como dos carbones, envueltos en una cara hecha de sombras. Del susto, Rosarito cerró el portón.

A la mañana siguiente, su vecino Juanan amaneció sin vida, en pijama y al raso. Su muerte no sorprendió a nadie. Los vecinos sospechaban que fue él quien había acabado con su hermano Patxi. Una noche de luna llena, lo llevó al borde de la mina Concha y lo empujó al vacío. Así le arrebató todas sus tierras. La madrugada en la que el ánima negra mató a Juanan, la mujer y las hijas de Patxi durmieron plácidamente, como pocas veces.

* * *

Rosarito intentó aparcar los pensamientos sobre el pasado. Guardó la fregona en el armario de la cocina y se puso la chaqueta de lana negra sobre los hombros. Echó la persiana del bar con ellas dentro.

—¿Qué haces, *amama*? —la apartó Consu—. Hay que irse. Está a punto de descargar la tormenta.

El cárabo volvió a cantar tres veces. Ahora, más cerca. Parecía estar frente al bar Kolitza.

—¡Quita, Consuelo! —Le dio un manotazo para evitar que levantara la persiana—. Te he dicho que no abras.

La vieja sabía que el ánima vendría a buscarla. De hecho, estaba tardando. Llevaba más de veinte años aterrorizada, esperando a que el búho ululase frente a su puerta para avisar a su hijo de que se la llevara. El bueno de Antolín, el niño famélico y cariñoso que la adoraba, murió maldiciéndola. Días después de que Ángel intentase violar a Consu, el hijo de Rosarito expiró aullando como un perro.

Un dolor agudo le estranguló el corazón y le embrolló las tripas durante horas hasta que echó el último aliento. Su madre se le acercó y le dijo:

—No te vayas.

—Vendré a por ti —le respondió él con un hilo de voz.

Rosarito se estremeció. Sintió el frío de la muerte entrando en la habitación. Su hijo le anunció:

—Volveré. Cantará el cárabo tres veces.

* * *

Veinte años atrás, el día en que murió Antolín, nada hacía presagiar que estaba a punto de suceder una desgracia. La mañana había amanecido con la brisa fresca del verano. Rosarito preparó el desayuno antes de lo habitual y metió prisa a su hijo para que lo terminara cuanto antes y pudieran llegar temprano al bar.

—¿Para qué quieres llegar antes, *ama*? —Antolín aún estaba medio dormido.

—Quiero hacer una tortilla de patata más —explicó—. Voy a invitar a los maestros a desayunar. Un detalle, hijo, son clientes fieles.

A Antolín le sorprendió la generosidad de su madre, pero no rechistó. Hizo sopas con el pan en el café con leche y después se lo bebió de un trago.

—Listo, ¿nos vamos?

El joven se marchó del caserío sin despedirse de Consu. Saludó con un gesto a su suegro, que subía el camino del pinar hacha en mano. Montó en el coche, esperó a que entrase su madre y arrancó. Entonces no lo sabía, pero no volvería a ver la sonrisa de su mujer.

Esa tarde, Antolín cerró solo. Rosarito había salido de la taberna a la hora de la partida, sobre las cuatro, porque decía que le dolía la espalda y quería volver a casa. El joven regresó al caserío a pie. Como eran las fiestas de santa Ana, patrona del pueblo, Sopuerta olía a esa hora a churros con chocolate y manzanas de caramelo.

El tabernero supo que algo iba mal cuando, de camino a casa, las vecinas apartaban la mirada a su paso como si su presencia fuera un mal augurio. Recorrió el resto del camino solo. Los vecinos estaban bailoteando al son del acordeón y la dulzaina en la plaza del pueblo. La pista asfaltada que llevaba hasta el alto de Las Muñecas estaba desierta. Las luces de los caseríos, apagadas. Los perros guardianes, echados sobre el césped. Serpenteó entre los pinares mientras caía la noche.

Al abrir la cerca, se dio cuenta de que la luz de la cocina estaba encendida. Qué raro, la familia entera debería estar en la plaza del pueblo. A Consu le encantaba bailar al ritmo de la música. Quizás su madre estaba preparando la cena para que él se aseara cuanto antes y bajara a disfrutar de las fiestas. Sin embargo, al acercarse a la puerta de entrada, escuchó un murmullo de voces preocupadas que discutían entre dientes. Abrió de golpe la puerta que daba acceso a la cocina y les sorprendió.

—¿Qué pasa? —Ni tan siquiera saludó.

Su madre y su suegra agacharon la cabeza. Se miraron de reojo.

—Díselo tú, que para eso eres la madre de su mujer —susurró Rosarito a su consuegra.

—Tendrás que explicárselo tú, fue idea tuya —le respondió Maite.

—¿Qué hostias está pasando? —Antolín perdió la paciencia.

—Es tu mujer —resumió Rosarito—. No ha cumplido. Perderemos todo.

Antolín sintió que se le aceleraba el corazón. Y, de repente, una mezcla de emociones. No sabía que ese sería el día de pagar la deuda. Sentía ansiedad por el qué dirán. Una mujer debía cumplir con el marido y con quien deba saldar él una deuda. Faltaba más. Miedo por el futuro que le quedaba por delante. Tenía que pagar y no sabía cómo.

No pensó en Consu. Ni tan siquiera imaginó que la encontraría destrozada. Su madre le indicó que estaba arriba. Subió las escaleras, entró a la habitación y encontró a su mujer tumbada sobre la cama, en camisón. Con la mirada perdida entre las grietas del techo. Sin parpadear. Con lágrimas que rodaban sin parar sobre sus mejillas. Ausente.

—Consu —susurró sin acercarse—. Consu —repitió.

Ahí empezó a intuir que la había quebrado. Que le había infligido un tormento insoportable. De repente, sintió un dolor punzante en el pecho. Tragó saliva y se humedeció los labios. Le temblaban las piernas. Notó que su cuerpo perdía peso y se convertía en un pellejo sin fuerzas. No podía dar un paso. Escuchó un grito que venía de la planta de abajo.

—¿Dónde está ese cobarde? ¡El poco hombre!

Era el padre de Consu, enfurecido. Ella cerró los ojos y se sumió en un sueño dulce y relajante. Se dejó llevar y no escuchó nada de lo que sucedió después. No oyó a su padre subir a por su marido, cogerle de la pechera y empujarle con violencia contra la pared. No vio cómo lo arrastraba a trompicones escaleras abajo. No escuchó cómo lo sacó a la huerta trasera. No presenció cómo le puso la escopeta en el pecho, con lágrimas en los ojos, y amenazó con matarle.

—¡Malnacido! —bramó—. Todo el pueblo sabe que has ofrecido a tu mujer para pagar una deuda. ¿Crees que eso detendrá al alcalde? ¿Crees que así terminará todo?

Rosarito miraba desde la ventana de la cocina en silencio. «Que no le diga que fue idea mía —rezó para sus adentros—. Nos echarán del caserío y no tendremos adónde ir».

—¿Cómo se te ocurrió? —siguió Enrique—. Has tratado a mi Consuelo como si fuera ganado —sollozó—. Ahí la tienes, rota, con la cabeza ida.

—No… no… no sabía…

—¿No sabías? ¿Qué no sabías? —La boca se le llenó de saliva, estaba rabioso—. ¿Que le destrozarías la vida?

Maite, su mujer, salió del caserío y se colocó a su lado.

—Baja el arma —le dijo—. Ya buscaremos una solución.

Enrique tiró la escopeta al suelo, se puso en cuclillas y lloró con desconsuelo, hipando, gritando en medio del silencio del monte.

Consuelo enterró la agresión del alcalde tan profundamente como pudo. Asistió por obligación a la boda de Ángel para no despertar sospechas entre los vecinos, aunque todo el mundo sabía que ella no había estado a la altura. Llegó a pensar que sería mejor haber cumplido. Haber sido violada salvajemente en el pajar. Haber callado y seguir viviendo con normalidad.

Antolín duró con vida unos días más. Las malas lenguas dicen que la cobardía le devoró. Consu no entró a su habitación durante su agonía. Le oía retorcerse de dolor, pero no podía dar un paso. La pena le pesaba demasiado.

Cuando Antolín expiró maldiciendo a su madre, Consu estaba tejiendo. Tricotando un trajecito de hilo fino para su bebé. Enterró a su marido y, unos días después, el alcalde les quitó el caserío. Su suegra, la misma que la vendió, le dio cobijo a ella, a sus padres y a sus hijos en un piso viejo de Mercadillo. Consu no supo que su vida se torció por Rosarito. Hasta esa noche, veinte años después.

Cuando escuchó el canto del búho, el cura estaba haciendo el amor. Había ido a visitar a Encarnación, la vecina de arriba de Angelita. Acababa de enviudar. Pasó más de una hora con ella, escuchándola quejarse por su vida en soledad y comiendo a dos carrillos café con galletas. Cuando terminó de merendar y Encarni se sintió vaciada de pena, el cura bajó hasta el portal, abrió la puerta, se quedó dentro y dejó que se cerrara con un golpe seco. «Por si alguien está escuchando— pensó—, que no sospeche».

Se movió entre la oscuridad hasta el primer piso y llamó suavemente con los nudillos. La puerta se abrió y él se deslizó dentro. Con el estómago lleno, sintió que se avivaba la pasión. Se quitó el alzacuellos y se desnudó con rapidez. Dejó la ropa desperdigada por el pasillo mientras seguía a Angelita. Extendió la mano y rozó con los dedos la cremallera de su vestido rojo. El único que no sacaba a la calle. Ya se sabe, por el qué dirán.

Se persiguieron por el dormitorio como dos adolescentes. Rieron entre susurros. Se alcanzaron. Se miraron. Eusebio la estrechó entre sus brazos, sintió el calor de su pecho y notó que su miembro se erguía. La besó con impaciencia, con besos rápidos, lamiendo su boca y su lengua. Deslizó la cremallera hacia abajo. Su mano llegó al final de la espalda de Angelita y se escurrió entre su ropa interior. A Ángel le gustó sentir el tacto del encaje.

Le quitó el vestido, le dio la vuelta y le aplastó la cara contra la pared. A Angelita la animó el juego. Eusebio le desabrochó el sujetador, le bajó las bragas y, con ansiedad, la penetró. Ella dio un respingo. Aún no estaba preparada.

—Calma —le susurró.

Eusebio se contuvo y bajó el ritmo. La separó de la pared y recorrió su pecho con sus manos grandes. Angelita sintió un calor que le subía desde la cadera hasta el cuello. Él apretó sus senos, le dio la vuelta, volvió a estrujarla contra la pared y la penetró. Ella curvó la espalda mientras Eusebio, con una mano, acariciaba su pecho y, con la otra, su clítoris. Ella empezó a sentir una oleada de placer creciente. Se mordió el labio inferior. Una gota de sudor le recorrió la espalda. Eusebio comenzó a jadear.

Ella abrió las piernas y se dejó llevar hasta que, rota por el deseo, perdió el control. Su latido se aceleró, aumentaron los calambrazos en el interior de su vientre y escuchó los gemidos de Eusebio en su oído. Se excitó aún más y cabalgó una ola de placer que rompió en todo su cuerpo. Angelita gritó y, justo en el momento en el que Eusebio alcanzaba el orgasmo, el cárabo cantó tres veces.

Eusebio se quedó petrificado. El búho parecía estar cerca. Salió de ella rápidamente, buscó su ropa interior y se vistió en medio del pasillo. Cuando se agachó para recoger el pantalón, a metro y medio de él, el timbre sonó. El cura se levantó, giró la cabeza hacia atrás y contempló la mirada aterrorizada de Angelita. Estaba segura de que los habían descubierto.

* * *

El alcalde sacó una manta gruesa del cobertizo y la colocó sobre el banco de metal de la entrada. La desplegó, se sentó encima de una parte y se echó la otra por encima de las piernas. Llevaba un buen rato al raso, en medio de la tormenta, y empezaba a sentir las piernas entumecidas. Tenía las perneras del pantalón empapadas. La humedad le subía desde los tobillos hasta la cadera. La manta le reconfortaba, pero no le quitaba el frío.

Ángel se abrazó al cañón de la escopeta. Estaba helada. Miró al frente y suspiró. De su boca salió una bocanada de vaho que avanzó entre la oscuridad de la noche. Entonces lo vio. En el edificio de enfrente, en el que vivía Angelita, las luces del segundo piso se apagaron de repente. Qué raro. Encarni, la vecina de arriba, no solía acostarse tan pronto. Inmediatamente después, Ángel vio cómo se encendía la luz de la escalera.

—Aquí estoy, puta —se humedeció los labios—. Aquí te espero.

El alcalde echó mano de la caja de cartuchos y cargó la escopeta. Pensó que el alma de Basilia jugueteaba por los edificios del barrio. Con el arma preparada, volvió a mirar hacia los pisos de enfrente. La luz del primero también se apagó. «¡La casa de Angelita!», gritó para sus adentros. No tenía dudas. Era Basilia. Solo ella visitaría a su amiga antes de acabar con la vida de su marido.

De repente, se levantó un fuerte viento del norte y le golpeó la cara. Sintió una bofetada húmeda que le revolvió el pelo y le obligó a cerrar los ojos. Cuando los volvió a abrir, vio aparecer por el camino a Sole y a Joxean. Ella, intentando abrazar al chico. Él, con los codos pegados al cuerpo, las manos levantadas y haciendo aspavientos. Los dos empapados, calados hasta los huesos.

—¡¡*Amaaaaaa*!! —lloriqueaba—. ¡¡Tengo mucho miedo!!

—Solo es una tormenta —le acariciaba ella.

—Noo no no noooo —respondía él—. To… to… to… todo esto es mu… mu… mu… muy raro.

Sole intentó calmarle sin éxito. Vio al alcalde sentado en la entrada de su casa, bajo el tejadillo. Algo tenía entre las manos. Aguzó la vista. ¡Una escopeta!, se sorprendió. Levantó la barbilla para saludarle en silencio y apretó el paso. Joxean no la siguió. Se quedó parado en la entrada de la casa, mirando a Ángel mientras el agua le chorreaba por el pelo y se le metía por las orejas.

El alcalde apartó la escopeta y la dejó sobre el banco. La cubrió con la manta y se levantó. Avanzó unos pasos hasta quedarse a unos metros del chico. Sole contuvo el aliento. Después comprobó que no traía el arma y se tranquilizó.

—Joxean, ¿qué? —Ángel le sonrió a modo de saludo—. ¿Qué andas haciendo por aquí?

—Ten… ten… tengo miedo —le soltó el chaval.

—¿Miedo tú? —quitó hierro al asunto—. ¡Si eres un chicarrón!

—Ve… ve… vendrá la mu… mu… muerte y me pi… pi… pillará —confesó.

El alcalde miró a su madre y ella se acercó al chico.

—Vamos, Joxean, estás empapado —le susurró.

—Tengo algo que te ayudará —anunció Ángel.

Desanduvo sus pasos, se perdió en el jardín trasero y regresó corriendo con dos narcisos recién cortados. Le tendió la mano y le invitó a cogerlos.

—Ya sabes que los narcisos protegen de la muerte, Joxean.

El chaval rio en silencio con carcajadas huecas. Abrió mucho los ojos y comenzó a aplaudir sin dejar de sostener los narcisos. Se acercó a Ángel, empapado y contento, y le dio un gran abrazo.

—Mu… mu… muchas gra… gra… gracias —dijo reconfortado.

—Gracias, alcalde —añadió Sole—. A ver si consigo darle algo de cenar y meterlo en la cama.

Joxean apretó los narcisos contra el pecho con fuerza y echó a andar rumbo a casa. Llevaba los bajos del pantalón metidos dentro de los calcetines blancos. Parecía un adefesio. Caminaba en línea recta, sin sortear ningún charco, así que el agua y el barro le salpicaban hasta la mitad de la espinilla. A su lado, Sole avanzaba aterida de frío. Las medias cortas le llegaban hasta la rodilla y la humedad le trepaba por las piernas. Tenía los zapatos inundados. Con cada paso que daba, pisaba un charco dentro de su propio calzado. Siguió andando resignada, pensando que se merecía todo lo malo que trajera la tormenta.

Miren, alarmada por los rayos y los truenos, se asomó a la ventana y descubrió a madre e hijo bajando por la cuesta. La ropa les chorreaba agua. Iban de la mano. Con la intensa lluvia golpeándoles la cara. Ella, con el rostro serio. Él, con su sonrisa deformada y dos narcisos en la mano combados por el viento.

Giró la cabeza hacia atrás y vio a Fernando intentando acabar el yogur. Abría la boca con apetito, pero su mano no acertaba a meter la cuchara dentro. El líquido blanquecino le resbalaba por el bigote y la barbilla.

—¡Te estás poniendo perdido! —reprochó Miren.

Se acercó a su marido, le limpió la boca con la servilleta y se sentó sobre la cama. Cogió el yogur y la cucharilla y fue alimentándolo como si fuera un niño pequeño. Fernando abría la boca con voracidad. Cuando terminó, quiso repetir.

—Ahora te traigo otro yogur —prometió Miren.

Avanzó hasta la cocina, corrió la cortina y vio a Sole y al retrasado acercándose al portal. La inundó una mezcla de sentimientos. Lástima, culpa, rabia, injusticia. No sabía si el bastardo había nacido retrasado o si se quedó tonto cuando se le cayó de los brazos. Ignoraba si Sole sospechaba que ella podía ser la responsable de la tara de su hijo. También pensó en la amortajadora. La puta de su marido. Y a todo esto sumó su propia desgracia. Engañada por Fernando, cuidando durante décadas un cuerpo medio muerto y amada ahora por un hombre al que no reconocía y al que había estado odiando media vida.

Movida por un impulso, Miren salió de casa, bajó las escaleras y abrió la puerta del portal a Sole y a Joxean cuando aún estaban a unos metros. La amortajadora se quedó paralizada. Agarró fuerte la mano del chico y le impidió continuar.

—Pasad, que no muerdo —se apartó Miren.

—No… no… no… eres un pe… pe… perrito. —Joxean estalló en carcajadas.

Sole retuvo al chaval y le obligó a dar un paso atrás. Le apretó la mano hasta que le hizo daño. El chico se soltó de un manotazo y se acercó a Miren.

—Subid las escaleras y entrad en mi casa —dijo con firmeza.

—No es necesario, muchas gracias —sonrió Sole—. Vivimos enfrente.

Joxean se colocó al lado de Miren. La acarició torpemente con la mano abierta.

—Guapa —le guiñó el ojo mientras le sacaba la lengua.

—*Maitia*, deja tranquila a la señora —advirtió Sole sin nombrarla—. Otro día… —Sole dio dos pasos y apartó a su hijo de la vecina.

—Os digo que paséis —zanjó Miren—. Fernando tiene que saber que el chico es hijo suyo.

Sole enmudeció. Era la primera vez que Joxean lo escuchaba. La frase entró por su oído derecho, le pasó de largo por la sesera y salió por su oreja izquierda. Pasados unos segundos, viendo que su hijo no reaccionaba, la amortajadora asintió. No desperdiciaría la oportunidad para que Fernando recordara que tenía un hijo. Tomó aire y subió las escaleras detrás de Miren sin saber qué sucedería en cuanto abriera la puerta.

* * *

Encarni bajó las escaleras a toda prisa y recorrió el descansillo que desembocaba en la puerta de Angelita. Iba en zapatillas, con la bata de guata cubriéndole el camisón. Estaba alarmada por los ruidos que había escuchado en el piso de abajo. Notó que el suelo estaba cubierto de pequeños charcos. Sabía que su vecina no había salido de casa en toda la tarde. Es más, desde su ventana, solo había visto pasar a Sole y a Joxean, que se pararon a hablar con el alcalde antes de continuar su camino a casa.

La vecina ató cabos en cuestión de segundos. Los gritos. Los charcos recientes. La tormenta. El ánima. Escuchó un potente trueno y, un segundo después, el cielo se iluminó con un calambrazo. Encarni se santiguó. Le temblaban las piernas. Alargó el brazo y presionó el timbre con el dedo índice. Riiing. Silencio. Volvió a llamar. Esta vez, tres timbrazos. Nada.

Al otro lado de la puerta, el cura estaba aterrorizado. Ni tan siquiera se atrevía a mover la tapa de la mirilla para averiguar quién llamaba. Con la espalda apoyada en la puerta, se deslizó hasta el suelo y reptó hasta la mitad del pasillo, donde Angelita seguía paralizada.

—Es el ánima —le susurró Eusebio al tiempo que se incorporaba.

Amontonó su ropa en el pasillo e intentó vestirse como pudo. Se puso los calzoncillos y los calcetines. Cuando metió el brazo por la manga de la camisa, escuchó el tercer timbrazo. Medio desnudo, se escondió en el dormitorio.

—¡Angelita! —voceó la vecina—. ¿Estás ahí?

La maestra respiró aliviada. Se puso el camisón, avanzó tres pasos, y pegó los labios a la puerta

—¡Encarni! —susurró sorprendida—. ¿Qué pasa?

—Vengo a ver si estás bien —respondió al otro lado de la puerta—. He escuchado ruidos raros…

—Nada, hija —Angelita le restó importancia—. Que se ha ido la luz y, al intentar buscar una vela, me he chocado con todo lo que había por el camino.

—¡Ah, era eso! —se tranquilizó Encarni—. ¿Quieres que te haga compañía? —se ofreció—. La tormenta está arreciando.

Angelita miró hacia atrás y vio a Eusebio. Estaba blanco como la pared. Negó con la cabeza para pedirle que no la dejara pasar. Ella sonrió. No estaba dispuesta a abrir la puerta por nada del mundo.

—No te preocupes, Encarni —la tranquilizó—. Ya estoy con un pie en la cama.

—Descansa, nena, que la noche se está poniendo fea.

Ninguno de los dos se movió de su sitio hasta que oyeron a la vecina subir por las escaleras, abrir con llave la puerta de su casa y entrar.

—Aquí no estamos a salvo —soltó el cura—. Pueden descubrirnos.

—¿Y qué quieres que hagamos? —repuso Angelita—. ¿Ir a tu casa? ¿Crees que nadie nos verá por el camino?

—No sé, cariño —dudó—. Ningún lugar será lo suficiente-mente discreto y seguro para nosotros. Solo digo que quizás esta noche estemos mejor en la iglesia.

—¿Y quieres que salgamos ahora con la que está cayendo? —preguntó incrédula.

—Cuanto más llueva, menos gente habrá en la calle.

Angelita no estaba convencida de que recorrer juntos el ca-mino hacia la iglesia fuese la mejor opción. Aunque no hubiera vecinos en la calle, podían estar observándolos desde sus ven-tanas. Los descubrirían. Como el padre de Eusebio los descu-brió bajo la higuera.

—Ve tú solo, Eusebio —le pidió.

—No quiero. —Parecía nervioso—. Tengo miedo por ti.

—Es solo una tormenta —intentó calmarlo.

—No lo es y tú lo sabes —advirtió.

—¿No te habrás creído también tú lo del ánima? —sonrió Angelita.

—No es una leyenda de viejas y lo sabes. —El cura se puso serio—. Cada tempestad que viene del mar se lleva un alma, Angelita. No es un cuento, no es una broma. Es una venganza.

La vieja maestra, que llevaba décadas lidiando con la su-perstición de los pueblerinos, seguía sorprendiéndose de que esa historia hubiera calado en la mente de alguien como Euse-bio. Un sacerdote con estudios y aferrado a la ortodoxia, for-mado fuera de Sopuerta y alejado durante un tiempo de sus le-yendas.

—Sí que lo es, mi amor —respondió Angelita—. Es un vie-jo cuento para que prenda la culpa en este pueblo. Para atemo-rizar a los vecinos y amansarlos. Para hacerles pensar que hay una fuerza superior que los observa, los domina y está dispues-ta a vengarse de ellos.

—He vivido muchas tormentas como esta —recordó Eusebio—. Y en todas ellas hemos perdido a alguien.

—Porque los alcanzó un rayo…, porque se cayeron al río…, porque un caballo desbocado los arrolló… Todas esas muertes tienen una explicación. —Se acercó y le acarició en la mejilla.

—Quizás la explicación es que todos ellos pecaron y pagaron con su vida.

—¿Y tú por qué tienes miedo? —Le abrazó.

—Porque nosotros también pecamos y quizás no sobrevivamos a esta tormenta.

Eusebio la besó y se apartó. Terminó de vestirse, recogió el alzacuellos que había dejado tirado en el suelo y se recompuso.

—Tengo que irme.

—Ten cuidado —se despidió ella con un beso.

El cura abrió la puerta, salió y dejó que Angelita la cerrara a sus espaldas lentamente, sin ruido. Pegó su cuerpo a la pared y se deslizó escalón a escalón hasta el portal. La luz de la escalera se prendió de forma automática cuando llegó al descansillo del primer piso y permaneció encendida hasta que desembocó en la planta baja. Llegó al portal con el corazón en un puño y allí permaneció inmóvil hasta que la luz se apagó de nuevo.

* * *

Consu sacó a su suegra a rastras del bar Kolitza. La vieja se agarró a la barra, se enganchó a la puerta, e incluso quiso impedirle que echara la persiana.

—¡*Amama*, hay que irse! —Consu le tiró del antebrazo—. ¡No sé qué te pasa, estás rarísima!

La tabernera abrió el paraguas, se lo puso a su suegra en la mano y cerró el bar mientras Rosarito se santiguaba de forma compulsiva.

—Aquí, al raso, no estamos protegidas —sollozó.

—Déjate de historias —ordenó Consu—. Caminamos quince minutos y en nada estamos en casa tomándonos una sopa. —Le ofreció el brazo para que se agarrara.

Rosarito caminaba lentamente, insegura, con las piernas temblorosas. Consu le arrebató el paraguas para guarecerse. Se estaba helando. El viento racheado, cargado de agua, la golpeaba a derecha e izquierda. Intentó acelerar el paso, pero Rosarito no podía con su alma. Su gordura era un lastre y temía resbalarse, así que avanzar un metro le costaba un triunfo.

—¿Te… te… te acuerdas de él? —le soltó de repente.

—¿De quién, *amama*? —La pregunta sorprendió a Consu.

—De mi Antolín, ¿de quién va a ser?

A Consu se le vino el mundo encima. Hacía años que intentaba enterrar la imagen de su marido. Se le secó la garganta y se le humedecieron los ojos. Malnacido. Le hizo cuatro hijos, se jugó el bar y salió de casa antes que nadie el día que a ella le hicieron pagar su deuda. Cobarde. Se murió y la dejó sola. Con los críos, una suegra que desafiaba cada día a la muerte y un bar que le recordaba continuamente a él.

—Prefiero no acordarme. —Apretó el paso.

Rosarito se detuvo. Pensó que era el momento de confesar. De revelar que fue idea suya que el alcalde violara a Consu para pagar la deuda de su hijo. Que ella y su comadre lo organizaron en secreto. Entre mujeres, como Dios manda. Como tienen que arreglarse las cosas. Con discreción. En silencio.

—Mi hijo te quería. —Rosarito se detuvo—. Te quería mucho.

—¿A qué viene esto ahora? —Consu empezaba a impacientarse.

—Viene a que mi hijo ha vuelto —sollozó Rosarito—. Es el cárabo que canta.

—Deja de decir tonterías, *amama*. —Tiró de ella y la hizo andar.

La tormenta cobró fuerza. Rosarito avanzó tan rápido como pudo, sabiendo que no había recoveco donde pudiera esconderse esa noche. La devoraba la culpa. El estómago se le avinagró y una náusea le trepó por la garganta. Subieron la calle Lehendakari Aguirre. Dejaron atrás la taberna y la iglesia. Cuando llegaron al llano, cerca ya del portal de Miren, ralentizaron el paso para no resbalarse con los charcos que formaba la lluvia. Un trueno las ensordeció e inmediatamente después las iluminó un rayo.

—Fui yo —lloró Rosarito.

—¿Qué dices, *amama*? —Consu intentó seguir caminando, pero su suegra se lo impidió.

—Fui yo la que dijo que tú tenías que pagar la deuda de mi hijo.

A Consu, durante un segundo, se le paró el corazón. Su ritmo cardiaco se quedó en suspenso, como si ese momento marcase un antes y un después en su vida. Tuvo que ordenar a sus pulmones que volvieran a respirar. Cogió aire y lo expulsó con fuerza. Volvió a sentir el aleteo del corazón.

La boca se le llenó de un sabor amargo. Apretó los dientes hasta que le dolieron las sienes. Sintió cómo la sangre le subía a la cabeza. La rabia le recorrió los nervios y llegó a todos los músculos de su cuerpo. Se apoderó de sus vísceras y puso en alerta sus cinco sentidos. Olisqueó la lluvia. Escuchó el llanto de sus hijos en el funeral de su padre. Vio cómo introducían el féretro de su marido en un nicho miserable. Notó al alcalde sobre ella. Sintió asco.

Consuelo soltó el paraguas y, con las dos manos tapándole la cara, lloró. Liberó su llanto hasta quedarse vacía mientras la lluvia la empapaba. Como si el cielo llorase con ella para compartir su desdicha. A su lado, Rosarito no sabía qué hacer. Clavó su mirada en el suelo y rezó a Dios para que se la llevara. No quería escuchar los reproches de su nuera. No quería estar presente cuando ella desenterrara su dolor.

Consuelo recobró el aliento y miró a los ojos a la vieja.

—Muérete, hija de puta —le espetó.

Y el cárabo volvió a cantar tres veces.

Miren abrió la puerta de su casa y entró. Sole se quedó a unos centímetros, clavada en el descansillo, con la ropa hundida, y el retrasado pegado a sus faldas, detrás de ella.

—Pasad —indicó Miren.

Sole obedeció. Se limpió los zapatos en el felpudo y se los quitó antes de poner un pie en la casa de su vecina. Entró con los pies calados, dibujando dos pequeñas huellas de agua sobre el parqué.

—Voy a traer un par de toallas —dijo Miren.

Joxean entró sin cuidado, de forma despreocupada. Con los narcisos en la mano, dio un par de pasos al frente y puso sus botas pringadas de barro sobre la madera.

—¡Límpialas antes de entrar, *maitia*! —ordenó Sole alarmada.

El chico, entre risas, restregó las botas en el felpudo, avanzó de nuevo y volvió a colocarse encima de las huellas de barro que había dejado.

—¡Descálzate! —se desesperó la amortajadora.

—No te preocupes —atajó Miren—. Ya lo limpiaré.

Sole se secó los pies con la toalla, quitó las botas a su hijo y las apartó en una esquina. El chico retiró los calcetines y su madre aprovechó para secarle las plantas de los pies y los dedos con otra toalla limpia.

—Vamos —se impacientó Miren.

Avanzó por el pasillo sola. Dio un par de pasos, miró hacia atrás, clavó sus ojos en los de Sole y le indicó con un giro de cabeza que avanzase. La amortajadora cogió a su hijo de la mano y la siguió. Los tres desembocaron en la habitación de Fernando, que estaba esperando para repetir el postre.

—Ahora te traigo el yogur. —Miren se fue a la cocina.

Madre e hijo se quedaron a solas con Fernando. Él, con la mirada cálida de quien se siente mimado. Sole, sin atreverse a dar un paso. Joxean, con la cabeza a pájaros. Colocó sobre la mesilla los dos narcisos que tenía en la mano mientras escudriñaba la habitación. Le resultaba familiar. Recordó vagamente que había estado allí en alguna ocasión. Y que también llevaba narcisos.

—Te... te... te los de... de... dejo aquí, co... co... como el otro di... di... día —explicó sin que su madre entendiera nada.

Miren regresó con el yogur. Se sentó en un costado de la cama y, con paciencia, se lo fue dando a cucharaditas. Cuando terminó la faena, se dirigió a Sole.

—Díselo.

—No puedo —se excusó la amortajadora.

Joxean se sentó a los pies de la cama de Fernando. Canturreaba entre dientes. Se sentía reconfortado después de quitarse las botas y los calcetines empapados.

—Que se lo digas —ordenó Miren con firmeza.

—¿El qué? —se aventuró a preguntar Sole.

—Fernando. —Miren se dirigió a él sin contemplaciones—. Nunca me has amado.

El viejo, incrédulo, abrió mucho los ojos sin entender nada.

—Te casaste conmigo porque, a tu edad, necesitabas una chica joven que te diera hijos. Me prometiste fidelidad y me engañaste —prosiguió—. En cuanto nos casamos, me cambiaste por ella —suspiró—. Era a Soledad a quien hacías el amor hasta el agotamiento.

Fernando miró a Sole, intentando recordar qué papel podría haber jugado esa persona en su vida.

—Te dejo con la mujer que debe cuidarte y con el hijo que le hiciste. —Señaló a Joxean con el dedo—. Ese que está sentado a tus pies es tu bastardo.

Él no podía creérselo. Sintió que el pulso se le aceleraba. Cayó sobre sus rodillas hipando.

—Ellos son tu familia, Fernando —siguió Miren de pie—. Yo solo te he cuidado durante veinte años esperando a que despertases para que me dieras una explicación. —Se detuvo y negó con la cabeza—. Sinceramente, ya no la necesito.

Fernando sintió un vacío en el estómago. Se maldijo mientras se preguntaba qué clase de hombre había sido. Por qué buscaría a otra mujer teniendo a su lado a Miren. Durante cuánto tiempo engañó a su esposa. Cuánto dolor le provocó. Por qué ella no se apartó de su lado cuando él no era más que un cuerpo al que cuidar. Miró a Sole, vestida de negro de la cabeza a los pies. Pálida, grande y huesuda. Sin gracia alguna. La amortajadora sintió el rechazo. El mismo desprecio que irradiaban hacia ella todos los vecinos.

Soledad escudriñó el rostro de Fernando y, a simple vista, tampoco reconoció en él al hombre que llevaba más de veinte años esperando. Miró sus arrugas, sus labios ya sin carne, la saliva que se le agolpaba en las comisuras de la boca. Paseó la mirada por su pelo, ralo y sin vigor, y bajó hasta sus manos, arrugadas y plagadas de venas hinchadas. Era un viejo.

En ese momento, sin que nadie se diera cuenta, Miren salió de su casa a hurtadillas. Solo llevaba el bolso, con su documentación y la cartilla del banco. Cerró la puerta, se abrochó el chaquetón y bajó las escaleras con cuidado. Desplegó el paraguas y cruzó la calle con prisa. Las nueve menos cinco de la noche. Tenía que apurarse. Apretó el paso hasta llegar a la parada del autobús. Se sentó en el banco de madera con el paraguas abierto para protegerse de las gotas que se colaban por las rendijas del techado. Las nueve menos dos minutos. Las nueve. Las nueve y tres. Se desesperó.

Eran las nueve y siete minutos cuando vio a lo lejos los faros del autobús de Bilbao. El autocar cruzaba la tormenta bamboleándose entre los desconchones de la carretera. Se incorporó, impaciente. El conductor detuvo el autobús frente a ella y abrió la portezuela.

—*Gabon*, buenas noches —saludó.

—*Gabon* —respondió ella—. Pensé que había perdido el último —dijo con alivio.

—¡Qué va! Es que vengo con retraso por el agua —se excusó—. Suba, que se va a calar.

Miren entró en el autocar. Estaba vacío. Se sentó en uno de los asientos de las filas del medio. El conductor arrancó. Ella se quitó el chaquetón y se puso cómoda. Suspiró. Cruzó La Baluga y dejó a la izquierda el alto de Las Muñecas. Inspiró profundamente, retuvo el aire y lo soltó. Miró hacia el arcén. Vio la palabra «Sopuerta», tachada con una línea roja. Sonrió. Ahí supo que la vida latía fuera de los confines de ese pueblo y que la suya acababa de empezar.

Cuando el autobús se perdió entre los pinares y los montes de eucaliptos, entrando ya en Galdames, a Miren se le llenó la cabeza de sueños. Por fin sería dueña de su vida. El conductor la miró por el retrovisor y descubrió que la señora sonreía.

Minutos después, cuando el autocar salió de la tormenta y Miren contempló con esperanza un cielo claro coronado por la luna, en Sopuerta se escuchó un disparo. El agua cayó aún con más fuerza. El cárabo no volvió a cantar.

El alcalde pegó un trago largo al vaso de *whisky*. Se había metido en la cocina para entrar en calor y coger fuerzas. Paladeó el licor y lo sintió bajar por la garganta e irrumpir en el estómago como si fuese un bálsamo. Relajó el cuello. Tomó aire, llenó los pulmones y apuró la bebida. Se sirvió otro vaso. Sintió un calor que le subió por el vientre y le encendió el pecho. Se quitó la chaqueta y se acercó a la cocina de leña. Frotó las manos y sintió cómo los músculos se aflojaban poco a poco.

Escuchó cómo arreciaba la tormenta. La lluvia golpeaba los cristales con fuerza. El viento silbaba. Pensó en servirse otra copa, pero prefirió apurar la botella a morro. Volvió a ponerse el chaquetón, cogió el *whisky* con la mano izquierda, la escopeta con la derecha y cruzó el salón rumbo a la puerta de entrada. Cuando estaba en medio de la habitación, al lado del tresillo, se fue la luz. Se quedó a oscuras, rodeado por la noche e iluminado por los relámpagos. Sin moverse, afinó la vista y miró por el ventanal de la derecha. No había luz en las farolas ni en las casas cercanas. Parecía un apagón general.

Ángel intuyó entonces que Basilia estaba cerca. Pegó la botella a los labios y bebió. Se sentó en el sofá y vació el licor. Estaba inquieto. Por dónde entraría el ánima. Qué forma adoptaría. Arrastró el gargajo que tenía en la garganta y escupió. «Maldita seas, Basilia», dijo para sus adentros.

Se levantó y sintió un ligero mareo. El *whisky* estaba haciendo su efecto. Se sentía confiado, envalentonado. Su mujer no podría con él. No se lo llevaría. Dio tres pasos hacia el aparador y notó que la cabeza le daba vueltas. Cerró los ojos hasta que pasó el mareo y tomó aire. Abrió la puerta de cristal que estaba a la derecha y cogió otra botella. Giró el tapón y vació una buena cantidad de licor en la boca.

—¡Ven, puta, ven! —vociferó mientras se tambaleaba.

El alcalde cruzó el salón de nuevo con la botella en la mano. Cogió la escopeta que había dejado sobre la mesa y se la colgó del hombro. «Voy a por ti», pensó decidido. Abrió la puerta y una bocanada de lluvia y frío viento del norte le empapó de la cabeza a los pies. Avanzó tres pasos a la derecha mientras su cuerpo se balanceaba. Iba a trompicones, pegado a la pared de la casa para buscar un apoyo. Intentó arreglar la manta que estaba sobre el banco, pero se le cayó de las manos. Se sentó y notó el frío atravesándole el pantalón. Suspiró. Pegó otros dos tragos a la botella. Un trueno. Otro trago. Un rayo. Otros dos.

Ángel sintió que se le desencajaba la mandíbula y perdía el control sobre los movimientos de su cara. Le pesaban los brazos y las piernas. Le dolía el estómago, inundado por el licor. Pensó que le esperaba una noche larga. Se equivocaba.

* * *

La luz se fue cuando Sole se disponía a acercarse a Fernando. Cuando iba a pedirle permiso para sentarse a su lado.

Cuando dudaba si acariciarle la mano o mantenerse a cierta distancia.

—¿Qué está pasando? —se inquietó él.

—Tranquilo… —le respondió Sole con dulzura.

La lluvia rodeó el edificio como si estuviera en el ojo de la tormenta. Joxean empezó a ponerse nervioso. A los pies de la cama, se balanceaba hacia delante y hacia atrás. Musitaba el padrenuestro con las manos entrelazadas. Las apretaba con tanta fuerza que se apreciaban los huesos de los nudillos bajo la piel.

—Hace muchos años, tú y yo fuimos felices —le confesó Sole.

Fernando la buscó entre las sombras y la miró con incredulidad. Distinguió un bulto que se acercaba y se sentaba junto a él en la cama. Sintió miedo. Se preguntaba dónde estaba Miren, por qué tardaba tanto en regresar.

—Que venga Miren —rogó Fernando—. ¿Dónde se ha metido?

Soledad le cogió la mano. Le acarició con sus dedos gélidos. Bajo esa piel de anciano, pálida y rugosa, estaba el hombre al que no había dejado de amar.

—Joxean es tu hijo.

Fernando miró al chico que tenía a sus pies. Grandullón, bobo e inservible. Cómo iba a ser ese hijo suyo. Era incapaz de pronunciar dos palabras seguidas. No se parecía a él.

—Ese idiota no es mi hijo —soltó con crueldad—. Mi familia no engendra retrasados.

La frase atravesó el corazón de Sole y lo dejó malherido. Ella se levantó como un resorte y agarró con fuerza al chaval.

—Nos vamos —ordenó. Joxean se resistió. Estaba paralizado por los rayos y los truenos.

—¡Salid de aquí, no os conozco! —gritó Fernando.

La enterradora sintió que no estaría tan cerca de Fernando como en ese momento. Así que atrajo a su hijo hacia ella, en medio de la penumbra lo colocó frente a él y pronunció la frase que lo cambiaría todo.

—*Maitia*, este señor de aquí es tu padre.

Joxean dejó de rezar. Se quedó quieto mientras escudriñaba la oscuridad e intentaba atisbar ciertos rasgos del bulto que tenía enfrente. Aguzó la vista.

—¿E... e... eres mi pa... pa... padre? —preguntó.

Fernando no sabía qué responderle. El chaval estaba muy cerca y parecía violento. Movió los labios para articular una palabra, pero no estaba seguro de qué decir. Sole soltó la mano de Joxean y se limpió las lágrimas. Nunca pensó que el amor de su vida no la reconocería. Que vería lo mismo que el resto de los vecinos. Una mujer vestida de negro, pobre, acarreando una desgracia a cuestas. Decidió poner fin a su miseria. Decidió revelar la verdad para que, aunque fuese en el silencio de esa habitación, quedase constancia de que había vivido. De que su existencia no había sido en vano. De que había conocido el amor, había acariciado la felicidad y había engendrado un hijo. De que no solo trataba con la muerte.

—Sí, Joxean, ese es tu padre —insistió ella.

El chico se quedó clavado en el sitio, acompañado por el arrullo de los truenos. Sintió una mezcla de emociones que no había experimentado a la vez hasta entonces. Le envolvió la sorpresa y la emoción le hizo cosquillas en el estómago. Tuvo un deseo irrefrenable de acercarse a ese hombre y abrazarlo. Cuando lo hizo, como si se tratase de un mecanismo de defensa primario, Fernando manoteó y alcanzó la cara del chico sin querer.

Joxean se llevó la mano a la mejilla. Se le llenaron los ojos de lágrimas y sintió miedo. Mucho miedo. Dio un paso atrás.

—Mi pa... pa... padre —se lamentó.

—No era mi intención... —se disculpó Fernando.

Soledad se vio traicionada por primera vez en su vida. Apartada y olvidada por el hombre que la hizo feliz. Que le prometió matrimonio. Que le hizo el amor mientras le susurraba en el oído que era la única mujer en su vida. Se agachó para acariciar suavemente la cabeza de su hijo.

—Nos vamos, *maitia* —le dijo con dulzura.

—No... no... no... pue... pue... puedo —lloró el chico—. Es mi pa... pa... padre.

La amortajadora deshizo la bola en la que se había convertido Joxean. Le apartó las piernas, le separó los brazos y le acarició las mejillas. Sintió el peso de su nombre. Soledad. Y pensó que, más que una forma de llamarla, era un castigo. Había pasado toda la vida sola, recorriendo el mundo de los vivos y entregada a los cuerpos muertos. Joxean había sido su única compañía, su único amor verdadero. Le cogió de la mano y lo levantó. El chico se abrazó a ella y se puso a llorar. Sole dio un paso atrás y lo apartó de Fernando para que no le hiciera más daño. Agarró a Joxean de la cintura y le obligó a caminar.

—Vamos, *maitia* —susurró entre lágrimas—, estaremos mejor en casa.

El chico le hizo caso. Salieron juntos hacia la puerta sin reparar en que Miren no estaba. Sole recorrió el pasillo mientras se despedía por dentro del amor de su vida o, mejor dicho, del recuerdo que tenía de él. Pensó que Joxean era la demostración de que en algún momento ese amor existió. Que la vida no es injusta del todo. Que deja abierta una rendija para que incluso los desdichados como ella puedan rozar la felicidad.

La amortajadora puso las botas al chico y después se calzó. Cerró la puerta tras de sí mientras Fernando se desgañitaba llamando a su esposa.

—¡¡¡Mireeeen!!! ¡¡¡Mireeeeeeeen!!!

Soledad le deseó la muerte. Para que no volviera a tocar a Joxean. Para poder vivir en paz. Para poder dejar de quererle.

Mediada la segunda botella de *whisky*, el alcalde empezó a vislumbrar destellos. Lucecitas de color blanco que aparecían y desaparecían en el cielo. Se frotó los ojos. «Maldita sea —pensó—, Basilia quiere confundirme». Intentó concentrarse, buscar alguna señal de que el ánima estaba cerca. No la encontró.

Un momento. Ahí estaba. Enfrente. Se había abierto la puerta del portal de Angelita. Le había parecido ver una sombra que se deslizaba entre la penumbra. Maldita sea. Sin la luz de las farolas era incapaz de ver nada. Se levantó y dio tres pasos hacia la cerca exterior. Algo parecía moverse enfrente. Se acercó más. La sombra quedó paralizada ante él. El alcalde se esforzó para mantenerse en pie. Había bebido demasiado.

—¿Qui… quién va… va…? —pronunció arrastrando las palabras por el influjo del alcohol.

No obtuvo respuesta. El sacerdote se había escondido tras la esquina. El agua le resbalaba por la cara. Intentó controlar la respiración, pero no pudo.

—¿Quién a… anda a… hí? —repitió Ángel a voces.

Silencio. El cura no sabía si salir de la penumbra y desvelar su identidad o echar a correr sin más. Cuando escuchó a Ángel cargar la escopeta, decidió dar un paso al frente.

—Soy yo, el padre Eusebio —dijo con un ligero temblor en la voz.

—¿Paaaadre? —El alcalde no se fiaba—. Sin luz no se ve naaaada. ¡Acérquese!

El cura salió de su escondite y dio tres pasos al frente. Quedó a la intemperie ante el alcalde del pueblo.

—¿Qué hace por aquí? —balbuceó mientras se tambaleaba—. ¡Mire la que está caaaaayendo!

—He venido a ver a Encarni. —Chasqueó la lengua—. Ya sabes que la pobre se siente muy sola desde que falleció su marido. Le he dado un poco de conversación y la he tranquilizado.

—¿Por qué estaba nerviosa? —preguntó Ángel sin controlar la mandíbula.

—Porque teme a la tormenta.

«Como todos», le faltó añadir. Cada tempestad se llevaba el alma de algún vecino.

—Si el alma vieeeene a por mí —sentenció el alcalde—, estaré prepaaaarado.

El cura no fue capaz de calcular cuántas ánimas querrían acabar con el alcalde o infligirle un daño del que no pudiera recuperarse. Es más, pensó que él mismo ponía su vida en peligro al estar junto a él.

* * *

Joxean se quedó inmóvil sobre el felpudo de la casa de Miren. Su madre abrió con llave la puerta de su casa, se limpió los zapatos y entró. Miró hacia atrás, en medio de la oscuridad, y vio que su hijo no la seguía.

—Vamos, *maitia*, debes estar helado —aseguró con preocupación—. Te seco y preparo un buen tazón de leche caliente.

—No quie… quie… quiero.

Sole se acercó y le dio la mano. Intentó tirar de él, pero no se movió ni un centímetro. Se armó de paciencia. El único modo de hacer que entrase en casa era hablar con él y convencerle de que lo hiciera.

—¿Qué te pasa? —le preguntó con dulzura.

—No me… me… quiere.

—¿Cómo que no te quiero? —Ella le besó.

—Tú no. E… e… él.

—¿Quién?

—Mi pa… pa… padre. —Se detuvo—. No me… me… quiere.

Joxean empezó a moverse como si tuviera azogue. Primero golpeó el suelo con la pierna derecha, como si estuviese aplastando una cucaracha. Después la alternó con la izquierda.

—¡¡¡Mireeeeeeen!!!! —Fernando berreaba desde el interior.

Con cada alarido de su padre, el chico experimentaba una mezcla de emociones negativas. Enfado, rabia, ira. La desolación de sentirse rechazado. Se sintió agobiado. Notó que le faltaba el aire. Empezó a boquear buscando oxígeno. Intentó arrancarlo de la base de sus pulmones, pero solo conseguía ahogarse aún más. Miró hacia la izquierda y descubrió el portal. Buscó la salida. Se zafó de los brazos de su madre, bajó la escalera y salió a la calle.

Sole permaneció quieta un momento. Estaba agotada. Tomó aire e intentó controlar su respiración. Vio a Joxean bajo la lluvia, con los brazos extendidos como un espantapájaros, trazando círculos.

—¡¡¡Aaaaahhhh!!! —gritaba—. ¡¡¡Pa… pa… padreeeee!!!

Ella sintió que el corazón latía en su garganta. Notó un dolor agudo en el pecho. Intentó tranquilizarse y mantener la calma. Cerró los ojos durante unos segundos. Cuando los abrió, Joxean había desaparecido. Bajó hasta el portal como pudo, abrió la puerta y se quedó bajo la tormenta.

—¡¡¡Joxeaaaaaaaaan!!! —berreó—. ¡¡¡*Maitiaaaaaa*!!! ¡¡¡Joxeaaaaaaaaan!!!

Caminó la calle de un lado a otro bajo el denso manto de la penumbra. Intentó abrir los portales. Estaban cerrados. Sintió que le fallaban las fuerzas. Fue al descampado de atrás, rezando para que el chaval no se hubiera caído por allí. Mientras gritaba su nombre, mientras la voz se le agotaba, pensó que el ánima había venido a por su Joxean. Por ser hijo del pecado. Por bastardo. Por maldito.

* * *

Joxean enfiló el tramo final de la cuesta de Lehendakari Aguirre con la vista nublada, la boca abierta de par en par empapada en babas y emitiendo un sonido lastimero. Caminaba a paso ligero sin saber adónde ir y sin poder parar de andar. Miraba a ambos lados de la calle, pero no identificaba los edificios. Llovía intensamente. Estaba perdido. El chaval tenía la respiración alterada. Apretaba los dientes con fuerza. Las aletas de la nariz se ensanchaban con cada inspiración. El aire no conseguía llenarle los pulmones. Tenía miedo y sentía quemazón en las entrañas.

—So... so... soy un bu... bu... buen chico —lloró.

No entendía que su padre no le quisiera. Que le hubiese apartado de un manotazo. Que le hubiera hecho daño en la misma cara bonita que su madre acariciaba. Pensó en ella. Giró la cabeza para ver si le seguía. No estaba. La llamó a gritos.

—¡¡¡A... a... *amaaaaaaaaaa*!!! —berreó.

Su madre no respondió. Estaba solo. Se detuvo. Entrelazó las manos como si quisiera rezar para pedir ayuda, mientras se balanceaba adelante y atrás en medio de una intensa lluvia. Lloraba. Se mordió los nudillos con fuerza. El miedo le paralizaba. No sabía dónde estaba ni cómo volver a casa. Dónde se había metido su madre. Por qué no le quería su padre. Por qué se oían tan cerca los truenos. Por qué cada vez llovía con más fuerza.

El chaval se encogió y lloró. Sintió una bocanada de viento frío arañándole la cara. Pensó que tenía que huir. Seguir corriendo. Cuando intentó dar un paso, pisó el cordón de su bota izquierda y cayó al suelo.

—¡¡¡Aaaaaahhhhhh!!! —se lamentó.

Joxean entró en pánico. Se levantó como pudo y echó a andar con un intenso dolor en el tobillo. Cojeaba. Un trueno. Siguió corriendo. Su silueta renqueante avanzó por la cuesta.

—Du… du… dueleeeeeee —alcanzó a decir entre sollozos.

A unos cien metros, un rayo iluminó la entrada de la casa del alcalde. Ángel se tambaleó sorprendido por el fogonazo. Agarró la escopeta con fuerza y apuntó a derecha y a izquierda. Ya había llegado la puta Basilia. Estaba ahí.

—¡Sal, malditaaaaaaaaaaaaaa! —vociferó.

El alcalde apuró la botella de un solo trago. Sintió un calor que le abrasaba el pecho. Tiró el vidrio con desdén al jardín. Se tambaleó. Intentó mantenerse en pie, pero notó que no dominaba su cuerpo. Le temblaban las piernas. Estaba aterrorizado. Se preguntó por dónde se acercaría el espíritu. Vendría por el norte, desde el mar, o se dejaría caer por la ladera de las montañas que lo rodeaban.

El cura contemplaba al alcalde sin saber qué hacer. Ángel estaba armado y él tenía miedo de jugarse la vida si daba un solo paso. Sintió un movimiento sobre su cabeza. Levantó la vista, se limpió las gotas de lluvia del rostro y vio a Angelita haciéndole gestos con medio cuerpo fuera de la ventana. Extendía la mano de forma nerviosa para indicarle que siguiera su camino hacia la iglesia. Eusebio asintió para darle la razón, pero fue incapaz de moverse.

—¡¡¡Pa… pa… padreeeeeeeee!!! —El cura escuchó un grito desesperado que se acercaba.

El que faltaba. El retrasado subía la cuesta medio cojeando. Quizás se había hecho daño. Tenía la mirada perdida y el rostro desencajado. Ángel también giró la cabeza hacia él. Creyó identificar a Joxean en medio de la oscuridad, pero no terminó de fiarse.

—¡¡¡Mi pa… pa… padreeeeee!!! —repitió el chaval desesperado.

El alcalde se inquietó al ver que venía sin Soledad. Ella no dejaría solo al chico. Joxean se acercaba gritando palabras sin sentido. «El ánima», pensó. Ángel cargó la escopeta y le apuntó. Giró el cuerpo para colocarse frente a él y sintió que se le iba la cabeza. Cerró los ojos durante un segundo. Tomó aire. Cuando los volvió a abrir, vio a Joxean parar en seco a unos metros. El chaval había visto el arma. De forma instintiva, se tapó las orejas con las manos. Recordaba que la escopeta hacía daño. Hacía sangrar a los animales. Había que apartarse. No ponerse delante.

Angelita, que contemplaba la escena desde la ventana, tuvo miedo por el chico. Se puso la bata de guata, se echó por encima el chaquetón y se calzó. Enfiló las escaleras con cuidado de no caerse. Mientras bajaba, escuchó el lamento de Joxean.

—¡¡¡Aaaaaaaahhhh!!! —parecía aterrorizado.

Tal era el barullo que se estaba formando, que las contraventanas de la barriada comenzaron a abrirse. Los vecinos se apostaron tras las cortinas y los visillos para averiguar qué estaba sucediendo en medio de la tormenta. Como no conseguían ver nada por la oscuridad, encendieron las luces. Como pequeñas luciérnagas, las habitaciones, cocinas y salones de las miserables viviendas de la zona empezaron a iluminarse y a proyectar algo de luz sobre la calle.

Angelita salió del portal y se dirigió hacia Joxean. Pasó al lado de Eusebio, que la agarró del brazo y la retuvo.

—No te muevas, es peligroso —le advirtió.

Ella contuvo un suspiro de espanto. Frente a ellos, el alcalde intentaba sostener con firmeza la escopeta, pero no lo conseguía. Borracho como estaba, el arma se le iba y se le venía. No conseguía apuntar directamente al chico.

—¿Quién vaaaaa? —preguntó Ángel con la lengua trabada por el *whisky*.

Joxean no se dio por aludido. Calado hasta los huesos, muerto de miedo, el vacío que habían hecho sus manos sobre sus oídos le había aportado algo de silencio y cierta tranquilidad. Sentía cómo las gotas de agua se deslizaban por su pelo, le recorrían la nuca y caían dentro de su camisa. Se puso a temblar por el frío.

Angelita intentó dar un paso y Eusebio volvió a retenerla. Ella se zafó y avanzó.

—¡Mi amor! —gritó el cura.

Se quedó paralizada. Eusebio nunca había pronunciado esas palabras fuera de la intimidad de su dormitorio. Ni tan siquiera las había empleado en la soledad del confesionario, cuando ella aprovechaba para decirle que le quería y que le echaba de menos. Angelita miró hacia atrás para contemplar el rostro del cura al tiempo que el alcalde, confundido, se giraba hacia ellos intentando apuntarles con la escopeta.

—¿Qué… qué… demooooonios pasa aquí? —balbuceó.

Ángel supo entonces que Basilia se estaba acercando. La sintió. La escuchó taconeando en la cocina mientras preparaba el guiso. Olisqueó su perfume dulzón. Escuchó su voz cantarina mientras arreglaba las flores del jarrón del salón. Intentó imaginársela humillada, hecha una bola después de una buena paliza. Sangrando, dolorida. Pero no lo consiguió. Solo lograba oír su risa. Ver su boca roja. Escucharla cantar boleros. Mala puta. Estaba manipulando sus sentidos.

El alcalde empezó a revolverse ante las miradas de los vecinos que contemplaban la escena atónitos. Con miedo. Ángel no conseguía sostener el arma, y temían que se le disparase. Unos pocos apagaron las luces y cerraron sus contraventanas. Por si acaso. Otros siguieron mirando.

En ese momento, Joxean levantó la vista. A un lado estaba el alcalde luchando por mantenerse en pie, chapurreando entre dientes. No entendía nada de lo que decía. Al otro lado, Angelita y Eusebio, juntos, a apenas un metro. El chico sonrió. El cura se echó las manos a la cabeza. Conocía esa mirada. El retrasado abrió la boca, se humedeció los labios con la lengua y se puso a canturrear.

—¡Vi… vi… viva los no… no… novios! —gritó a voz en cuello.

El cura miró de reojo la barriada. Prácticamente todas las luces estaban encendidas. Sintió las miradas punzantes de los vecinos. Su mente regresó a la higuera, cuando su padre le descubrió amando a Angelita. Cuando decidió enviarle al seminario para que no pudiera compartir su vida con la maestra.

—Se qui… qui… quiereeeeeen —canturreaba Joxean.

Eusebio volvió a escudriñar el barrio. Ahí seguían todos. Mirando en silencio. A sus espaldas, escuchó llorar a Angelita. Ella intentó contener las lágrimas al principio, pero terminó hipando. Avergonzada, con el rostro entre las manos. Desconsolada.

—¡Maldita Basilia! —soltó el alcalde—. ¡Nos estás nublando la mente a todos!

El cura, que llevaba mucho tiempo rezando para que Dios le quitase al retrasado de en medio, pidió al cielo que disparase la escopeta del alcalde. Que terminase con la vida del chico, que le ponía en apuros cada vez que le veía.

—¡Se van a ca… ca… casar! —aplaudía el chaval mientras reía a carcajadas.

—Ya no —susurró entre lágrimas Angelita.

Nunca podría vestirse de blanco ni decir «sí, quiero». No podría bailar en la romería con Eusebio ni alumbrar hijos suyos. No podría comer manzanas de caramelo mientras paseaban de la mano. Ni tan siquiera podrían ser enterrados juntos. Estaban condenados a no compartir la eternidad.

Eusebio sintió el profundo dolor de Angelita. Había sido un cobarde. Podría haber desafiado a su padre, haber escapado con ella y haber compartido los buenos y malos momentos de la vida como un matrimonio. Por qué no lo hizo. Por qué la condenó a amarlo en silencio. Sola. Con amargura.

El cura miró al retrasado y se dio cuenta de que Joxean no tenía la culpa. Los había descubierto hacía tiempo en la iglesia y solo quería anunciar a todo el pueblo que se amaban. Así que Eusebio, por primera vez en su vida, fue valiente. Sabiendo que todos los vecinos estaban apostados en sus ventanas, extendió el brazo y atrajo a Angelita hacia su pecho. Ella seguía llorando. Los vecinos confirmaron lo que siempre habían sospechado. Que Angelita y Eusebio nunca habían dejado de amarse.

A medida que se quedaron envueltos en la oscuridad, Joxean empezó a gritar de nuevo. En su mente se mezclaron sin orden ni concierto el frío, el manotazo de su padre, el viento, el rostro de su madre y la lluvia. Echó a correr cojeando, intentando escapar de la maraña de emociones que se cocía dentro de su cabeza. El alcalde estaba desencajado. El chico empezó a rodearle en círculos, dando manotazos al aire.

—De… de… dejadme saliiiiiiiir —bramaba Joxean.

Ángel pensó que lo estaba señalando. Que estaba indicando al espíritu dónde encontrarlo. Dónde atacar. Se aseguró de que la escopeta estuviera cargada, extendió el brazo en vertical y presionó el gatillo. El disparo retumbó en el monte Alén y en el alto de Las Muñecas. El sonido rebotó en las paredes de las casonas blasonadas y en los caseríos colgados de las montañas. Dio un vuelco a los corazones de Eusebio y Angelita, que se abrazaron con más fuerza. Dejó mudo a Joxean. Solo, clavado de pie bajo la lluvia. El disparo se alzó al cielo de Sopuerta y, en los últimos instantes en los que pudo controlar su cuerpo, el alcalde pensó que, sin quererlo, él mismo se había encargado de avisar a Basilia.

En cuanto el cartucho salió por el cañón, Ángel sintió el contragolpe. El retroceso del arma. Una fuerza hacia atrás que le provocó un intenso dolor en el hombro y le hizo perder la estabilidad. Intentó abrir las piernas para mantener el equilibrio, pero su pie izquierdo fue a posarse sobre un adoquín suelto que cedió. El alcohol le impidió reaccionar. Resbaló y su pierna derecha no pudo responder. El alcalde se cayó. Su nuca impactó bruscamente contra el suelo y, al contacto con las losetas, se partió con un crujido.

Los vecinos abrieron las ventanas y, a pesar de la lluvia, se asomaron para ver qué sucedía. Salieron los hombres. Se apoyaron sobre los pretiles mientras las mujeres intentaban otear la oscuridad desde una segunda fila. Primero, en silencio. Después, entre susurros plagados de sospecha. A ciegas.

—¡¡¡¡*Amaaaaaaaaa*!!!! —gritó asustado el retrasado.

Eusebio y Angelita vieron a alguien que subía a toda prisa por la cuesta. Pensaron que era Sole, pero enseguida distinguieron a Consuelo cuando se acercó. Venía sofocada. Sus ojos rastreaban el paisaje intentando descubrir si alguien había resultado herido. Vio a la pareja y los saludó levantando las cejas. Se acercó al alcalde, sin saber que era él quien estaba en el suelo. Ángel la reconoció. La miró a los ojos y entró en pánico.

—¡Ayudadme! —emitió un susurro desesperado.

La mancha de sangre se extendió alrededor de su cabeza. El líquido rojo y viscoso manaba con fuerza y, convertido en pequeños riachuelos, discurría entre los adoquines. Consuelo se mantuvo a cierta distancia. Con la mente en el pasado. Se vio en el pajar, bajo la corpulencia de Ángel. Muda. Paralizada por su violencia.

—¡Llamad al médico! —pidió el cura mientras se arrodillaba ante Ángel.

Angelita dejó de llorar, abrió el portal y subió corriendo por las escaleras. Se recogió la bata entre las manos para no caerse. Llegó al descansillo del primer piso, giró la llave, entró en casa y, sin cerrar la puerta, avanzó a toda prisa por el pasillo hasta que alcanzó el teléfono. Descolgó y empezó a marcar el número del doctor. En la tercera cifra, dudó de la cuarta y de la quinta. Colgó y descolgó de nuevo. Volvió a intentarlo. Nada. No recordaba el número. Se puso aún más nerviosa. Abrió el primer cajón de la cómoda y buscó su agenda. María, Mariglori, Marisa, Merche… Parecía imposible, pero no lograba encontrar el número del médico.

* * *

A Soledad le pareció escuchar el grito de su hijo. Un aullido desgarrador. Subió la cuesta con una punzada de dolor en el pecho. Arrastró como pudo su corpachón grande y huesudo bajo la lluvia. Se llevó la mano al corazón. Le dolía. Avanzó pensando en cada paso. Primero, la pierna izquierda. Ahora, la derecha. Paraba, respiraba y volvía a ejecutar conscientemente cada paso. Cuando coronó la subida, le pareció atisbar frente a ella, a escasos metros, a un par de personas. Quizás tres. Tomó aire y siguió avanzando hacia ellas.

—¡¡¡¡*Amaaaaaaa*!!!! —gritó Joxean angustiado sin saber que su madre estaba acercándose.

Ella intentó responder, pero le costaba tomar aire para hablar. Tosió. El cura aguzó la vista.

—¿Soledad? —intuyó.

La amortajadora avanzó intentando distinguir quiénes estaban allí, además del cura, al que acababa de reconocer por la voz, y de su hijo. Dio tres pasos más y chocó con Consu. «Perdona», se disculpó. Dirigió la vista hacia su derecha y vio a un hombre tumbado, rodeado de un charco de sangre. Forzó la vista. Era el alcalde.

Siguió avanzando y, dos metros más allá, empezó a sentir su olor. La colonia se coló por sus fosas nasales y la hizo sonreír.

—*Maitia* —susurró.

Recorrió el trecho que le quedaba para llegar hasta donde estaba su hijo, paralizado, y lo abrazó. Le acarició la espalda con la mano derecha y notó cómo se relajaba.

—Qué... qué... qué susto, *ama* —lloró—. Pensa... sa... saba que tú tam... po... poco querías estar con... con... conmigo.

La punzada atravesó con más fuerza el corazón de Sole. Le hizo dar un respingo. Sus dedos se agarraron con fuerza al impermeable del chico. Ahora estaba segura de que el ánima venía a por ella. Con las escasas fuerzas que le quedaban, rogó. Rogó que no se la llevara. Que la dejara vivir un poco más. Se le hizo un nudo en la garganta y los ojos se le llenaron de lágrimas.

Miró el cuerpo del alcalde. Aún le quedaba un hilo de vida. Estaba segura de que sobreviviría. Por eso, aferrada a su hijo, imploró al ánima que cambiara su alma por la de Ángel. Que se lo llevara a él. Que le diera a ella otra oportunidad. Que la perdonara por haber pecado toda su vida. Por haber amado al hombre de otra mujer. El chaval se calmó. Abrió sus brazos y la rodeó con ellos. Y de sus labios salió un «te quiero».

* * *

Ángel no abría los ojos. Eusebio, impaciente, pidió a Consuelo que subiera a casa de Angelita para ver por qué tardaba tanto.

—¿Yo? —se sorprendió Consu—. ¿Quieres que suba a llamar al médico?

—Sí, sube. El alcalde necesita ayuda urgente.

La tabernera se movió lentamente. No apartó la vista de la sangre de Ángel, que, arrastrada por el agua, serpenteaba por los adoquines.

—¡Date prisa, hija! —rogó el cura.

Consuelo sorteó a Sole y a Joxean, se metió en el portal y subió los escalones arrastrando un cuerpo que parecía no pertenecerle. Con la sensación de que el alcalde ganaría de nuevo. Sobreviviría y se jactaría de tener siete vidas. Fanfarronearía sobre su buena suerte. Y seguiría aterrorizándola con su presencia. Cuando Consu llegó al descansillo, encontró la puerta abierta. La empujó y entró. Vio a Angelita hecha un manojo de nervios.

—¿Qué te pasa? —preguntó Consu.

—¡No encuentro el teléfono del médico! —se desesperó—. ¿Tú lo recuerdas?

La tabernera tardó en responder. Se mantuvo en silencio hasta que Angelita se lo preguntó de nuevo.

—Sí —carraspeó Consu—. Lo recuerdo.

En su mente apareció cada dígito con absoluta claridad. Angelita descolgó el aparato. «Dime», pidió. «Cuatro», comenzó Consu. La maestra marcó y esperó. Consu se mantuvo en silencio.

—¿También se te ha olvidado? —se extrañó.

—No.

Consuelo se acercó, le arrebató el teléfono y colgó.

—Por Basilia, por todas nosotras —le rogó entre susurros—, no descuelgues el teléfono.

Angelita sollozó. La tabernera la abrazó con fuerza. Se sintieron más unidas que nunca. Más fuertes. Y tan solas como siempre. Solas en el mismo silencio. Así habían pasado sus vidas y así permanecieron un rato más.

Abajo, en la calle, Eusebio sintió que la cabeza del alcalde se ladeaba, sin fuerza, entre sus manos. Miró a Sole. Posó fugazmente el dedo índice sobre los labios pidiéndole que guardara el secreto. Trazó sobre el rostro y el pecho de Ángel la señal de la cruz. Segundos después, las luces de los vecinos se fueron apagando. Las contraventanas se volvieron a cerrar. Angelita y Consuelo seguían arriba. La amortajadora miró al sacerdote y asintió. Ambos sabían que el alcalde, ya muy débil, aún seguía respirando.

—Ha fallecido —mintió el cura.

Eusebio dejó al alcalde en el suelo y se puso de pie. El pecho de Ángel aún se movía levemente. El sacerdote empezó a mascullar un padrenuestro con las manos entrelazadas. Un leve temblor recorrió los hombros de Ángel. Eusebio siguió con el «Dios te salve, María». Sole apretó con más fuerza a Joxean. El pecho del alcalde se deshinchó por última vez y quedó inmóvil. Eusebio dirigió la vista al cielo y respiró aliviado. La amortajadora llenó los pulmones de aire. Ya no sentía dolor. Entonces dejó de llover. Y Soledad vio volar al cárabo.

En Zalla, la prima Loli despertó a la mañana siguiente llena de energía. No había podido dormir a cuenta de la tormenta, pero, en cuanto amainó, pudo pegar ojo por fin. Cayó en un sueño profundo y reparador. Se levantó, se aseó y fue a la cocina a prepararse un buen desayuno. Tomó tostadas con mantequilla y mermelada de albaricoque. El café, de puchero. Lo cortó con un buen chorro de leche y echó un par de cucharaditas de azúcar. Hacía fresco, pero no había ni una nube en el cielo.

Puso la radio. Buscó el dial de Radio Encartaciones y subió el volumen. Desayunó mecida por el son de los boleros. Cuando terminó, recogió la mesa, fregó y se arregló para ir a la compra. Abrió el armario y, como no le convencieron las prendas oscuras, terminó eligiendo un jersey color crema y una falda negra. Se miró al espejo y sonrió con melancolía. Echaba de menos a Basilia. Ojalá su prima estuviera allí para seguir bailando. Suspiró y miró el reloj. Tenía que darse prisa para hacerse con una buena hogaza. A partir de las diez no quedaba ni una en la panadería.

Se colocó frente al armario ropero y se agachó para buscar los zapatos negros de suela de goma. Qué raro, pensaba que los había dejado a mano.

—Vaya —se quejó—, cuanto más deprisa, más despacio.

Sacó un par de zapatos y los dejó en el suelo. Esos no eran. Después, extrajo las zapatillas anchas de velcro para el verano.

Loli comenzó a molestarse. Estaba apurada y empezaba a ponerse nerviosa. Se arrodilló y extendió el brazo. Oteó la esquina izquierda. Vacía. Palpó el fondo del armario con la mano. Allí no estaban. Cuando llegó a la esquina derecha, no identificó lo que tocaba. Al tacto, parecían un par de zapatos, pero no distinguía cuáles. Los sacó.

Ante sus ojos aparecieron dos zapatos rojos de tacón. Qué extraño, quién los habría puesto ahí. Se quedó mirándolos detenidamente. No podía ser. Se levantó y fue a por las gafas de cerca. Los observó con detalle. Estaban tan desgastados que se habían quedado sin tapas. Pelados en la punta y desbocados en el empeine. Les dio la vuelta. Número 35. Dolores sintió una profunda emoción. E, inmediatamente después, un hondo consuelo. Sonrió. Eran los zapatos que Basilia usaba para bailar.